U0841045

民调局异闻录

终结季

# 白石洞府

6

耳东水寿 著

华龄出版社
HUALING PRESS

责任编辑：潘笑竹
责任印制：李未圻

**图书在版编目（CIP）数据**

白石洞府 / 耳东水寿著 . -- 北京 : 华龄出版社 ,
2019.10

ISBN 978-7-5169-1461-8

Ⅰ . ①白… Ⅱ . ①耳… Ⅲ . ①长篇小说 - 中国 - 当代
Ⅳ . ① I247.5

中国版本图书馆 CIP 数据核字（2019）第 175096 号

**书　　名：**白石洞府
**作　　者：**耳东水寿

---

**出 版 人：**胡福君
**出版发行：**华龄出版社
**地　　址：**北京市东城区安定门外大街甲 57 号　**邮　　编：**100011
**电　　话：**（010）58122246　**传　　真：**（010）84049572
**网　　址：**http://www.hualingpress.com

---

**印　　刷：**三河市金泰源印务有限公司
**版　　次：**2019 年 10 月第 1 版　2019 年 10 月第 1 次印刷
**开　　本：**710mm × 1000mm　1/16　**印　　张：**17
**字　　数：**212 千字
**定　　价：**45.00 元

---

# 目录

# 目录

# 目录

# 第一章　大个子

穿过二门，进到内院，金瞎子直接去了东面的一间厢房。直到这时，他终于停下了脚步。站在厢房门内思索了片刻，金瞎子轻轻挣脱孟灵嫣的搀扶，一个人慢慢摸索着走到北面墙面的神龛边，在神龛下面的墙壁上摸索起来。摸了一会儿，金瞎子脸色变得惨白起来。他一边继续摸索，一边有些发急地喃喃自语道："怎么找不到了……"

"老金，你会不会把这几个房间弄混了？"孙胖子看着已经有点焦躁的金瞎子，说道，"这里每个房间都差不多，要不你再去别的房间看看？"

"卦青就在这里！"金瞎子大吼了一声，过后才反应过来他冲着喊的人是孙胖子，又叹了口气，对孙胖子说道，"在你眼里，这里每个房间都差不多。但对我来说，每个房间里都有只有我才能'看'懂的记号，就是这里没有错，只是本应该藏在墙壁里面的东西不见了……"

金瞎子说话的时候，我也在观察他摸索的区域，这面墙壁并没有任何破损的痕迹。如果说当初金瞎子是把那六枚铜钱都埋在了墙壁里面的话，为什么被人取走却连一点痕迹都没留下？

金瞎子就这么一直耗在这面墙壁下，但无论他怎么找，那六枚铜钱就像凭空消失了一样，一直没有找到。就在他继续和这面墙较劲的时候，孙胖子拉着我出了这座宅子，一直走到了村子里面，用两百块钱租了一户村民家里的铁锤和铁镐，然后又和我一起扛着铁锤、铁镐回到了宅子里面。

这个时候，金瞎子还是没有放弃，仍在那面墙壁上面摸索着。孙胖子一把拉开了金瞎子，先将神龛取下来，然后和我一起锤镐并用，直接朝这面墙壁砸了下去。孙胖子没有什么力道，他举起铁锤砸到墙壁上也就留下一个白印，除此之外什么都没有。

我一镐头砸下去，一小片墙就没了。孙胖子见状，直接扔掉铁锤，蹲到地上，在满地的水泥块、碎砖头里面扒拉起来。将这些水泥块、碎砖头全部筛了一遍，还是没有找到那六枚铜钱。随后我将整面墙都敲了下来，所有人都蹲在地上，仔仔细细地又筛查了一遍，依然没有发现铜钱的影子。

"不找了！"孙胖子将手里的碎石块扔回地上，回头看着金瞎子说道，"老金，不用找了！要不是你记错了，那六枚铜钱藏在别的房间；更大可能就是已经有人来过了，将你设置的手段破了，顺便也把铜钱顺走了。老金，你自己好好想想吧。"

这时候，金瞎子终于开始怀疑自己是不是记错了，他犹犹豫豫地说道："可能……也许是我记错了？"

"那你们就再好好找找吧，我和辣子把这铁锤、铁镐还了就回来。"孙胖子说完，和我一起扛着铁锤、铁镐回到刚才的村民家。将铁锤、铁镐还给村民，接着向村民问道："最近一段时间有什么外人来过吗？"

村民说的是广东话，虽然听不懂他说的具体内容，但也大概明白是说除了我们以外，最近村子里面并没有别的陌生人来过。孙胖子听了，“嘿嘿”笑了一声，随后掏出来香烟，分给村民一支，自己也点上一支，再将剩下的大半包香烟丢给了我。

随后，孙胖子用广东话和这个村民聊了起来，开始村民多少还有些拘束。但很快，也不知道孙胖子说到了什么话题，竟惹得村民哈哈大笑起来，整个人笑得前仰后合的，要不是孙胖子一把抓住了他，这村民差点就摔到了地上。

他们越聊越投机，没几分钟已经开始勾肩搭背了。估摸着时机成熟，孙胖子又向村民问了几句话，为了照顾我能听懂，孙胖子在要紧的地方特地夹杂了几句普通话，我才听了个大概。他是在向村民打听金瞎子那座大宅子有没有人进去过。

回去大宅子的路上，孙胖子主动告诉我刚才村民回答的内容：“最近金瞎子的宅子是没有人进去过，不过这么多年以来，当地的村民被老金的宅子吓怕了。半年前，由他们村委会出头，请了汕头的一位‘大师’去老金的宅子‘驱邪’，‘驱邪’的过程中，也只有那位‘大师’进去过老金的宅子。至于这位‘大师’到底有没有拿走铜钱，这个谁也说不准。”

我看了一眼孙胖子，说道：“知道‘大师’的名字就好办了，当初民调局的时候，把全国各地大大小小的‘大师’都登记了！只要有名字，就能找到人。”

“那么容易就好了！”孙胖子莫名其妙地笑了一声，他看了一眼大宅子的方向，说道，“这位‘大师’是他们村长去汕头旅游的时候，在街边随便找的，听口音还不是广东本地人。本来‘大师’向村长保证，当天就能把‘邪祟’驱赶走，结果一待待了半个月，最后才勉强成功。就为这个，他们村委会还在‘大师’的酬金里面扣去了十五天的饭钱和住宿钱。前几个月那个‘大师’还天天过来闹，最近可能是认了，再没见他来了。不是我说，街边上随便找来的外地人，能去哪里找？”

说话的时候，我和孙胖子已经走到了大宅子门口。正赶上金瞎子被他的司机背了出来，原来就在我和孙胖子离开后不久，他一时激动竟然晕倒在地。幸好有杨枭在，赶紧掐了金瞎子的人中，金瞎子才醒了过来。怕金瞎子在里面再受刺激，才让司机把他背了出来。

见金瞎子一副要崩溃的样子，孙胖子嘿嘿一笑，说道：“老金，不是我说你，反正也是要送我的东西，没了就没了，有什么好激动的？看在你把这宅子都给了我的分儿上，跟你透露点消息……”孙胖子将刚才听到的事情又跟他说了一遍。

得知六枚铜钱的线索，金瞎子才算好了一点，孙胖子又安慰了他几句。就在这时，孙胖子的肚子“咕噜咕噜”地响了起来，他摸了摸肚子，对金瞎子说道：“老金，你的卦青不用吃饭，我们这些人得吃点。先找个地方吃点东西，那六枚铜钱又化不了。”

这时候早就过了饭点，虽然金瞎子半点胃口都没有，不过他不吃我们几个也要吃。当下我们决定先出去吃点东西，然后再慢慢商量怎么找那六枚铜钱。我们上了车，准备回市区吃口东西再回来，路过村委会的时候，就见村委会门口站了一群人。人群之中有一个一米九快两米的大个子十分扎眼，他站在人群里，手舞足蹈地正比画着什么。看他的样子，是在和其他的村民争辩什么。

“停车！”孙胖子见了，马上叫司机把车停下来。不过他也没有下车，只将车窗摇下来，听外面这群人在说什么。

见到这个大个子，我不禁想到了破军。他俩的身形差不多，算起来破军死在林枫手里也有几年了，要是破军不死的话，现在应该也跟我们一起混饭吃……

就在我胡思乱想的时候，突然听到人群里的大个子嚷嚷道：“你们不给钱还有理了？老子能‘驱邪’就能再把‘邪祟’放出来！信不信老子给你们每户人家里都放些‘邪祟’进去？当初请我过来的时候，大师长大师短的，现在不给钱还叫我扑街！你们还有王法吗？”

听了大个子的话，我们几个人的眼睛都亮了（除了金北海以外）。刚才还犯愁怎么去找这个“大师”呢，现在竟然自己送上门来了！还真是踏破铁鞋无觅处，得来全不费功夫！

孙胖子让司机连续按了几下喇叭，村民们才暂时停住了争吵，一齐向我们这边看过来。孙胖子笑嘻嘻地朝车窗外的大个子喊道：“哪位是降妖除魔的大师？我们是特地从香港赶过来请大师的，请问哪位是大师？”

# 第二章 分身

大个子有些疑惑地看了孙胖子一眼，两辆旅行车倒都是香港的牌照，不过我们几个又是怎么知道他的？这个问题让大个子百思不得其解，当下有些警惕地向孙胖子问道："你们是什么人？找大师做什么？"

孙胖子龇牙一笑，说道："我们是香港孙氏集团的人，上面那座大宅子是我们老板的产业。里面闹'邪祟'闹了十几年了，找遍了香港的大师也处理不了。刚听说里面的'邪祟'被一位大师收了，所以想请这位大师去香港，我们老板必有一番酬谢。"

听了孙胖子的话，大个子一拍自己的胸脯，说道："老子就是给那座大宅子驱邪的大师，不过你们等我一会儿，我先把他们欠我的钱要回来的。我就是不服，欠了老子的钱他们还有理了？"

听了大个子的话，孙胖子打开车门走到了大个子的身边，笑眯眯地说道："大师，他们欠了你多少钱，把你气成这样？"

大个子看了为首的村民一眼，气鼓鼓地说道："一千三百五十六，这个不是钱的事儿，老子就是要个说法，我辛辛苦苦给他们驱邪，他们凭什么要扣我的钱？"

孙胖子听了，嘿嘿一笑，说道："我还以为是一千三百五十六万……"说话的同时，孙胖子掏出来自己的钱包，从里面掏出来一沓钞票，差不多有两三千的样子，他也不数，直接塞到了大个子的手里，继续说道，"我们老板打发乞丐都不止这么点钱，时间就是金钱！不是我说，大师，咱们就别浪费时间了。"

大个子数了一遍钱，小心翼翼地将钞票放进自己的内衣口袋，这才跟着孙胖子上了我们的车。上车之后，大个子见到我们几个之后愣了一下，随后向孙胖子问道："这都是你们的人？"

孙胖子点了点头，对大个子说道："一直叫你大师大师的，还没有请教大师你的名讳，一会儿见到了老板，我们也好知道该怎么称呼大师你。"

大个子说道："我叫卜庆晟，给面子的叫我一声晟哥，不给面子的话随便你们怎么叫。"

孙胖子上下打量了一番大个子，说道："卜庆晟（音：不轻生）——看你这个头就轻生不了啊！'不轻生'大师，有件事情麻烦问你一下，我们老板宅子里面还有六枚铜钱的，不知道你看到了没有？我们老板发话了，一枚铜钱一万！大师，要是在你手里的话，那就能发笔小财了。"

大个子卜庆晟的眼珠子在眼眶里面转了一圈，说道："铜钱？没有啊！当时我一门心思都在给你们老板的宅子驱邪，哪有心思找什么铜钱？不过你说的是什么铜钱？在外面卖的话应该不止你们老板出的价钱吧？"

卜庆晟的这点小心思自然瞒不过孙胖子，他嘿嘿一笑，回头看了杨枭一眼，说道："老杨，后面的话还是你来问吧！不是我说，以后讲道理的我来，不讲道理的你来。"

卜庆晟轻蔑地看着孙胖子说道："就知道你们不是什么香港大老

板的人！我是你们请上车的，请神容易送神难。拿两万来给我我就下车，要不然你们几个都别想好过！”

孙胖子的话已经算是赤裸裸的威胁了，卜庆晟非但没表现出来害怕的表情，反而变得豪横起来。他自恃人高马大，论起逞凶斗勇来从来都没怕过。而我们这辆车上，除司机以外，就我们三个了。孙胖子的体型一看就不是能打的，杨枭一副害羞的样子，差不多吓一吓就能哭出来；几个人里面，只有我看起来还有点斤两，依他看来，只要能制住了我，其他几个人都不值一提。

就在卜庆晟全力防备我时，他的身子突然僵住了，丝毫动弹不得。卜庆晟本来就没有坐稳，身子僵住之后，汽车颠簸之下直接摔到了座位底下。这个时候，杨枭慢慢地走了过去，坐到了卜庆晟刚才坐的位置上，低头看着地上的卜庆晟，说道：“宅子里面根本没有邪祟，就设置了一点小禁制而已。我看过现场，你也是误打误撞才将禁制破掉，就这你也耗了大半个月。我说你啊，胆子倒挺大，不过本事嘛，就太小了一点！”

说话的同时，杨枭拿出来一把小小的钳子，随后将卜庆晟的手抬起来，用手里的小钳子在他手上比画起来。孙胖子在一旁配合地问道：“老杨，不是我说，你这是什么意思？让你问他铜钱去哪儿了，谁让你给他修指甲了？”

杨枭笑了一下，说道：“我这不正要开始问吗？先在他五个手指甲边上开道缝，如果他还嘴硬不说的话，就把他五个手指甲都拔下来。一个不说就拔第二个，一只手不行就拔另一只——怎么就晕了？你不是胆子挺大的吗？这还没开始呢！”

杨枭的话还没说完，卜庆晟眼睛一翻，竟然直接晕倒在我们面前。孙胖子看了看躺在地上的卜庆晟，又看了看杨枭，说道：“老杨，真不是我说你，我是让你问出来那六枚铜钱藏哪儿了，不是让你把他吓晕了……”

杨枭微微一笑，也不争辩，将半瓶矿泉水浇在卜庆晟的脸上，卜庆晟才慢慢地睁开了眼睛，不过他的身子依旧僵硬着动弹不得。这时，孙胖子看着他，说道：“不是我说，再给你一次机会，如果你还不说的话，那就别怪我们手狠了……”

卜庆晟这次没有丝毫犹豫，对孙胖子大声喊道：“就在惠州市里！我把那六枚铜钱藏在我的出租房里面，现在我就带你们去拿！别动我的手！”

“早这么说不就完了吗！”孙胖子嘿嘿一笑，让司机改道朝惠州市区驶去。不到一个小时，车子便停在了一栋老旧的居民楼下。也没见杨枭使了什么手段，只轻轻地踢了卜庆晟一脚，卜庆晟的身体就恢复了正常，他慢慢地爬了起来，跟着杨枭下了车。

“别想跑啊，如果你敢跑，再抓到你就从你脚趾头开始拔！”孙胖子在后面替杨枭说了一句。不过，这时候的卜庆晟也没有跑的心思了，他只求我们拿到铜钱之后，能放过他。

卜庆晟的出租房在二楼，本来还有两个人跟他一起合租，不过那两个人刚刚搬家，现在就剩卜庆晟自己在这里住了。卜庆晟带我们去到厕所，从马桶后面的水箱里捞出来一个淡蓝色的避孕套，避孕套里面装着六枚锈迹斑斑的铜钱。

“你还真的会找地方。”孙胖子笑嘻嘻地接过来避孕套，解开之后将里面的六枚铜钱倒在了手里。这个时候，卜庆晟苦着脸问道：“你们之前说的一个铜钱一万，还能给吗……”

“我们老板说了，见到六枚铜钱就给。”得到铜钱之后，孙胖子心情大好，他将这六枚铜钱递给孟灵嫣，说道：“给你们老爷子摸摸，看是不是这六枚。”

孟灵嫣接过铜钱，小心翼翼地将它们放到了金瞎子手中。这时的金瞎子脸色变得涨红，他反复地揉搓着这六枚铜钱。与此同时，孙胖子突然感觉什么地方不对劲，脸上的笑容也凝固起来，他一双眼睛紧盯着金瞎子手里面的铜钱，右手不自觉地向自己大肚子下面摸去。

孙胖子的手还没摸到武器，金瞎子就发生了变化。只见他脸上突然冒出来一股黑气，跟着狞笑了一声，握着铜钱的手突然翻了过来，六枚铜钱叮叮当当地都落到了地上。铜钱落地之后，金瞎子跪在地上，又用手将六枚铜钱都摸了一遍。摸完最后一枚铜钱时，金瞎子就像忽然间老了十几岁，眼角的鱼尾纹急剧增多，本来花白的头发变得雪白，还有大把大把的白头发掉落下来。

就在这个时候，孙胖子突然大喊了一声："老金有问题！大家都退后！"

孙胖子说话的时候，孟灵嫣也发现了金瞎子的异常，她第一时间冲了上去，想将自己的师父扶起来。这个时候，金瞎子脸上的黑气越来越盛，转眼间就将他的身子层层包裹起来。随后，一个低沉的声音从金瞎子嘴里说了出来："我说怎么一直都找不到，原来是藏到这里了。这次的事情要谢谢你们了，要不是你们去找盲金，可能到死他都不会把这六枚铜钱拿出来。现在倒好，拿出来不算，还亲自给我推算了一卦。当初我在盲金身上留了一个分身，看样子，还真是留对了……"

向北！这个声音就是向北发出来的！眼前的场景让我回忆起来，当初在牛角山的时候，他也是用分身攻击我的。不过和当初的分身比起来，这次的分身气息要强大得多。但我想不通的是，这么强大的气息，为什么之前一点都感觉不到？

# 第三章　暗箭

这时，孙胖子已将背包里面的小睚眦抱了出来。不过小睚眦仍在呼呼大睡，无论孙胖子怎么扒拉，这小家伙还是没有一点要醒过来的样子。

孙胖子将小睚眦抱出来的时候，金瞎子的身子就僵了起来。他身上的黑气隐隐有了散开的趋势，等了半晌也没见小睚眦醒过来，金瞎子身上的黑气重新聚拢起来。他冷冷一笑，说道：“别白费心机了，看在睚眦的分儿上，除了姓沈的小子以外，你们几个我可以不动。但如果你们硬是要自不量力的话，那就两说了！”

使尽了法子也没有将小睚眦叫起来，无奈之下，孙胖子只能将小睚眦放回到背包里。他看着被黑气笼罩全身的金瞎子，说道：“不是我说你，见好就收吧！别一会儿再把吴仁荻和归不归他们盼来，那时候可就没你的好了！听我一句劝，铜钱到手就赶紧撤吧，照这剧情发展，老吴他们一会儿就该到了，他们到了可就没你的好了。”

“吴勉？”被黑气笼罩全身的金瞎子怪笑了一声，随后看着孙胖子说道，“你猜他现在的心思是在你们身上，还是在邵一一的身上？你们将那小姑娘带在身边的确让我有点顾虑，不过她现在是在酒店，你以为吴勉就真不怕我再劫持一次那个小姑……”

金瞎子的话还没有说完，他身后突然血光一闪，杨枭凭空出现在血光之中。刚才金瞎子浑身冒黑气的时候，谁都没有注意到一直一声不吭的杨枭突然消失，这时再次出现，杨枭手上握着根大铜钉子对准金瞎子的后心扎了下去。

眼见钉子尖就要扎到金瞎子后心的时候，他身上的黑气突然散开，随后飞快地向杨枭猛扑过去。杨枭似乎早就预料到了会有这一手，突然一张嘴，一口鲜血向已经冲到身前的黑气喷了过去。这股黑气似乎挺忌惮杨枭的这一口舌尖血，在鲜血喷过来的一瞬间，黑气再次散开。

就在这时，杨枭另外一只手上突然出现了一支绳镖。他将绳镖对准黑气的中心抡了过去，不过房间内的空间太小，并不适合杨枭施展手中的绳镖——在半空中的绳镖一下挂到了黑气旁边的衣服架子上。虽然杨枭马上抖手甩开了衣架，再次甩动镖头向黑气的方向打去，但就因为这么一丁点时间的停顿，形势已经扭转了过来。

趁绳镖被衣架挂住的工夫，黑气再次退回，又笼罩到金瞎子的身上。本来这个时候，孟灵嫣刚将金瞎子从地上扶了起来，见金瞎子又被黑气笼罩住，无奈之下，孟灵嫣只能赶紧退了回来。

这时候，杨枭的手臂一甩，绳镖的镖头对着“金瞎子”的眉心扎了下去。惊得孟灵嫣在一边大喊：“别伤到我师傅！”这时候的杨枭哪里还顾得上金瞎子，他就当没有听到孟灵嫣的话，手上又加了一把劲，催动着绳镖向黑气中央扎了过去。

眼看镖头就要刺中金瞎子眉心时，被黑气笼罩的金瞎子突然发出一声冷笑，同时飞快地出手抓住了绳镖的镖头。一支绳镖在他们二人的手上被拉得笔直，杨枭试了好几次都不能将绳镖拽回来。就在两人正僵持的时候，我将罪罚双剑对着金瞎子身上的黑气甩了过去。

刚才杨枭出现的时候，我就想和老杨一起前后夹击被向北控制住的金瞎子。就在我准备动手的前一刻，却被孙胖子一把拦住：“老杨能顶一会儿，咱们先把铜钱捡起来，别一会儿连这六枚铜钱都没能保住。”我明白孙胖子的心思，他是怕捡铜钱的时候遭到暗算，才拉着我护住他的。

等我和孙胖子将地上的铜钱都捡了起来的时候，正赶上杨枭和金瞎子各抓着绳镖的一头僵持不下，当下我拔出两把短剑对着金瞎子后心黑气最稠密的位置甩了过去。由于怕伤着被黑气包裹着的金瞎子，我这一下没敢使全力。眼看两把短剑就要接触到那一团黑气的时候，那一团黑气突然再次散开，这时再想驱使两把短剑改变方向已经来不及了。幸亏我这一下并没有使全力，剑锋只在金瞎子身上蹭了一下，割出一道浅浅的血痕就飞过去了。

不再被黑气控制的金瞎子这时才感觉到背后的疼痛，他先是惨叫了一声，却忘了手里还抓着绳镖的镖头，冷不防被杨枭用力向回一拽，金瞎子登时被拽得飞了出去，直接撞到了墙壁上，之后再反弹摔到地上。

这个时候，孙胖子在身后冲我们几个大声喊道：“不能在这里待着了，快出去！”说话的时候，孙胖子已经第一个冲到了外面，然后一溜烟儿地跑到了楼下。金瞎子摔出去之后，孟灵嫣第一时间就冲了上去，叫过早被吓呆了的司机，两个人一起搀着金瞎子，跟在孙胖子后面，也跑了出去。

现在房间里面，除了我和杨枭，以及那一大团黑气，就只剩下一米九的大个子卜庆晟了。他藏在电视柜的侧后方，手里紧紧握着一把菜刀，看他的样子，是还没弄明白究竟出了什么事，多半以为我们正在内讧呢！他一双眼睛紧紧盯着杨枭的身影，时不时往门口的方向瞟一眼，准备找准机会也跑出去。

这时，也没有人还有心思管他。黑气从金瞎子的身上散开之后，又快速地凝聚在了一起，隐隐约约地形成了向北的模样。黑气凝聚而成的“向北”冷笑了一声，对杨枭说道：“不愧是杨枭，连我这个分身忌血都知道！刚才那几手练了有一阵子了吧？看样子是专门用来对付我的？”

“可惜，最后还是差了那么一点。”杨枭看着“向北”，顿了一下，继续说道，“不过你也太托大了，仅凭一个分身就想将我们都解决掉？如果分身被我们伤了，你的本体也会受到伤害，就为了这几枚铜钱，值吗？”

“值不值得以后你就知道了。”“向北”哼了一声，转身看了我一眼，说道：“看来你也没有什么出奇的东西了，既然你们俩都没有后手的话，那我就不客气了。”

他的话还没有说完，杨枭的绳镖再次突然出现，好像毒蛇一般缠住了他的脖子，随后向后猛地一勒，竟然将烟雾状态的“向北”勒得向后倒了下去。与此同时，我再次驱使两把短剑一前一后地朝“向北”的前后心扎了下去——我和杨枭配合得就像事先演练过无数次一样。

眼见短剑就要击中“向北”的时候，“向北”突然伸手抓住缠在自己脖子上的绳镖，用力一拽，竟然将杨枭拽得双脚离地飞过去挡到了他的身前。我还没来得及让短剑变向，在他俩身后突然窜出来一个人，手握菜刀对着杨枭砍了下去：“我让你想拔我的手指甲……”

# 第四章　睡醒的睚眦

这个时候的杨枭已经被“向北”制住，而且他全部的注意力也都在“向北”身上，完全没有注意到卜庆晟已经冲了过来。等他发现卜庆晟的时候，杨枭的肩头已经挨了一刀，鲜血顿时涌了出来，溅了“向北”一身。

还以为杨枭又被逆转了！没想到的是，溅到了杨枭的鲜血，“向北”突然一声惨叫，随即松开了杨枭，本来凝聚成了人形的烟雾再次四散开。杨枭这才缓了一口气，不过他失血过多，也没有余力再战，看了我一眼，说道：“沈辣，对不住，我先走一步了。”

这话刚刚说完，杨枭突然喷出来一口鲜血，同时整个身体前倾消失在血光中。这就把我一个人扔在这里了？同样不知所措的还有卜庆晟——本来他以为我们在和金瞎子闹内讧，见杨枭被制住，想捡个便宜砍杨枭一刀报仇，然后再趁乱逃走的。没想到一刀砍下去，反让杨枭挣脱了控制，紧跟着杨枭竟凭空消失了！同时，也是直到刚才他冲上前砍中杨枭时才发现，和杨枭打斗的“人”哪是什么他以为的金瞎子，而是一团烟雾！虽然他也学过几天道术，自称“大师”到处招摇撞骗，这样诡异的场景却闻所未闻，顿时就被吓傻了，举着菜刀呆呆地站在原地，连逃跑都忘记了。

看着那股黑气又慢慢地凝结成向北的样子，我也不敢继续在这儿耗着了，还是尽快脱身为好。当下我拉着还在发愣的卜庆晟，从二楼的阳台上跳了下去。

我们跳下来之后，马上见到从胡同外面开过来一辆旅行车，正是金瞎子两辆车中的一辆。孙胖子坐在驾驶的位置，朝我这边大声喊道："辣子，过来！"他的话音未落，就见身后二楼我和卜庆晟刚刚跳下来的位置，那股黑气也从上面飘了下来。

黑气飘下来之后，便直接朝我们这边飘了过来。飘过来的同时，黑气快速地凝结在一起，再次变成了向北的模样。孙胖子为给我们争取一点时间，他从肚子下面摸出来左轮手枪，对着黑气就是六抢。这六枪虽然没能把"向北"怎么样，但也减慢了一点人形黑气的前进速度。每一发子弹打中黑气时，它都会停顿几秒，六枪连续打下来，已经足够我跑到旅行车旁了。

就在我准备上车时，身后的"向北"突然停住了追赶的脚步。他在我背后冷笑了一声，说道："如果你跑了，那我就只能将这口怨气撒到这栋楼里其他人的身上了。他们的死，至少有一半要算在你的头上……"

说完，"向北"的身体再次扩散开来，化成一股烟雾，开始向整座大楼弥漫。没想到向北竟然无耻到这种地步，完全没有白头发人的尊严，下三烂到用无辜之人的性命来威胁我。

虽然孙胖子还在一个劲儿地劝我上车，但我没有丝毫的犹豫。挣脱孙胖子拉着我的手，转身面对黑气最稠密的位置，将两把短剑甩出去，同时人也向回走去。两道电光闪过，直接从黑气中间穿过，但并未起到任何作用。这时候，黑气不再扩散，重新聚拢到一起，慢慢地又变成了向北的模样。

见我走回来，"向北"笑了一声，对我说道："这样才对，要不然今天死伤的人命都要算到你的头上。好了，既然回来了，就乖乖跟我走吧！等我把种子取出来，自然会放你离开……”

他的话还没有说完，我身后突然响起来一阵喇叭声响。伴随着这阵喇叭声响，还有孙胖子的叫喊声：“辣子！你让开！别撞到你！”随后就是汽车急驰过来的声音，当下我来不及细想，身体条件反射立即贴在了墙壁上。

我的身体刚刚贴在墙边，孙胖子驾驶的旅行车就冲了过来。他先是将“向北”再次撞散，随后倒车回来停在我身边，打开车门，用力地将我往车上面拽。就在这个时候，被孙胖子撞散的黑气已经飘到了旅行车里面。

这次的黑气快速地凝结成了向北的模样，他狞笑了一声，冲孙胖子说道：“我是不是应该先了结你？”说话的同时，他已经伸手向孙胖子抓了过来。好在我就在孙胖子旁边，急忙将孙胖子拉下了车。就这样还是稍慢了一点，孙胖子后背的衣服被“向北”抓破，白花花的后背上被向北抓出了五道血痕。

正当我把孙胖子拉下车，准备和他一起逃跑时，车上孙胖子的背包里面突然传出“嘎”的一声怪叫，小睚眦的脑袋从背包的袋口探了出来，瞪着一双大眼睛看向正龇牙咧嘴的孙胖子。见到孙胖子背上的血痕，小睚眦又是一声怪叫，紧接着从背包里面钻了出来。

小睚眦三步两步就蹿到了孙胖子的背上，用它的小爪子抓着孙胖子的衣服，小心翼翼地舔了几下孙胖子背上的伤口。不知道是不是故意叫给小睚眦听的，孙胖子的哀号声越来越大。小睚眦舔了几下，突然大叫了一声，瞪着眼睛朝自己的身后望去。

自从小睚眦现身，“向北”的身体就僵住了。看他的样子有点像是在纠结，到底是一鼓作地气将我们解决掉，还是立刻脚底抹油开溜。犹豫了一阵，还是我身体里面的种子对他的诱惑力大——“向北”小心翼翼地绕开孙胖子和小眶眦，准备直接将我拖走。可惜还是慢了一步！

被小眶眦瞪了一眼，“向北”的脸上露出了惊恐的表情。这时他终于舍得放弃我身体里面的种子了，身子立刻开始雾化，准备再化成黑烟逃走。就在“向北”的身体刚刚开始扩散时，小眶眦已经朝“向北”扑了过去，顿时就将雾化到一半的“向北”直接撞出了对面的车门。

被小眶眦这么一撞，刚雾化到一半的“向北”被撞回了原形，回复到实体的状态。一声惨叫过后，“向北”已经倒在了地上。倒在地上的“向北”一动也不敢动，不知什么时候，因为发怒而变得浑身通红的小眶眦又扑了过去，现在正站在他的胸膛上。看“向北”脸上的表情，就好像被一把手枪顶住了脑门，既紧张又恐惧。

虽然瞬间就将“向北”制住，小眶眦却并不着急动手。它转过身子，看向孙胖子的方向，似乎在等他的命令。这时，孙胖子也摇摇晃晃地站了起来，和我一起绕过车头，走到“向北”的身前。

看着地上的“向北”，孙胖子笑了一声，说道：“不是我说，听过三十年河东三十年河西吧！刚才你把我们撵得满世界乱窜的时候，没想到会是现在这样的结果吧？本来我还不想把你太怎么样，不过刚才你自己说了，要把这座楼里的人都杀了！如果我现在放了你，那就是害了他们了……”

不知道“向北”是被小眶眦吓到了，还是有其他原因，他只是惊恐地看着自己身上的小眶眦，连反驳孙胖子的话都没有说出来。

孙胖子看向小眶眦的时候，又换上了疼得龇牙咧嘴的表情，对他这没有血缘关系的“亲生儿子”说道：“刚才他怎么欺负我的，你可是看到了！你不会吓一下他就算完了吧？”

孙胖子的话音刚落，小眶眦已经怪叫了一声，张开嘴巴，对准“向北”的脖子，一口咬了下去……

## 第五章　孙胖子的话

被小睚眦咬到之后，“向北”不敢去触碰小睚眦，只能拼命地晃动身体，想把小睚眦从身上甩下来。不过小睚眦就像是粘在了“向北”的脖子上一样，任凭“向北”怎么晃动身体，都没法将它甩脱。小睚眦的嘴巴在“向北”的脖子上吸吮着，没过多久，“向北”的神情就开始萎靡起来。

在挣扎的过程中，“向北”几次想雾化逃生，但每当他的身子刚刚变得模糊起来的时候，小睚眦就在“向北”的耳边低吼一声。这一声吼叫在我和孙胖子听来没有什么特别的，但是“向北”听了之后，顿时浑身一震，刚要雾化的身体重新恢复原状，任由小睚眦在他的脖子上继续吸吮。差不多一根烟的工夫，“向北”的身子逐渐变小，这个过程没有持续太长，几分钟的时间，“向北”竟然被小小的睚眦吸到了肚子里。

将“向北”吞掉以后，小睚眦也开始变得萎靡起来。它强打起精神看了孙胖子一眼，张嘴轻叫了一声“嘎”。这一声叫完，小睚眦再也坚持不住，就这么倒在地上，重新呼呼大睡起来。

确定“向北”已经被小睚眦吞进了肚子里面，孙胖子这才过去将他的“亲儿子”抱了起来，小心翼翼地放回到背包里面，嘴里自言自语道：“到底是亲生的，就是这么够意思，见到亲爹被人欺负了，就出来帮亲爹拔闯！不是我说，真是没有白疼你……”

孙胖子的话刚刚说完，他的手机突然响了起来。看了一眼来电显示，孙胖子笑了一声，随后接通了电话，说道：“孟大妹子，没事了。向北的分身已经被我收拾了！动动手指头的事儿，没什么大不了的，你看，我说了你还不信，那你问我干什么？对了，你师父金瞎——金北海现在怎么样了？嗯，那你别等我们了，先送他上医院吧……”

挂了电话，孙胖子回头对我说道：“辣子，金瞎子要交代了。不是我说，本来这次去香港就是看他最后一眼的，没想到这回真可能是最后一眼了。你说好好的，没事非要自己折腾自己，遭报应了吧？”

“不对啊。”我看了孙胖子一眼，摇了摇头，说道，“金瞎子不是说他还有二十几年的寿命吗？这日子也没到，怎么就成最后一眼了？”

“这我就不知道了。”孙胖子说话的时候，眼睛瞄向了蹲在旅行车车尾，正在不停打战的卜庆晟，说道：“大个子，你胆子不是挺大的吗？当初敢进大宅子‘驱邪’，现在就看见这么点东西，你就受不了了？”

“其实我压根儿就不会驱邪。”卜庆晟实在受不了这份压力，当下跟我们说了去金瞎子的大宅子“驱邪”的事情。敢情这个卜庆晟，原本是汕头的一个小混混，不学无术，也没有干过什么正经的工作，经由亲戚介绍，给一位在汕头街面上摆摊算命的“赛半仙”当学徒。这个村的村长碰见他的时候，正巧赶上“赛半仙”临时有事，让卜庆晟替他看着摊子。

卜庆晟顶着“赛半仙”的名号，被村长请去金瞎子的大宅子“驱邪”。卜庆晟进到大宅子之后，只是藏身在大门内玄关的位置，并不敢往里面走。他心里盘算着就在这里熬一晚，等第二天天亮出去就跟外面的村民说已经“驱邪”成功了。反正这事谁也说不清楚，到时只要他一口咬定已经“驱邪”成功，村长答应给的酬金一毛钱也不能少。

等到晚上七八点钟，卜庆晟去墙角小便的时候，无意中在墙角两侧发现了一个古怪的图案。不过等他注意到这个图案的时候，卜庆晟的一大泼尿已经撒到了上面。说来也怪，自打这古怪的图案被卜庆晟的尿淋过，一阵微风袭来，卜庆晟突然感觉舒服了很多，自打进到大宅子里面的那种别扭的感觉也减轻了不少。

卜庆晟表面上五大三粗的，却不是笨人，马上明白这座宅子的问题十有八九就出在这些古怪的图案上。当下他奓着胆子，在大宅子里四处查看起来，很快又被他找到其他三处类似的古怪图案，他依样画葫芦，又撒尿将这三处的阵法破掉。

将这三处阵法都祛除以后，卜庆晟又在宅子里找了一圈，再没有发现类似的古怪图案。身处大宅子里，顿时神清气爽，一点别扭的感觉也没有了。到这个时候，卜庆晟的胆子也大了起来，这时的他，不仅想要拿村长答应好的酬金，更生出了在大宅里搜刮一番的心思。只是这会儿是晚上，搜寻起来不方便，于是决定等第二天白天的时候再说。

等到第二天天亮，吃了村民送来的早饭，卜庆晟推说“驱邪”还有一点收尾的工作没有完成，将村民支走以后，他仍留在宅子里面。卜庆晟一连找了好些天，终于在一间东厢房的墙壁上发现了一个奇怪的凸起。将外面的墙皮扒开之后，露出了藏在里面的六枚锈迹斑斑的铜钱。

能把铜钱藏得这么严实，想来这几枚铜钱一定是什么宝物。卜庆晟从大宅子里面出来之后，直接去了广州的古玩市场。但在古玩市场逛了一个遍，也没有一位行家能说出这六枚铜钱的来历。铜钱上面除了几个古怪的符号之外，连个字都没有，怎么看都不像是正经东西。

在广州嘚瑟了一段时间，将村长付给他的酬金都花光以后，卜庆晟想起村长还扣掉了他的伙食费，这才继续回来要账，想不到直接撞到了枪口上。

孙胖子听了，看着惊魂未定的卜庆晟，笑了一下，说道："不对啊，那面墙我也看了，哪有什么墙皮被扒开的痕迹？不轻生的小子，说实话，你是怎么把铜钱拿出来的？"

"真是一块一块揭了墙皮，才把铜钱拿出来的。"卜庆晟怯生生地看了看孙胖子，继续说道，"我也是怕被你们本主看出来，所以拿到铜钱之后，趁天黑的时候村民们不敢靠近，偷偷跑出去买了点石灰水泥，按照原样把墙壁重新抹好，又用泥灰做旧了，不是行家根本看不出来。您不知道，我干'半仙'之前，还干过瓦工，这点活在我手上不算什么。"

卜庆晟说话的时候，孙胖子就一直在看着他。等卜庆晟说完之后，孙胖子嘿嘿笑了一声，突然向卜庆晟问道："之后你有什么打算？是继续当你的'半仙'呢，还是再找个包工队去干瓦工？"

卜庆晟想了一阵子，说道："'半仙'这活不是人干的，我还是继续回工地和水泥吧。"

孙胖子听了，微笑着看向卜庆晟，说道："我给你个机会，跟我们去首都吧！好歹不用回工地干力气活了。放心，赚得不会比当瓦工少。"

卜庆晟愣了一下，他没有想到能有这么便宜的事儿。刚才孙胖子找他说话的时候，卜庆晟还以为孙胖子是想替刚才那个吐血的白头发报仇的，最轻也是找他赔偿医药费什么的，没想到剧情居然反转了。

孙胖子又问了一遍，卜庆晟几乎没有任何犹豫地答应了。就在他回楼上去收拾行李的时候，我向孙胖子说道："大圣，你到底是什么意思？"

# 第六章　草木皆兵

孙胖子回头冲我一笑，说道："你不觉得这哥们儿挺有意思的吗？不是我说，辣子，你见过会砌墙的'半仙'吗？"

"先别管他会不会砌墙了。"我看了孙胖子一眼，说道，"刚才这个卜庆晟砍了老杨一刀。就老杨那小心眼，你信不信，你第一天把他弄进公司，老杨第二天就敢弄死他。"

孙胖子听了之后哈哈笑了一阵，随后对我说道："你也太小看老杨了，和你打个赌，这次老杨非但不会弄死他，而且还会便宜这小子。咱们赌一个月的工资，怎么样？"

现在的我已经不像几年前那样在乎钱了，有了萧和尚给我的家底，够我比较奢侈地过几辈子了。别说是一个月的工资，就算是一年的工资我也不太在意。正当我准备答应孙胖子的时候，孙胖子的电话又响了起来。电话接通之后，孙胖子对电话那一头的人说道："大官人，不是我说，你的鼻子怎么那么灵？我这边的事情刚刚结束，你的电话就到了。要不是和你熟了的话，我还以为你在这里面也掺和了一脚呢！嗯，你不是在监控里面都看到了吗？"

说话的时候，孙胖子原地转了一圈，随后对着楼顶上的一个摄像头招了招手，嘴里继续说道：“以你那里的角度来看，我是不是瘦了一点？”说到这里，孙胖子顿了一下。电话里面的西门链不知道说了什么惹到了他，孙胖子有些不耐烦地说道，“刚才你不是都看见了吗？就看见我们跟着空气打了？嗯，你猜对了，是‘向北’，也算他本人之一吧。放心，正主现在还在西安。有归不归和任叁看着，他不可能穿越到这里来。好了，废话我也不多说了，这边的事情已经完了，你让手下过来擦屁股吧。”

孙胖子这边刚刚挂了电话，那边卜庆晟就提着一个硕大的红白蓝三色袋子从楼里面走了出来。孙胖子已经上了旅行车，将车子发动起来之后，载着我和卜庆晟直接去了当地的一家医院。

在急救病房里面，我们见到了头发花白的金瞎子。刚才那六枚铜钱从他手中掉落的时候，金瞎子就好像是老了十几岁一样，现在躺在病床上仍旧昏迷不醒。听孟灵嫣说，刚到医院的时候，金瞎子还清醒了一段时间。不过他给自己算了一卦之后，一口血喷出来，当场就晕倒了。幸好是在医院里，经过紧急抢救才算保住了性命。听在场的医生说，金瞎子现在多处器官衰竭，能不能过了这一关，还在两说之间。

打听完金瞎子的现状之后，孙胖子悄悄地将孟灵嫣拉到了一边，对她说道：“大妹子，老金给自己算的卦上怎么说的？不就是少了十年的命吗？之前老金说他还有二十多年的命，减去十年还有十多年，你好好劝劝他，没什么大不了的。”

“要是这么简单就好了。”孟灵嫣用一口带着广东白话腔的普通话，再次说道，“现在不光是减了十年寿命的问题，他的后半生怕是要在病床上过了。就是算出来这个，他才气急攻心晕倒的。”

孙胖子正要安慰几句的时候，病房的大门突然打开，杨军护着邵一一已经到了。经过了刚才向北分身的事情，孙胖子不放心邵一一待在酒店，索性让杨军把她也带了过来。杨军过来的时候还带来一个消息器，杨枭就在他们的身后，不过要晚点才能过来。

看了眼一直昏迷不醒的金瞎子，杨军将孙胖子拉到了一边，仔细询问了刚才的事发经过。随后，他的眉毛拧得快要变成一个疙瘩了。见孟灵嫣和卜庆晟这两个外人的注意力都不在他们身上，他才低声地对孙胖子说道："向北既然能劫持邵一一要挟吴勉，他也能用还在海上漂荡的主人来要挟我，甚至还会拿杨枭的小媳妇来要挟他。孙德胜，和你交一个实底，如果真遇上那样的情况，我和杨枭都要为他所用。虽然我们俩不能把吴勉怎么样，但要对付你或者暗算沈辣，还是轻而易举的。"

杨军说话的时候，孙胖子一直都笑眯眯地看着他。等杨军说完之后，他才微笑着说道："大杨，你也不用那么客气。说吧，你和杨枭到底想怎么样？"

杨军盯着孙胖子的眼睛说道："我和杨枭各说各的，我想让你帮个忙，去海上把我的主人接到陆地上。你这么伶牙俐齿的，肯定有办法把我的主人骗上岸。这件事情要办就尽快办妥，向北也是从无间地狱里面出来的，无间地狱出口的海域就是我主人的活动范围，这个一定要尽快办妥……"

杨军的话刚刚说到这里，就见脸色红润的杨枭推门进来。杨枭进来的时候正好听到杨军的话，他也要求孙胖子赶紧想办法把他的老婆保护起来。

"饭要一口一口吃，事情要一件一件去办。"孙胖子看了看杨枭和杨军，说道，"既然都在一口锅里面混饭吃了，你们的事情就是我的事情。大杨，你的主人就是我的主人，这次我就算绑也要把他绑到岸上。别看他嘴硬，只要你那位小主人两脚一沾到陆地，就舍不得继续漂在海上了。"

说到这里的时候，孙胖子顿了一下，转头看着杨枭说道：“都是一个道理，老杨，你的老婆就是我的——妹妹。彻底地解决掉向北之前，我会把你的小媳妇安排好的。不过礼尚往来，老杨，我这边也有点小事情，希望你也能帮我一点小忙。”

杨枭听了孙胖子的话，愣了一下，说道：“只要你能保护好我老婆的安全，你有什么事情，我一定照办。”

“那我就放心了。”孙胖子冲杨枭嘿嘿一笑，突然回头，冲身后的卜庆晟说道，“‘不轻生’的小子，过来，我给你找了个师父，过来给师父磕头吧。”

孙胖子的话音刚落，卜庆晟这个大个子几步就到了我们身边，随后对着杨枭就跪了下去。杨枭见到卜庆晟之后，眼角的肌肉不自觉地跳了两下，第一反应就是立即弄死这个大个子。不过看在孙胖子的面子上，他倒是没有发作。等卜庆晟几个头磕完爬了起来，杨枭才皮笑肉不笑地说道：“你要感谢孙德胜了，如果他的话说得慢一点的话，你现在应该就和金北海躺在一张病床上……”

杨枭说完，卜庆晟的冷汗就流了下来。这个时候，孙胖子突然想到了什么，他从自己的背包里面将小睚眦抱了出来，随后对杨军说道：“大杨，你帮我看看我的‘亲儿子’，它吞了向北的分身之后就这样了。一直睡到现在都没有醒过来……”

刚才说到向北分身被除掉的时候，孙胖子只是顺带着提了提小睚眦，并没有细说过程，现在是不能不说了。听了孙胖子的话，杨军的脸色冷得快要结出冰碴了：“不是和你说了吗？小睚眦现在不能进食，你这是想要它的命吗？”

# 第七章　出海寻人

杨军说话的时候，已经将小睚眦从孙胖子的手中接了过去，查看了一番之后，说道：“给你两个选择，一是你继续带着小睚眦，直到把它喂死为止。二是把它给我，我给它调养一下。什么时候调养好了，什么时候再还给你。”

孙胖子对杨军的话很是纠结，现在的小睚眦对他来说，就像是核武器一样。更何况现在的情况，只是废了向北的一个分身，本主还在外面晃悠，没有小睚眦在身边，孙胖子心里还真是没底。

不过看着一直沉睡不醒的小睚眦，孙胖子也明白不能让它再继续吃不易消化的东西了。杨军不是杨枭，这哥们儿从来不说没谱的话，现在除了把小睚眦交给大杨调养之外，就再没有什么别的办法了。

无奈之下，孙胖子只得将他的“亲儿子”交给了杨军。等西门链的人到了，将这边的事情交接完毕之后，便和我们一起回到了首都。

再说一句题外话，这次最倒霉的除了向北之外，就是金北海了。平白无故挨了一顿揍不说，现在连床都下不了。孟灵嫣将金瞎子带回了香港，一个礼拜之后他才勉强能下床。半个月之后，香港那边传出风声，人称“盲金”的金北海要金盆洗手，他“铁板神算”的金字招牌正式地传给了他唯一的女徒弟——孟灵嫣。

金瞎子举办金盆洗手的仪式时，几乎将整个圈子里面的人都请到了，甚至连我都接到了请柬，却唯独没有请孙胖子。不过话说回来，就算金瞎子请了孙胖子，孙胖子也未必有时间去凑这个热闹。就在金瞎子举行金盆洗手仪式的同时，我和孙胖子还有杨军正在海上，寻找小朱皇帝那艘超级豪华的游船。

六枚铜钱的事情结束之后，我们几个就回到了首都。我们上飞机之前，孙胖子联系了归不归和任叁，他们那边也不顺利，两个人一直追在向北的屁股后面，好几次马上就要抓到他了，但到最后还是功亏一篑。不过听归不归的意思，向北这次出现在西安，似乎是在找什么东西。最后一次向北跑掉的时候，还受了不轻的伤，也不知道是不是因为这边的“分身”消亡，连带着向北也受到了伤害。

回到首都的第二天，杨军就开始催促孙胖子出海。也不知道杨枭许了什么条件，竟然说动了孙胖子，在出海之前，孙胖子先去办了杨枭老婆及全家去欧洲的事。就为这个，二杨还差点伤了和气。

准备出海的时候，孙胖子着实忙活了好一阵子。他动用了以前民调局的关系，找到了民调局时期处理海事的船只，准备了海上要用的物品。等到一切都准备妥当，我和孙胖子还有二杨终于在天津的码头上了船。

船长还是民调局时期的外围，只不过民调局解散之后，他并没有像西门链他们一样进到公安系统，而是选择靠海吃海，就靠着这条海船，平时给人运送一些货物，偶尔也接一些出海游玩儿的活儿。这日子过得虽然没有民调局时期那么刺激，却还算滋润。

被孙胖子找到的时候，这位船长还有点小兴奋。一个劲地向孙胖子打听，民调局是不是要重新开张。听孙胖子说只是让他客串一下，船长还有一点失望。

小朱皇帝游艇的行驶路径，杨军早已经烂熟于心。当下由他指路，我们这艘海船正式起程。差不多开了十几个小时，天色已经完全黑了下来。这时，前方海面突然起了一股浓浓的雾气，海船驶进雾气范围以内之后，船上所有的通信装置，以及辨别方向的设备，统统失灵了。

驶进大雾范围内一段时间，杨军让船长停了发动机，就让海船在大雾里自行漂行。如果这时候大雾里有别的船只开过来，不开到十米以内谁都看不见谁，真要在这个距离内见到别的船，想不撞上都不可能了。

这船一停就是整整一宿。等到第二天早上八点多钟，正常天色应该大亮的时候，大雾当中还是漆黑一片，不过就在这个时候，大雾终于有了消散的迹象。我们的正前方吹过来一阵海风，不多时便将浓厚的雾气吹得干干净净。

雾气消失之后，眼前的景色却让我们更吃惊。现在应该是上午九点多钟，可是眼前还是黑乎乎的一片，开始还以为是天上的乌云遮住了阳光，抬头却看到天空中群星闪烁，这时我们才意识到事情并不是我们想象的那么简单。

看到了天上的星星之后，杨军显得很是兴奋，他从身上掏出来一幅由他本人亲手所绘的海图交给了船长，让船长按照海图上面的路线行驶。现在所有的导航工具全部失灵，只能凭借船长的经验，慢慢地向着海图上面的中心点行驶过去。

好在孙胖子早有准备，这条船的四周都挂满了大功率的探照灯。在我们这艘船周围几海里的范围之内，所有的事物都能看得清清楚楚。如果这个时候遇到小朱皇帝的游艇，一定逃不过我们几个人的眼睛。

又行驶了七八个小时，前方海面突然出现了一个小小的海岛。等我们的船行驶到近前才看清，与其说这是座海岛，还不如说是一块巨大的礁石更为贴切。大礁石上面长满了海藻，在探照灯的照射下，隐隐约约像是有人在礁石附近的海水里潜泳。

“停船吧。”杨军沉吟了一下，对船长说道，“就在这里等着，这里是宝船航行的必经之路。以前乘坐宝船每隔五天便会经过这里一次，现在有了那种快船，两三天之内一定会遇到他们。”

说到这里的时候，杨军回过头来，看了孙胖子一眼，随后继续说道：“之后的事情就要看你的了，我那位主人几百年都没有上过岸。如果你能说服他上岸的话，不管你提出来什么要求，我都会答应；就算要我的性命也只管拿去，我不会有半分犹豫。”

孙胖子嘿嘿笑了一声，随后说道：“好端端的说得那么严重做什么？大杨，你把心放在肚子里。不是我说，这个世上除了吴仁荻之外，还没有谁是我说不动的。”说到这里，孙胖子又转头对船长说道：“老大，反正还有老长的一段时间要等，你把吃的东西拿出来，咱们边吃边等。顺便也算提前庆祝小……大杨的那位主人上岸。”

这次出海，所有的应用之物都是孙胖子准备的，船长自然不会替他省着，当下叫了几个船员去船舱将吃喝的东西都拿了出来。我们这些人就在甲板上开始吃喝起来，本来船长的规矩极严，开船之后就不能喝酒，不过现在的情况，没有几两白酒壮胆，还真不太敢待在这里等人。

开始船长和他手下的船员还有点心神不宁的，不过二两酒下肚之后，他们也都无所谓了，其中一名船员多喝了几杯，晃晃悠悠地站了起来，走到船舷边撒尿。不过这泡尿还没有撒完，就见这船员突然转身，指着海面上大声喊道：“你们看海面上，那是什么？”

# 第八章　空船

这名船员明显是惊到了，他转回身的同时，都忘了自己正在撒尿，好在他的射程有限，没有溅到距离他最近的孙胖子身上。

他这是看到了什么，能吓成这样？我们也顾不上吃喝了，同时站起来走到船舷处。在探照灯的照耀之下，只见四五百米之外的海面上一片血红，在血红的海水中央漂浮着一条残破不堪的木船。木船四周围漂着十几具已经被海水泡成浮囊的尸体，其中有一半的尸体已经顺着海水的涌动漂了过来。

即便像船员这样的普通人也能清晰地看到，向我们这艘海船漂过来的尸体已经变得残缺不全。尸体表面和周围的海水都附着一些白花花的小虫子。在这些数不清的小虫子的啃噬下，这几具漂过来的尸体正以肉眼可见的速度逐渐消失。这些白花花的小虫子啃噬完一具尸体之后，很快又聚拢到其他的尸体上。没过多久，海面上的尸体就被这些小虫子啃噬得干干净净，消失在我们的视野里。

血海虫！第一次见到杨军和小朱皇帝的时候，我和孙胖子就见过这种怪异的虫子。当初就是这些恶心的小虫子让我们的那艘船沉没的，想不到时隔多年，我们又遇到了这种血海虫。

我们这艘船的船长和船员都没有见过这种怪异的虫子，当下船长的第一反应就是要开船逃走。就在船长往驾驶舱里面跑的时候，却被杨军一把拦住。杨军从甲板上的食物堆里找出了一瓶高度白酒，拎着白酒瓶走到了船舷边。他先拧开瓶盖，接着从怀里掏出一包药粉，将药粉倒入白酒瓶内，晃了晃酒瓶，让药粉和瓶内的白酒融合到一起。

等有零星的血海虫漂过来时，杨军将混了药粉的白酒倒在了海面上。只见白酒溅到血海虫身上时，这些白花花的小虫子立刻蔫了下来，随后这些小虫子开始迅速地腐烂，很快消失在海水中。

一瓶白酒倒完，我们这艘船附近的血海虫已经消失得差不多了。而远处的血海虫也不敢靠近这片倒了白酒的海域，它们将那艘木船和周围的尸体都啃噬干净之后，很快便消失不见，这片海域内好像鲜血一样的东西也同时消失了。

直到这片海域内的血海虫全部消失，我、孙胖子和二杨才重新回到甲板上，围着那一大堆食物继续吃喝起来。船长安排了几名船员继续监视海面，就这样他还不放心，自己径直去了驾驶舱。看他的架势，只要再有异常的情况出现，他立马就会起锚离开这片海域。显然，他并不知道，无论什么样的情况，杨军都一定不会让他走的。

好在之后的一段时间，海面上再没有其他异常的情况发生。吃饱喝足以后，我和孙胖子的困意也上来了。谁知道小朱皇帝什么时候回来，当下我们和二杨商量了一番，我和孙胖子先去船舱休息，他们俩守在这里。等我和孙胖子休息好之后，再来换他们俩。

进了船舱之后，我找到一张还算干净的床，躺在了上面。这艘海船一直都晃晃悠悠的，想要睡也睡不踏实，我闭着眼睛躺在床上，一直都是半梦半醒的状态。也不知道过了多久，突然听到外面的甲板上一阵骚动，紧跟着杨军的声音响了起来：“孙德胜！我主人的船到了！你快点出来看看。”

杨军刚才说的，还要两三天才能见到的小朱皇帝的游艇，没想到这么快就遇到了。当下我和孙胖子同时起身，出了船舱之后，就看见几百米之外的海面上，行驶过来的正是当初小朱皇帝从归不归那里讹来的那艘豪华游艇。

看着游艇慢慢向我们这边行驶过来，不知道为什么，我突然感觉这艘游艇有一种说不出来的别扭，但具体哪里别扭又说不上来。这个时候，杨军显得有些激动，他回头对孙胖子说道："上次归不归就是把这艘游艇送给我主人的？看着一般，也不怎么样嘛！"

杨军说话的时候，孙胖子正在上下打量这艘越来越近的游艇。他脸上的表情和我一样，正皱着眉头，好像有什么事情没有想明白。听了杨军的话，他突然说道："大杨，你先好好看看，这船上有人吗？"

说话的同时，孙胖子向船长做了个手势，让他安排人将探照灯打开。之前船长也说要打开探照灯，但杨军认为这样对小朱皇帝不恭敬，让船长把正对着游艇的探照灯关了。等船长按照孙胖子的吩咐，将探照灯再次打开以后，就见游艇上面空空如也。别说小朱皇帝了，就连那些跟着小朱皇帝多年的船员都没见到一个。

多年没有见到主人，刚才杨军正处于极度兴奋状态，没有仔细往船上面看。被孙胖子这么一提醒，他也发现这艘船有问题。当下，他二话不说，将原本背在身后的绣春刀连刀带鞘握在手中，身子一晃，他的人在我们这艘船上消失，很快便出现在了对面行驶过来的游艇上。

我和孙胖子没有杨军的本事，当下几乎同时看向不远处的杨枭。杨枭也明白我和孙胖子的意思，他淡淡地笑了一下，慢慢地走到了我和孙胖子的身边。杨枭看了一眼对面的游艇，双手分别抓住了孙胖子和我的手，紧跟着杨枭的身子突然扭曲了一下，随后这股扭曲的力量也传到了我和孙胖子的身上。

我和孙胖子的眼前一花，等再次看清时，我们俩已经到了对面的游艇上。这时候，杨军已将游艇停了下来，他从驾驶舱里面走了出来，脸色有些苍白，看着我们三人说道："没有人，艇上一个人都没有……"

"大杨，不是我说你，你都找遍了吗？"孙胖子对杨军说道，"你那位主人玩儿心大，不会是和你开个玩笑吧？别一会儿带人出来，再把我们几个都吓一跳。"

"我的主人从来不和我开玩笑。"杨军看了孙胖子一眼，继续说道，"我主人说的话是什么，你是知道的。"这几句话说完，杨军长出了口气，顿了一下说道，"他们应该是出了什么事了……"

说到这里时，杨军的眼睛突然瞪了起来，看了孙胖子一眼："向北！"

"不会。"孙胖子马上摇了摇头，"小睚眦刚刚吃了他的分身，现在向北的本体也受到了伤害，怎么也要休整一段时间吧。大杨，你把心放回到肚子里，不管出了什么事情，都绝对不会是向北。"

说话的时候，孙胖子已经绕过杨军，进到驾驶舱里面转了一圈，边转边说道："这里面也没有打斗的痕迹！放心，不会出事的。我们再到其他地方看看，看看你主人能不能留下什么线索。"

说到这里，孙胖子已经从驾驶舱里面走了出来，和我们三个白头发在游艇的里里外外都转了一圈。开始并没有发现什么线索，不过在厨房里面，孙胖子将热水瓶里面的水倒了出来，随后试了试水温，烫得他一缩手，连连甩手的同时说道："水还是烫的，他们走的时间不长。"

杨军听了，马上去到驾驶舱，操控着游艇，掉转了方向。

# 第九章　大船

想不到大杨这个明朝时期的人物，驾驶起游艇来竟然有模有样。孙胖子跟海船的船长打了个招呼，让他驾驶着海船保持距离跟在游艇后面。

除了这艘游艇之外，再没有一点关于小朱皇帝下落的线索。如果没有孙胖子的话，杨军就只能驾驶着游艇在这片海域当中四处乱转了。游艇航行了几海里之后，孙胖子突然对杨军说道："大杨，往左偏一点……"

听了孙胖子的话，杨军马上向左舷的方向看去，但除了黑黝黝的海面之外，再没有看到什么东西。杨军看了半天，才回过头来向孙胖子问道："你看见什么了？"

"什么都没有看见，"孙胖子冲杨军龇牙一笑，接着说道，"就是觉得左边的海面比右边的顺眼一点。不是我说，老杨，现在也没有别的办法了，要么扔鞋，要么你就听我的往左边试试运气。"

杨军看了孙胖子一眼，沉默了几秒，突然一转舵，随后船头开始向左边的方向调转角度，全速朝孙胖子看着顺眼的方向航行过去。不过这次孙胖子好像是看走眼了，航行了差不多一个小时，还是没有发现任何和小朱皇帝或者其他船员有关的线索。

孙胖子没有一点不安的神态，他还是笑嘻嘻地看着海面，嘴里面哼唱着谁也听不懂的小调。不过开船的杨军可没有孙胖子的心情，他的眉头皱得越来越厉害，最后实在忍受不了，向孙胖子问道："孙德胜，你到底有没有把握……"

他的话还没有说完，就听到甲板上的杨枭大声喊叫的声音："把光打到正前方！那边有东西！"老杨说话的同时，杨军也发现了正前方海面上有一个小黑点。因为距离实在太远，看不清这小黑点是什么。

这时的杨军也没有心思开船了。他直接跑出驾驶舱，跑到了船头，亲自将几个探照灯的灯光都打到了船头远处的小黑点上。几道强光打过去，加上游艇正在全力向前行驶，片刻之后，终于看清远处的那个小黑点是一艘船。

我这辈子见过的最大的木质帆船，就是小朱皇帝最早乘坐的那艘宝船。不过和眼前的这艘帆船比起来，那艘宝船还是小了一号。单从样式来说，远处出现的这艘帆船和之前小朱皇帝的那艘宝船几乎就是一个模子刻出来的，只是大了一圈而已。

孙胖子用大功率望远镜看清了木质帆船的样子之后，转头对杨军说道："大杨，不是我说，除了你们之外，这里还有别的船吗？这一片都是你的地头，你不会不知道吧？"

孙胖子说话的时候，杨军的眼睛还在紧盯着远处的大帆船。等孙胖子说完，他咬着牙回了一句："我要是知道的话，就是茄子！"一句并不好笑的笑话说完之后，杨军重新回到了驾驶舱，开足马力朝前方的大帆船航行过去。好歹有了一点线索，不管小朱皇帝和那些船员在不在这艘大帆船上，都要上去看一眼。

当初知道小朱皇帝讹了归不归的游艇之后，杨军专门去学了驾驶游艇的技能。本来想着有机会在海上继续为他的主人服务，没想到这会儿就先用上了。

十来分钟之后，我们这艘游艇终于到了大帆船附近。孙胖子让跟在我们后面的海船停在了一海里之外的海面上，安排好这些的同时，杨军已经将游艇开到了大帆船旁边。

这时，大帆船已经抛锚停下了，海面上又起了一股浓浓的迷雾。杨军见大雾升起来之后，脸色变得有些难看。他回头看了一眼孙胖子，说道："我们要快点了，现在已经到了这片海域的边缘，雾散了我们就会被赶出来这片海域。到时候想要重新再找入口，那就麻烦了。"

说话的时候，二杨对视了一眼。杨枭抬头看了看那艘大帆船的船身，口中对杨军说道："谁先上？"

"我。"杨军这个时候将背后的绣春刀握在了手中，顺着杨枭的目光看着头顶上船舷的位置。长长地出了一口气之后，他看了杨枭一眼，继续说道，"还是老规矩，我在明，你在暗，我倒想看看这船上的幕后黑手是谁。"

二杨安排好了之后，杨军回头看了一眼我和孙胖子，说道："我和杨枭先上去看看，如果半个小时之后，我们还没有下来，也没有发出什么信号的话……"说到这里，杨军顿了一下，随后将目光对准了我，缓了口气之后，说道："如果我们俩都没有下来，那就只能麻烦你了。不用顾及我，只要能把我的主人救出来，我能不能出来无所谓……"

这几句话说完，他也不等我回答，转身跳上了船舷，随后身子向前一跃，双脚稳稳地踩在了对面大帆船的船身上，就这样身子横着一步一步地朝大帆船上面走了过去。就在杨军跳上大帆船的时候，杨枭也无声无息地消失在我和孙胖子的身后。

杨军上了大帆船，杨枭也消失不见之后，孙胖子在游艇的甲板上转了一圈，找到了一大盘缆绳，拖到了我的面前。他抬头看了一眼大帆船，对我说道："辣子，一会儿你上去的时候，受累把我也拉上去。对了，你那把手枪带了没有？反正你有那两把短剑，手枪还是留给我壮胆儿吧。"

自从罪与罚两把短剑我使得越来越顺手之后，当初欧阳偏左给我的那把左轮就很少带了。当下我解开了衣服扣子给孙胖子看了一眼，示意并没有带手枪出来，随后说道："大圣，你怎么就看准了二杨不够用？只要不是老吴和上善老和尚那种逆天的人物，二杨应该不会应付不了的。我就不信向北也在这条船上，他现在八成藏在哪个山洞里面养伤呢。小朱皇帝不是邵一一，犯不着为了一个杨军，弄出来这么大的动静。"

"我也不信是向北。"孙胖子说话的时候，已经将他自己的左轮手枪拔了出来。不过现在弹夹里面只有四发子弹，当初欧阳偏左千叮万嘱让我们用打完的弹壳去换新子弹，可每次开枪的时候都惊心动魄的，谁还有心思回去捡弹壳？最近也没有听说孙胖子去换过新子弹，现在看来真是快"弹尽粮绝"了。

孙胖子一边检查手枪，一边继续对我说道："辣子，能在这条航线上行驶的，能是一般的人吗？本来我以为大杨和小朱皇帝已经把这条航线给蹚平了。现在看来，藏到这里避世的可不止小朱皇帝他们这一家啊。"

好在孙胖子可以依仗的并不只有这一把左轮，说话的时候，他已经检查完手枪，皱着眉头将四发子弹重新填回弹夹，又从自己的背包里面翻出了不久之前从吴仁荻那里讹来的弓弩。这把弓弩讹到手之后，被孙胖子像宝贝一样藏了起来，没想到这次他连这个宝贝也给带出来了。

将弓弦拉开，又装上了一支弩箭，这个时候，孙胖子心里才算稍微有了些底。过了半晌，看了看大帆船上方，孙胖子回头对我说道："辣子，也不用二杨他们俩下来了，你准备准备上去吧……"

# 第十章 上船

这才过了多久？杨军之前说过要我们在下面等他半个小时，现在也就过了十来分钟。现在就上去，孙胖子对二杨也太没有信心了。当下我看了孙胖子一眼，说道："现在上去早了点吧？也许大杨已经找到了小朱皇帝，现在正往回走了。这个时候，我们上去再闹出点动静，弄不好再把二杨害了。再说了，上面一点动静都没有，真出事的话，船上早就闹起来了！现在怎么看都不像是二杨吃了亏的样子。"

"就是一点动静都没有，才说明他们二位已经出事了。"孙胖子又抬头看了看大船上方，叹了口气说道，"辣子，不是我说，如果你是大杨的话，见到小朱皇帝被人掳到这里，这口气能咽得下去吗？以大杨的脾气不直接把这艘船给拆了就算不错了。现在上面这么安静，原因无外乎两点：一、船上有一个大杨惹不起的人，他和老杨正在找机会将小朱皇帝救出来，这个时候你过去搭把手，正好雪里送炭了，你说该不该上去？"

说到这里，孙胖子顿了一下，换了口气，又继续说道："二、这船上还是有一个大杨惹不起的人，他和老杨上去之后，已经被那个人无声无息地制住了。现在二杨生死未卜，你去得早还能把他俩救出来。除非上面是像老吴那样的人物，要不然的话，你们三个加在一起，跟谁都能有得一拼。如果真等够半个小时，上面大局已定，这时候你再上去，黄花菜都凉了，你只能一个人单挑那个连二杨联手都惹不起的人了。”

听孙胖子的话还真都在理上，我竟然想不出反驳他的话。不过怎么上船让我发了愁，二杨都有上去的法子，但我似乎除了攀爬之外，再没有别的上船途径。就在我准备朝大帆船的船身上跳过去时，看着手里的两把短剑，心中突然一动，这两把短剑能不能带着我飞上去?

之前从来没有过这种想法，更没有试过，现在这情况正好可以试一试。想到这里，我紧紧地握住了两把短剑，尝试着驱使它们飞到大帆船的甲板上。就在这个时候，孙胖子好像看出了我的意图，他快速地将缆绳的一头系在了我的手腕处，说道：“辣子，上去之后，千万别忘了把我也拖上去。”

我看了孙胖子一眼，说道：“大圣，你还是在游艇上待着吧，起码这里比大帆船上安全得多。”

“你们都上去了，这条游艇就是最不安全的地方。”孙胖子叹了口气，继续对我说道，“不是我说，跟着你们，我这条老命多少还能有些保障，如果只留我一个人在这游艇上，再有什么事情发生，四发子弹加上一支弩箭，我最多能还手五次。要第五个回合还不能摆平的话，我就只能闭着眼睛等死了。”

将孙胖子一个人扔在游艇上，似乎真的不是什么好主意。带着孙胖子上去，倘若遇到什么琢磨不透的事情，还有他帮我动脑子，有孙胖子守在我身边，怎么都不会吃亏。

不过要带孙胖子上去，也得等我上到大帆船上面再说。当下我紧紧地握住了两把短剑，随后驱使两把短剑朝甲板的方向飞去。这个意念产生之后，我眼前突然一花，随后就感觉到了两股巨大的力量将我拉到了半空中，随后将我“拉”到了大帆船甲板的上方。

只是一眨眼的工夫，我竟然已经到了大帆船的甲板上。虽然落地的时候，我的脚下不稳差一点摔倒，不过总算是上来了。稳了稳心神之后，我走到了大帆船的船舷边，这时候孙胖子已经将缆绳绑在了自己的腰上，他在游艇上连连向我做着手势，示意我快点把他拉上去。

当下我拉动缆绳，一点一点地将这个两三百斤的胖子拉了上来。上来之后，孙胖子躺在甲板上呼呼喘着粗气。等他把这口气喘匀，才起身原地转了一圈，看清了甲板上面的摆设，看着我说道：“辣子，刚才你在半空中的时候，没有发现这甲板上面有什么别扭的地方？”

“刚才我眼睛一花就上来了，哪里有时间去看什么别扭的地方。”这时，我也四处查看了一遍，偌大的甲板上面连个人影都没有看到。随后继续对孙胖子说道，“大圣，既然你也上来了，那么下一步怎么走，我可就听你的了。”

听了我的话，孙胖子龇牙一笑，说道：“既然已经上来了，那就别客气了。辣子，我看前面有条路，往前走吧……”说是往前走，孙胖子却拉着我的胳膊，不停地往后退。退了十几步之后，脚下的船板突然传来了一声闷响——脚下的船板是空的！孙胖子也没向我做什么暗示，他小三百斤的身体突然跳了起来，等我明白过来他要干什么的时候，就听见“轰隆”一声，孙胖子落地的时候，将脚下的船板砸出来一个大坑，我和他齐刷刷地掉了下去。

在我们俩掉下来的一瞬间，就听见甲板上面传来一阵冷笑声。片刻之后，冷笑的声音消失，随后头顶上出现了一阵脚步声，不过这脚步声不是向我们这边走过来，反而越走越远，没过多久脚步声便消失得无影无踪。

掉下来之后，我一直都在提防头顶上的声音。等这声音消失之后，才有心情看了看我和孙胖子所在的环境。

这里是一个小小的船舱，不过现在船舱里面什么都没有。我和孙胖子待了一会儿，确定头顶上的人走远了，不会再回来杀个回马枪之类，才打开了这里的舱门。我探头朝外面看了一眼，并没有发现有什么像船员一样的人，这才带着孙胖子快速地离开了这里。

舱门外面是一条一通到底的长廊，长廊的两侧都是一个一个的小船舱。现在也没有心思去挨个查看了，我和孙胖子继续往前走，零星地推开几个船舱朝里面看了几眼，并没有发现二杨或者小朱皇帝的踪迹。走过了这条长廊，在尽头的位置发现了一道继续向下的楼梯。

在楼梯口的角落里我们发现了一根超大号的铜钉，这正是杨枭身上的家伙。看来被孙胖子说中了，二杨还真在这遇到了麻烦，要不然老杨也不会把他的家伙留在这里。孙胖子将铜钉收好，我们继续顺着楼梯往下走去。

走下楼梯，眼前的景象让我多少有些不适。眼前是一个好像集体宿舍的大船舱，里面摆满了无数张床，除此以外，再没有别的什么家具。船舱里摆了很多张床倒也说得过去，让我感觉不适的是这些床上躺满了数不清的尸体……

不管是吊床还是木板床，几乎每张床上都有一具已经风干了的尸体。由于年代实在太久，老莫和西门链这样的人又不在，这些尸体死了多久我还真看不出来，二杨和小朱皇帝自然不可能在这里。孙胖子的眼尖，他看到了在这片区域的尽头，有一个出口。

当下，我和孙胖子走到了出口的位置，出口外面又是一道继续往下的楼梯。我们俩正要往下走的时候，突然听到楼梯下面隐约有人说话的声音，这声音我很熟悉，正是叫我过半小时之后再上船的杨军。

# 第十一章　猫捉老鼠

杨军在下面！我第一个反应就是下去找大杨会合，问问他和杨枭上船之后到底发生了什么事情。正当我要跑下楼梯的时候，却被孙胖子一把拉住，他的嘴巴贴在我的耳边，用蚊子一样的声音轻声说道：“别动——下面的不是大杨。”

说话的时候，孙胖子的眼睛紧盯着楼梯下面，手中一枪一弩对着楼梯出口的方向瞄准起来。似乎不管下面的人是不是杨军，只要他敢露面，孙胖子就敢扣动扳机。

在这种事情的判断上面，孙胖子从来没有出过问题。虽然下面的人说话的声音像极了杨军，但我还是选择相信孙胖子。犹豫了一下，我也悄悄地将罪剑放了出去，罪剑无声无息地贴在楼梯下方的墙壁上，只要有不是二杨和小朱皇帝的人出现，我就指挥罪剑杀过去。

下面那人像是在喃喃自语，根本听不清他说的是什么。这个声音持续了七八分钟，杨军的声音突然变了，一个有些尖厉的声音先是冷笑了一声，跟着继续说道：“你们比刚才上船的两个人聪明一点，本来想偷点懒的，现在看来我老人家不亲自动手是不行了……”

下面那人最后几个字出口的同时，楼梯下面瞬间传过来一股巨大的气息。这股气息迅猛无比，瞬间便压制得我透不过气来。在认识的人里面，在气息上能超过这人的，也只有吴仁荻以及上善老和尚他们几个了。

孙胖子这时候也感觉到了这股气息，当下他倒是没有客气，左手的手枪对着声音发出来的方向连开了四枪，将子弹打光之后，他已经转身向来时的方向跑去。

孙胖子跑回去的同时，嘴里对我喊道："辣子，这事搞不定了。回游艇上，让吴勉和上善他们过来搞定……"孙胖子从来不说吴仁荻当初的名字，他现在这么说是什么意思？

很快我就明白了他这是想干什么，孙胖子的话还没有说完，楼下又传来了那人的声音："吴勉……你们还认识吴勉……那就更不能让你们走了……"这句话说出来的同时，一个白花花的人影已经出现在了楼梯下面，人影出现的同时，罪剑已经自动朝他的脑袋射了过去。

人影应该已经感觉到了罪剑的存在，罪剑飞过去的同时，他就已经将手抬了起来，电闪一般地在罪剑的剑身上抹了一下，罪剑竟然就到了他的手上。而我和罪剑之间的联系也彻底地断了，无论我再怎么用意念驱使，罪剑都没有半点反应。

本来我还想再用罚剑搏一下，不过听到了人影接下来的话，立刻放弃了这个打算，跟在孙胖子的身后跑了过去。

人影看了一眼手中的罪剑，有些发狂地大笑了一阵，笑完之后抬头看着我说道："想不到这神兵最后落到了你的手上，既然罪剑在你这里，那么广仁不是死在了吴勉的手里，就是被吴勉囚起来了。想不到他们俩之间的争斗最后是这样的结果，只可惜为什么不是他们俩同归于尽呢？"说完，人影又是一阵狂笑。

这人连广仁都认识，那他很可能就是和吴仁荻以及广仁同一时代的人物。加上他刚才收走罪剑的那一手，再用罚剑去拼的话，八成也只是便宜了这人。我不快点走还等什么？就在我转身跟在孙胖子后面向回跑的时候，身后又传来了那人说话的声音：“既然都上了船，还想下去吗……”

虽然说了狠话，不过他却没有追过来的意思。我和孙胖子顺着楼梯一路向上跑去，眼看着只要跑上最后一级楼梯，就能跑到甲板上的时候，突然头顶上再次传来刚才那人的声音：“都说了上了船，就别想下去了！你们俩还不信吗？”

这人说话的同时，跑在我身前的孙胖子已经突然停住了脚步。他回头对我喊道：“辣子，跟着我往下跳！”最后一个字出口的时候，孙胖子已经再次跳了起来，随后猛地落到了地板上。“轰”的一声，刚才孙胖子站着的地方出现了一个大坑，他整个人已经跌落到坑里面。

见孙胖子又砸出来一条出路，我也不再犹豫，跟着孙胖子一起跳了进去。等我们跳下来之后，上边那人也不再说话，不知道他又准备去哪里堵我和孙胖子。好在这艘帆船足够大，船舱里面又四通八达的，一时间那人也不太容易找到我们俩。虽然那人的本事不知道要高出我多少倍，随时随地都能干掉我和孙胖子，但他似乎很享受这种猫捉老鼠的乐趣，就这么慢悠悠地在后面追赶着我和孙胖子。

我跟着孙胖子在船舱里面穿梭着跑了半天，有几次都路过了向上的楼梯，每次孙胖子尝试着想跑上去的时候，头顶上就会响起那个神秘人的声音：“此路不通，再给你们一次机会！继续往前跑吧。”说是再给一次机会，但等下次遇到之后，这个神秘人还是会继续放我们往回走。

就这样，我和孙胖子又跑了好半天，等我们跑到了最下面一层船舱的尽头，见无路可走，准备再转身往回跑的时候，还没等我们俩转回身来，背后又响起了那个神秘人的声音：“好了，托你们俩的福，我也玩儿够了，差不多也该送你们俩上路了。”

转过身来，就见那个神秘人正慢悠悠地朝我们这边走过来。见到神秘人之后，孙胖子第一时间已经跳了起来，他打算和前两次一样，自己再生造出来一条出路。不过这次的效果却和前两次不一样，孙胖子落地的时候，并没有在地板上砸出来一个大坑，反而把他震得浑身直哆嗦，两道鼻血顿时就蹿了出来。

孙胖子一屁股坐到了地板上，也顾不得自己鼻血横流，他用手敲了敲地面，抬头看了神秘人一眼，说道：“地下面埋了生铁？”

神秘人笑了一下：“埋了铸铁，下面是这艘船的龙骨。为了保护龙骨，才在上面埋了铸铁。不过现在看起来，除了保护龙骨之外，还能防住像你这样的胖子。好了，该明白的你也明白了！没有什么遗憾的话，你们俩这就可以安心上路了。”

说话的时候，神秘人将我的罪剑取了出来。看了一眼手里的罪剑，他将注意力又转移到我的身上，看着我说道：“本来还想找你们问问外面的事情，比如吴勉和广仁他们什么的。不过还是算了吧，外面可不止他们两个人想要我的命。把我的心思说活了可一点好处都没有，还是直接送你们俩去转世投胎吧。”

说完之后，神秘人手里的罪剑突然朝我的方向射了过来。我眼前一花，罪剑的剑尖已经到了我的咽喉前，这样的速度比我驱使罪剑的时候不知道快了多少倍，再想躲避已经没有可能。正当我闭目等死的时候，耳边突然听到了一声脆响，再睁眼看时，罪剑已经弹飞出去老远。原来就在神秘人甩出罪剑的同时，罚剑从我的手中飞了出去，不用我驱使，它自动地飞向了罪剑。正因为罚剑挡住了罪剑，两剑相击之后将罪剑弹飞回去。

神秘人似乎操控不了罪剑，罪剑弹飞回去的时候，神秘人的身子一闪，在罪剑飞回去的路上接住了它，然后顺手腕一翻，又将罪剑朝我甩了过来。这个时候，罚剑再次自动地拦截住了罪剑，就在神秘人伸手再想接住罪剑的时候，我的身后突然发出一声轻响，伴随着这声轻响，面前的神秘人突然跪在了地上，就见他的小腹上插着一支小小的弩箭。

# 第十二章　耗子急了咬猫

就在神秘人全神贯注戏耍我的时候，孙胖子终于找到了时机。事后他说起这一段的时候，说他根本并没有瞄准神秘人，因为这人的速度实在是太快，就算瞄准了也未必能打中他。当下孙胖子另辟蹊径，趁着罪剑被弹回去的时候，瞄准了罪剑弹回去的路径，这才一弩箭射中了神秘人的肚子。

神秘人中了弩箭之后，本来模模糊糊的相貌终于变得清晰了起来。这人长着一张国字脸，相貌上没有什么特殊的地方，属于扔在人堆里就彻底找不到的那种人。不过他身上倒也有一处明显的特征——头上也长着一头雪白的白发。

这人瞎了一只眼，就在他左眼的位置，戴着一个银色的眼罩，还用黑色的墨汁在眼罩上面画了一个佛教的“卍”字徽，猛一看上去有一种不伦不类的感觉。趁神秘人跪在地上的时候，孙胖子飞快地又上好了一支弩箭，随后再次对准神秘人射了过去。

不过这次神秘人有了防备，虽然在重伤之下，他一伸手在半空中便将这支射过来的弩箭接住了。随后他一甩手，又将这支弩箭对着孙胖子甩了回来。幸亏这时候神秘人已经受了重伤，这一掷的力量并不太大，才让我有机会驱使罚剑削断了飞到孙胖子面前的弩箭。

神秘人咬着牙，一点一点地将插在自己小肚子上的弩箭拔了出来。他看了一眼手上的弩箭，又看了看孙胖子手上的弓弩，问道：“三世弩，你为什么连这个也有？这个是吴勉的东西，他是不是也死了？你说！吴勉是不是死了？”

孙胖子被这人歇斯底里的喊叫声吓了一跳，连退了数步之后，才对这个神秘人说道：“死没死一会儿就知道了！不是我说，一会儿吴仁荻来了，你自己去问他吧。”

“吴仁荻？你在说吴勉吗？”听孙胖子说到了吴仁荻，神秘人的表情开始变得紧张起来。他的目光在我和孙胖子脸上扫过，最后留在了孙胖子的脸上，继续问道，“你说吴勉一会儿就要来，是什么意思？你怎么知道他一会儿要来的？你和他什么关系？”

孙胖子嘿嘿一笑，回答道：“你也认出来我这把弓弩就是老吴的三世弩了，不是我说，这种弩他会传给一般人吗？你自己都说到这种地步了，还需要我说得更明白吗？”说到这里，孙胖子顿了一下，跟着他用两只手将自己两侧大部分的脸都挡了起来，继续说道，“你自己看看，我要是瘦成这样，和老吴是不是一个模子刻出来的？”

“你是吴勉的后代？”神秘人看了孙胖子一眼，孙胖子透露的这个信息让他一时半会儿有些接受不了。想了半天，才继续说道，“不可能，吴勉的后代世居南京，再说了，吴勉这一支后代都是一脉相承的女儿——你看看你自己有一点像女人的地方吗？”

孙胖子没想到神秘人对吴仁荻的事情了解得这么清楚，当下他一边眨着眼睛，一边继续对神秘人说道：“你说的是南京邵家吧？我倒是听老吴说过他在南京有那么一支血脉，不过那一支一脉相传的都是女儿，不像我这边，一脉相承的都是儿子……”

神秘人本来是个极为谨慎的人，不过挨了孙胖子一弩箭之后，又认出来这把弓弩的来历，有些事情由不得他不信了。当下，他看着孙胖子的那张胖脸，越看越觉得像吴仁荻。不过接下来的剧本并没有按着孙胖子所想的继续往下走，就见独眼的神秘人突然一阵狂笑，笑了好一阵子，才回过头来对着孙胖子说道："没想到吴勉的报应真的到了，当初他伤了我的一只眼睛，现在我就把他这一支的血脉都给绝了，就算是为了我的这只眼睛报……"

神秘人的话刚说了一半，突然看到一个黑漆漆的东西向他的头打了过来。当下他来不及细想，一偏头躲过了那个黑漆漆的东西。但就在他偏头的时候，一个细长的物体对准他的咽喉射了过来。几乎就在神秘人偏头的同时，那个细长的物体就已经刺进了他的咽喉，鲜血当时就涌了出来。

这一手是我和孙胖子配合完成的，就在刚才神秘人狂笑的时候，孙胖子偷偷地将他手上的弓弩塞了过来。他先冲我做了一个头向右边偏的样子，见我看明白他要做什么之后，孙胖子将他已经打光子弹的手枪掏了出来，对着我一使眼色，随后他就将手里的空枪对准神秘人的脸扔了过去。

和孙胖子预想的一样，神秘人的脑袋下意识地向右边一偏。就在他偏头的同时，我已经扣动了扳机，一支弩箭准确无误地射进了神秘人的脖子。神秘人中箭之后，身体向后连退了几步，一直退到了墙角，他靠着墙角，慢慢地将插在脖子上的弩箭拔了出来。

这一弩箭虽然没能将神秘人杀死，但能达到现在这样的效果已经让我和孙胖子很满意了。本来孙胖子还想趁神秘人受伤的时候再给他一下子的，但我知道神秘人连吃了两次亏之后，接下来的凶狠反扑可不是我和孙胖子能承受得住的。当下我拉着孙胖子绕过了神秘人，飞快地向回跑去。

现在神秘人受了重伤，趁这个机会我们一直往船上面跑，只要能从这里跑出去，再去找吴仁荻和上善老和尚这样的人物过来帮忙。光看神秘人对吴仁荻的顾忌程度，就知道他不可能从吴仁荻的手下捞到什么好处。

我和孙胖子一路往甲板上面跑，爬了两层的楼梯之后，终于到了甲板上。上到甲板，我和孙胖子径直跑向船舷处，只要能从这里跳下去就算逃跑成功了。就在这时，耳边突然听到了一声巨响，伴随着这声巨响，我和孙胖子身后十几米的地板上，出现了一个大洞。紧跟着，整个上半身都是鲜血的独眼人凭空出现在大洞的上方。

见到这个神秘人之后，我和孙胖子几乎同时加速朝船舷处飞奔过去。正当我们俩跳起来准备往海里跳的时候，背后突然出现了一股强大的吸力，将我和孙胖子给吸了回来，还将我们俩重重地摔在了甲板上。这时候，神秘人慢悠悠地朝我们俩走了过来。

眼看着神秘人走近，孙胖子突然跳了起来，同时将手里面一块黑乎乎的东西对着神秘人的脑袋用力地扔了过去。神秘人实在是被这样的东西打怕了，当下他的头一动不敢动，只是身子往后退开了几步。

孙胖子拉着我向对面的大海跑了过去，就在这个时候，神秘人往孙胖子脚下的地面虚点了一下，随后我们俩脚下的地面突然爆开，我和孙胖子同时一脚踩地，再次双双掉进了地下。我们俩掉下去的同时，头顶上又响起了神秘人的声音，说道："你们俩做的好事，这次别怪我心狠手辣，不给你们留全尸了。"

说话的时候，神秘人也从这个大洞跳了下来。等他跳下来之后，现场已没有了我和孙胖子的踪迹。神秘人开始在这片区域搜查起来。

这时候，我和孙胖子正在一路向前狂跑。

# 第十三章　神秘人的力量

我们俩掉下来之后，发现这下面紧挨着的都是一个一个的小船舱，打开最里面一个船舱的舱门，里面的景象吓了我和孙胖子一大跳。船舱里面的地板上并排躺着三个白头发，正是之前上船的二杨哥俩，以及他们要找的小朱皇帝。他们三个的身上没有任何伤口，看上去就跟睡着了一样。我尝试着想把他们三位叫醒，但不论我怎么拍打刺激，这三个人都没有醒过来的意思。

这时候，外面神秘人的脚步声越来越近，这里不能待下去了。我和孙胖子对视了一眼，蹑手蹑脚地从后舱门走了出去。就在我们关上舱门的一瞬间，刚才我们进来的那道舱门被打开，独眼的神秘人探头朝里面看了一眼，没有发现什么异常之后，又将舱门关好。

从二杨和小朱皇帝的船舱里面出来之后，我和孙胖子继续寻找通往甲板的路径。神秘人在我们手上吃了两次大亏，现在的他明显已经没有继续戏耍我们俩的心情了。如果被他抓到的话，我和孙胖子就只有死路一条。不过连中了两次弩箭之后，神秘人自身似乎也出了什么状况，他的感应能力好像丧失了。好几次他已经追到我和孙胖子附近了，甚至近在咫尺，只有一道舱门之类的间隔，但就是发现不了我和孙胖子。

几次逃脱之后，我和孙胖子又跑回之前到过的那个满是干尸的船舱。我们刚刚跑进这个船舱不久，就听见船舱外面传来了一阵熟悉的脚步声。这个脚步声折磨了我们也有一阵子了，这时我和孙胖子来不及出去，只能暂时藏进干尸堆里。

没一会儿，船舱的大门打开，神秘人慢慢地走了进来。本来以为他会像检查其他船舱一样，四下打量一眼就离开了，没想到这次也不知道神秘人是怎么想的，他先是抽了抽鼻子，好像是闻到了我们的什么气味，接着就沿着一排一排的干尸仔细地查看起来。

眼看着神秘人已经检查完了对面的干尸，转身就要朝我们这边走过来，看来不动手是不行了。我紧紧地将罚剑握在手中，只要神秘人到了我身边，立刻就给他来个出其不意。不求能把神秘人放倒，只要我能缠住他几分钟，好歹让孙胖子趁机先跑出去再说。

神秘人越来越近，我也越来越紧张，心里面盘算着他距离我多近时，我出手的成功率更高一些。眼瞅着他已经走到了我计算的位置，我正要从干尸堆里跳出来的时候，神秘人身后十来米的空气突然扭曲了一下，随后一个很是熟悉的白发男子从扭曲的空气中跳了出来。这人跳出来的同时，他手上两根黄澄澄的大铜钉子也对着神秘人背心甩了过去。

杨枭！刚才还看到他和杨军、小朱皇帝躺在一起。我还一连给了他好几个嘴巴，当时他和老杨都没有醒来，没想到现在他会突然杀了出来。

杨枭突然从空气中冒出来的同时，神秘人已经转身面对着他出现的方向，电闪一般地伸手抓住了杨枭甩过来的两根大铜钉子。随后冲杨枭狞笑了一声，瞪着他说道："你的戏演得不错嘛，刚才我真的以为你已经昏倒了。没想到你是装晕来骗我，只可惜你的戏虽然演得不错，但还是一个配角……”

神秘人的话还没有说完，杨枭的大拇指已经虚按了下去。神秘人手上的两根大铜钉子突然爆开，爆炸的气浪将神秘人炸得向后一仰，要不是靠在墙壁上的话，这个时候他已经被炸飞了出去。出人意料的是，剧烈爆炸产生的气浪除了将神秘人的衣服炸碎以外，他身上竟然连一点小小的损伤都没有。

这时神秘人仍在我计算好的范围内，当下我从干尸堆里面跳了出来，握着罚剑对准他的后心扎了下去。没想到神秘人瞬间回头，用手中的罪剑格挡住了罚剑，这还不算，一股巨大的力量从神秘人手中的罪剑剑身上散发出来，这股力量顺着罚剑传到了我的身上。这股力量在我的身体里面横冲直撞，要不是体内还有种子的力量护着，现在的我恐怕已经四分五裂了。即便如此，我的眼耳口鼻还是不停地有鲜血流了出来。

比我更吃惊的是神秘人，开始他脸上也是一副惊讶的表情，转瞬之间，这种惊讶的表情就被一股狂喜的表情代替。神秘人大笑了一阵，看着我说道：“吴勉把种子给你了？想不到最后还是便宜了我……”

见神秘人好像中了大奖的样子，我擦干了脸上的鲜血，看着他说道：“种子是在我的身体里，但你有本事拿出来吗？知道怎么把种子拿出来的人有几个，这里面应该没有你吧？”

“谁说我要把种子拿出来的？”神秘人盯着我笑道，“那样实在是太麻烦了。我有个简单点的法子——把你吃了，然后间接地吸收这种力量。虽然说这么干，种子的力量最多只能吸收十之二三，不过这就是白捡到的力量，我凭什么不要？”神秘人说话的时候，眼睛直勾勾地看着我，就好像看着一只待宰的羔羊。

这个时候，杨枭的手里面又出现了两根铜钉。他也不说话，趁神秘人的注意力都在我身上的时候，准备再次对他下手。但就在老杨出手的前一刻，神秘人突然回头冲他冷笑了一声，随后先一步将自己的大拇指虚按了下去。

就在神秘人的大拇指虚按下去的一瞬间，杨枭手上的两根铜钉在同一时间爆炸。杨枭的身子顿时被炸飞出去，落地的时候已经是满身的鲜血。瞬间解决掉杨枭之后，神秘人又回过头来，看着我说道："我不知道你死了之后，种子的力量会不会化掉。为了不糟蹋那颗种子，我只能趁你活着的时候吃了你，一会儿可能会有点疼，忍耐一下，我快点吃，吃完了你就不疼了。"

神秘人说话的时候，已经慢慢地向我逼近。身后就是墙壁，我实在退无可退，只有决定和神秘人拼命了，实在拼不过就自杀。这个时候，孙胖子突然慢慢地从干尸堆里面冒出了头，他手中的三世弩已经对准了神秘人的脑袋。就在他即将扣动扳机的前一刻，浑身是血的杨枭突然摇摇晃晃地站了起来，他看着神秘人的背影，说道："你的本事很大，不过想将我们都干掉也没那么容易……"

这句话刚刚说完，杨枭咬破了舌头，一大口鲜血朝神秘人喷了过去。这一大口鲜血喷到神秘人身体上空时四散开，形成了一个巨大的圆弧形结界一样的"罩子"，一下便将神秘人整个罩住。杨枭的手连续挥动，将身上所有的大铜钉子全数朝被罩住的神秘人扔了过去。这些大铜钉子分散地粘在圆弧形结界罩子上，杨枭将左右两只手的大拇指都竖了起来，连续不断地虚按下去。顿时，粘在结界罩子上的大铜钉子一根接一根开始爆炸起来。

孙胖子也从干尸堆里钻了出来，这个时候，他顾不上再给神秘人补上一箭了，而是冲我大声喊道："辣子，快点过来，大杨支撑不了多久！我们快点离开这里！"

孙胖子说话的同时，我已经向他那边跑了过去。就在我搀着杨枭走出船舱的时候，神秘人那边又发生了变化。杨枭的大铜钉子本来是一根一根连续爆炸的，很有节奏感。每爆炸掉一根大铜钉子，结界里面的神秘人身体便晃动一下。但随着神秘人身体晃动的频率加快，大铜钉子的爆炸声也开始密集起来，好在结界罩子上面的大铜钉子数量众多，还是给我们争取到了一点时间。

# 第十四章 故人到

我和孙胖子搀扶着杨枭从船舱里面走了出来，因为失血过多，杨枭几乎无法行走。就这么扶着他走实在太慢，于是我将杨枭背了起来，由孙胖子在前面领路，一路小跑着向甲板的方向跑去。与此同时，后面的爆炸声还在不停地响起。

等我们终于上了甲板，下面的爆炸声才停了下来。这时候空气中的雾气已经越来越大，现在只要我们能回到游艇上，然后冲破这雾气的范围，就能出了这片海域。就在我们准备跳船的前一刻，大帆船甲板中间的位置突然再次爆开，随后一脸冷笑的神秘人出现在爆开的位置上。

他看着我们三人，冷笑了一声，说道："你们听不懂我的话吗？上船由你们，想下船可就只能由……"这句话还没有说完，神秘人突然伸手在空气中抓了一把，一支小巧的弩箭出现在神秘人的手中。他看了看手中的弩箭，对孙胖子说道："可惜这把三世弩了，竟然落在了你的手里，不过以后我会替你好好使用的。"

说话的时候，神秘人将罪剑拔了出来，看着我们三人继续说道："不想再浪费时间了，我还是快点送你们上路吧。"说完，他向我们这边慢慢地走过来。

当我打算让杨枭再辛苦一次，用血遁带着孙胖子离开，然后我去跟神秘人拼命的时候，空气中突然传出一个人说话的声音："安源，你真的敢用这件神器杀人吗？"这声音很是缥缈，同时一个模模糊糊的人影出现在神秘人的身后。这人特意掩盖了自己的相貌，虽然声音听着耳熟，但就是想不起来是谁。

说话的声音响起来的时候，神秘人安源猛地回头看向声音发出来的位置。看他的表情，竟然一点都没有发现身后还站着这么一个人。和我们一样，安源也没明白突然出声的这人是谁，当下他握着罪剑对着十几米外的人影说道："你是谁？怎么上来的？这船上面我下了禁制，一般人不可能上得来……"

没等安源说完，他对面的人影突然笑了一下，随后有些不客气地打断了安源的话，说道："你那种过家家一样的把戏，还好意思叫作禁制吗？"说到这里，人影顿了一下，随后手一扬，一把好像石头粉末一样的东西散了出来，他这才说道，"这种破石头也好意思做阵胆？这种几百年前就被破掉的阵法，你还当作宝贝？在船上待得久了，待傻了吗？"

见到这漫天飘舞的石头粉末之后，安源脸上的肌肉不自觉地跳动了几下，他的眼睛盯着面前的人影，身子却不由自主地向船舷挪了几步，嘴里说道："我的仇人不少，不用藏着掖着了。现身吧，就算想要我这颗大好头颅，也应该现身让我见识一下。说不定看在好朋友的面子上，我安某人亲自双手奉上也说不定。"

"该让你见的时候，你自然就见到了。"人影慢慢地说道，"不过现在还不是时候，有位先生让你稍等一下，稍后他就会现身跟你说话。"

这个时候，安源心里面满是疑问。他本来想出其不意给面前的人影一下子，但又想着这人藏在自己的身后他都没有发现，又轻易破了他的阵胆，两人的本事相差太远，只能暂时压制了这个念头。

安源虽然没有看出来这人是谁，靠在船舷上的孙胖子却似乎看出来一点端倪。他先帮着杨枭翻出生血的药物，给老杨灌下去之后，才嘿嘿一笑，看着安源身后的人影说道："不是我说，这位老兄，我们之前应该是见过的吧？如果见过面的话就给个暗号，让我们哥儿几个的心里多少能有些底。"

人影好像没有听到一样，眼睛盯着面前的安源，没有回答孙胖子的话，也没有做出什么暗号。这人给我的感觉，似乎对孙胖子相当的不屑。不过孙胖子并不在意，时不时就对人影说几句，虽然没能得到人影一句回应，但孙胖子仍然笑嘻嘻的，也不觉得尴尬。

过了七八分钟，甲板下面的楼梯上突然传来一阵脚步声，随后一个白头发的人出现在我们面前。这人倒也不是外人，正是几年前我还叫了几句师父的广仁。见到广仁之后，安源的神情开始变得惊恐起来。回想起刚才他企盼吴仁荻和广仁同归于尽的事，看来对这个安源而言，前大方师广仁也是噩梦一样的存在。

广仁出现之后，也就知道那个隐藏了自己相貌的人是谁了。不再隐藏自己相貌之后，他那一头好像火一样的红头发显现了出来。见到广仁和火山，安源向后连退了几步，随后身子一晃，脚下的甲板上竟然凭空出现了一个小小的红色圆圈。

安源站在红色圆圈中央，这时他才松了口气，嘴里面默念了一句我完全听不懂的话，而广仁和火山二人就这么似笑非笑地看着他。安源这句话念完之后，发现自己竟然还在原地，脸上终于流露出来惊恐的表情，他抬头看向广仁和火山，颤着声音问道："你……你们，做了什么？"

广仁笑了一下，他看着独眼的安源说道："之前被你逃了几次，还不吸取教训吗？想不到你竟然藏在这艘祭船里面，大方师八百年的令旨，现在终于可以复命了。安源，当年你私出方士之门，大方师已经饶恕你的罪过了。但你偷盗方士一门的不传法籍，残害同门的罪过不可不罚。当年大方师已经下了取你当世之命的令旨，不想竟被你几次三番逃脱掉了，现在你的术法已经施展不出来了，看在曾经同门的分儿上，我许你自裁——你还不动手吗？”

“等一下！我有话说！”安源对着广仁大声喊道，“偷法籍和杀同门我都认了，不过你和吴勉已经追杀我好几百年了。这么多年以来，我该受的罪已经受了，这些就当是我赎罪了还不行吗？”

说到这里，安源顿了一下，缓了口气，继续说道：“我手上还有方士一门的不传秘宝，只要你能放我一马，这份秘宝给你也可以，把它还给徐……前任大方师也行。除了这份不传秘宝之外，我手上还有……”

“大方师说了，那几件东西他不要了，不过你必须交出来这一世的命格。”广仁看了安源一眼，说道，“如果你不打算自己了断的话，那我只能让火山帮你了。”

如今的局面突然有了翻天覆地的变化。广仁和火山在处理他们方士一门的事情，别说是我，就连孙胖子都不敢轻易插嘴了。我们俩带着杨枭向后退了几步，希望一会儿真开打的时候别连累到我们几个。

这个时候的安源突然变得颓废起来，他深深地叹了口气，手握着短剑，剑刃对着自己的脖子，作势就要抹下去。就在这时，安源的手突然做了一个小动作，罪剑的剑刃一翻，剑身贴着安源的脖子滑了过去。随后他手腕一抖，罪剑电闪一般，对着广仁的脑袋射了过去。

# 第十五章　走眼

广仁像是没有预料到安源会来这么一手，他没有任何防备的意思，任由罪剑冲着他飞过来。罪剑出手之后，还是发生了些许的变化，安源本来是对着广仁的头部甩出的，但是出手之后，罪剑一路向下，最后对着广仁的肚子射了过去。

罪剑无声无息地刺进广仁的小腹中，却没听到刺进身体的声音，广仁的身上也没有一滴鲜血流下来。这位大方师脸上没有任何不适的表情，反倒冲安源笑了一下，说道：“你还真是慌不择路了，竟然用罪剑来攻击我。当年吴勉废了你一只眼睛的时候，就说你是有眼无珠来着。我还说让他不要侮辱大方师的人，现在看来他说得没错，你的眼睛就是个摆设……”

安源也是被广仁和火山逼得急了，罪剑出手的时候才想起来这把短剑本来就是广仁的法器，不过明白过来的时候已经晚了。现在听到广仁的嘲讽，他深深地吸了口气，对广仁说道：“把我逼急了对你们俩也没有好处，我没有本事和你们同归于尽，但让你们身上多少带点伤，我自问还是有几成把握的。就算我死了，也要你们难受个百十来天，如果这百十来天吴勉找到你们，你们俩的下场未必比我好。”

“你也太高估你自己了。”广仁说话的时候，刚刚刺进他小腹的罪剑慢慢从他手心处钻了出来，广仁将短剑握在手中把玩着，眼睛看着安源继续说道，“对我和吴勉来说，我们俩的事情只是私怨，对上你，可以将我们俩的私怨暂时放在一边。如果他在诛杀你的时候受了伤，我也不介意放他一马。同样的道理，因为诛杀你导致我出了什么状况的话，他也不会趁火打劫的。”

广仁说话的时候，火山已经慢慢地朝安源的方向走了过去。他走过去的同时，和刚才广仁的姿势一样，他的掌心处慢慢地延伸出来一把长剑。火山握着长剑的手抖了一下，剑身上就“呼”的一下冒出了火。火山这样的造型再加上这么一把冒火的长剑，让安源不由自主地向后退去。不过他身后已经是船尾了，退到这里已经是退无可退了。

看到安源惊恐的样子，广仁轻轻地叹了口气，随后对火山说道：“怎么说他也算是你我的同门，别让他受太多罪，安源能自己了结的话，还是让他自己了结吧。”

火山点了点头，走到了安源刚才站着的位置，对他说道：“听到了吗？大方师又给你一次机会，你还想再浪费他的恩典吗？还是想要我亲自动手？”

这时候，安源的身体开始微微地颤抖起来，他两腿一软瘫软在地上。犹豫了好半天之后，安源从怀里掏出来一把匕首，看了广仁师徒一眼，明白事情已经没有半分转圜的余地了。他叹了口气，慢慢地张开了嘴，用匕首尖顶住了自己的上牙膛，随后一闭眼，手上使劲将匕首斜着刺进了自己的嘴里。我目测匕首刺进去的深度，匕首前尖应该已经刺进了他的脑袋里。这还不算完，安源“啊”了一声，握着匕首的手最后一使劲，匕首尖在他的脑袋里搅了一下，这才轰然倒地。

嘴巴里面插进了这么长的一把匕首，躺在甲板上的安源开始不停地抽搐起来。这么重的伤，即便他是白头发的体质也废了，看着他抽搐的样子，广仁轻轻地叹了口气，将头转到了一边，不忍再看他这个同门的惨状。火山的举动和广仁几乎一样，他收了长剑，走回到广仁的身后。

安源在甲板上抽搐了一阵子，终于一动不动，广仁这才回过头来，对我们三个说道："真是到哪儿都能见到你们，回去之后和吴勉说一下，就说安源已经被诛杀了，加上他前些日子诛灭掉的戚无名，六道令旨现在还剩下两道。我和他的私怨暂缓一下，等到六道令旨原旨交回之后，再了结我们之间的私怨。"

"您这话说得是不是早了点？"孙胖子嘿嘿一笑，看着广仁继续说道，"刚才你们的对话我听了几句，不是我说，根据我的理解，你们和吴仁荻一起，抓这个独眼龙也抓了七八百年了，如果这么容易就能打发得了的话，应该也不用抓他抓七八百年了吧？"

火山愣了一下，看着孙胖子问道："你到底想说什么？"

广仁的反应要比他这位大弟子快得多，孙胖子说完这几句话的时候，这位大方师已经明白孙胖子的意思。他扭过头来看着躺在甲板上一动不动的安源，顿了一下，对火山说道："念在同门一场，别让他的尸首见三光——一把火烧了吧。"

这时候火山也明白了孙胖子话里面的意思，但他还是有些不以为然，安源现在的伤势就算是他也扛不住，还要一把火烧掉未免有些多此一举。不过广仁的吩咐对他来说和圣旨没有什么区别，火山恭恭敬敬地答应了一声，手心里面出现了一个蓝汪汪的火球，顺手对着安源的尸首甩了过去。

眼见着火球就要触及尸体的时候，本来倒在甲板上一动不动、和死人没有任何区别的安源突然跳了起来，火球擦着他的身体飞了过去。虽然火球没有接触到安源的身体，但还是有一种焦臭的味道在空气中弥漫开来。

安源起身之后，先是将插在自己嘴里的匕首拔了出来，然后恶狠狠地瞪了孙胖子一眼，说道："我跟你有什么恩怨，你要这么对付我。"

孙胖子嘿嘿笑了一下，冲安源一龇牙，说出来一句让安源吐血的话："刚才你吓着我了……"

见安源"死而复生"，火山狞笑了一声，手中再次出现了那把冒着火的长剑，说道："装死的本事见长了，刚才我差一点就着了你的道……"

没等他说完，孙胖子在后面补了一句："其实你已经着道了，不要不承认，没什么丢人的……"

火山眼角的肌肉跳了跳，本来以他的火爆脾气，这时候已经去找孙胖子算账了。不过广仁就在身边，对孙胖子发作不得，只有将这口气都撒在安源的身上了——火山举着他那把呼呼冒火的长剑，对着安源挥舞了过去。

长剑上面的火苗好像鞭子一样甩了出去，而安源根本就没有躲避的意思，就在火山出手的同时，他的手中突然出现了一个黑乎乎的东西，火山对他出手的同时，安源也将这个黑乎乎的东西对着火山甩了过去。

火山看清了安源扔过来的东西之后，竟然顾不得用火鞭子去抽安源，他的身子一闪，避开了这件黑乎乎的东西，随后也不顾面前的安源，将身子转了过来，用手中的长剑去拦半空中的黑色物体。

这时候，安源见有便宜可捡，他握着那把刚从自己嘴里拔出来的匕首，对着火山扑了过去。安源扑到火山身后，举起匕首朝火山后心扎过去的时候，火山手中长剑剑尖的火苗好像有生命一样，竟然自动地变了方向，“啪”的一声抽到了安源的脸上。

火舌抽到的地方一片血肉模糊，掠过的时候不偏不倚正好燎到安源的独眼上，一阵焦煳的味道传出来的同时，安源已经捂着他的半张脸在甲板上翻滚起来。

## 第十六章　看一眼

安源在甲板上翻滚的时候，已经是满脸的鲜血，那只独眼眼眶里已经看不见眼珠了，只能看见一个不断冒血的血窟窿——火山这一下子竟然将安源仅剩的一只眼也打瞎了。

一击便将安源废掉之后，火山紧接着转回身去，手中的长剑脱手，对着刚才安源扔出来的黑乎乎的物件甩了过去。这时候我才看清，这个黑乎乎的物件像是一根什么动物的骨头，骨头上面雕刻着一些奇怪的图案，火山的长剑在半空中将骨头击碎了。见到碎了一地的骨头渣子，火山才松了一口气。就在他打算将掉在地上的长剑捡起来，再去对付安源的时候，突然感觉背后一阵巨大的压力袭来。

这时火山再想回头已经来不及了。就在火山击碎那根骨头的时候，甲板上的安源虽然还在哀号，但已经从甲板上爬了起来，他竖着耳朵听了听，很快便辨认出火山的位置。

这时的安源已经有些癫狂了，他自知此次必死无疑。临死之前，总得拉一两个垫背的，杀一个够本，杀两个便赚一个。听出火山的位置以后，直接便朝火山冲了过去。

放在平时，两个安源加到一起，也不能将火山怎么样。但这个时候，火山刚刚将安源的独眼打瞎，有些大意了，没料到安源还有余力反扑，所有的注意力都放在黑乎乎的骨头上面，根本没有防备。

没有防备的火山立刻就被安源扑倒在地，随后两人就在甲板上撕打起来。现在火山想要解决掉安源，恐怕真要如之前安源所说的那样，多少付出点代价了。广仁见火山被安源扑倒，下意识地动了动身形，想要出手解救火山。不过他这位弟子的性子有多要强，广仁最为清楚，犹豫了一下，广仁还是停住了身形，没有出手，眼睛盯着在甲板上来回翻滚的二人。

两人在甲板上厮打了一阵，到底火山的本事更胜一筹，虽然两人仍扭在一起，但火山很快便稳占了上风，他的手心已经按在了安源的心口，只要掌力一吐就能击碎安源的心脏。就在这个时候，一股炙热的力量突然从安源的身上传了出来。这股力量很是古怪，就连火山这样的人物都不敢硬接，只能顺势将身上的安源推开，随后身体一翻，从甲板上站了起来。

刚才火山和安源在甲板上厮打的时候，两个人一路滚到了我和孙胖子的身边。本来孙胖子是要拉着我躲远一点，但我生出了另外一个想法——现在如果有机会把火山解救出来，好歹也算还他们师徒俩一个人情了。

开始我想用罚剑直接结果了安源，但这两个人翻滚的频率越来越快，怕误伤了火山，于是我收了短剑，随后一手抓住了安源的肩头，将种子的力量源源不断地输送进去。没想到的是，就在我将种子的力量输送进安源身体里面的时候，火山的脸色突然大变，一把推开了压在他身上的安源，随后将身子翻滚了出去。

火山和安源分开之后，安源马上开始四处乱抓，很快便抓住了我。他之前怎么对付的火山，现在就怎么对付我。他将我扑倒之后，一只手抓住了我的心口，随后一股强大的力量从他的掌心处爆发出来。这股力量压制得我快要透不过气了，当下我来不及多想，抬手掐住了安源的脖子，将种子的力量源源不断地输送了过去。你不是想要种子的力量吗？那我就别客气了！

我将种子的力量沿着他的脖子输送过去，和安源手掌心的力量纠缠了一会儿之后，安源抓住我心口衣服的手突然松开了，看他的意思像是要逃开，这个时候当然不可能放他走，当下我掐住他脖子的手又加了一把劲，将种子的力量更加迅猛地传送了过去。

片刻的工夫，安源的身体突然出现了一些龟裂的纹路。这时候的安源已经停止了挣扎，他的双手无力地垂了下来，不过有了刚才他诈死的先例，怕他又在使诈，我并没有马上松手，而是继续传送了一阵子种子的力量。只见他身体上龟裂纹路越来越大，随后“嘭”的一声，安源的身体碎成了几十块散落了一地。这时候，我才肯定安源是真的死掉了，如果他这样也能诈死的话，那我认了。

现在的我浑身上下都是安源的血污，加上使用了过多种子的力量，脑袋一阵发蒙，头晕目眩的看谁都是四个脑袋。被孙胖子扶着休息了一会儿，突然听到了广仁的声音：“想不到安源最后会死在你的手里。不错，你体内的种子是长大了一点，早日长成结出新的种子吧。”

说到这里的时候，广仁顿了一下，随后在地上捡了一把造型古怪的古锁，看了一眼锁头上面的花纹，好像明白了什么，看着我说道：“用七窍锁扩开你的脉络，会这么教你的除了归不归之外的，就只有上善老和尚了。说吧，是归不归？还是上善？”

想不到他通过一把小小的锁头能明白这么多的事情，当下我只能实话实说：“是上善大和尚，不过我的心里也没有底，这样子到底有没有作用。”

广仁看了看手上的七窍锁，又看了我一眼，顿了一下，说道：

“作用当然是有的，你和你身体里面的种子，就好比一个是水池子，一个是池子里面的水，你这个池子越大，装的水就越多，明白了吗？”

虽然广仁说得云山雾罩的，不过还有些道理。看着他手中的七窍锁，我突然想试试广仁的本事，当下向广仁问道：“大方师，你多久能将这把锁打开？”

“这个我倒没有试过……”说话的时候，广仁将七窍锁换了一只手，就听见“嘎巴”一声，七窍锁竟然在瞬间就被他打开。这个不光是我，就连孙胖子也是大吃一惊。虽然想到广仁能很快开锁，但怎么也没想到，竟连一秒都用不到。

当下，孙胖子对广仁说道：“大方师，您说您一下子就能把这把锁打开，那么吴仁荻呢，要是他动手的话多少时间能把锁打开？”

孙胖子说完之后，广仁的脸上流露出来一股古怪的神色，犹豫了一下，他看着地面说道：“吴勉——他看一眼七窍锁就能打开……”

这就是实力的差距了，我要半个小时才能开锁，广仁碰一下就开，最离谱的是老吴，他只需要看一眼就能开锁，不能再继续这个话题了。当下我向广仁提出要下去将杨军和小朱皇帝带上来。

听了我的话之后，广仁笑了一下，随后说道：“这个不用你了，火山已经下去请他们俩上来了。我和建文帝是老相识了，几百年没见，也不知道他怎么样了。”就在他说话的时候，下面的楼梯上传来了一阵脚步的声音。随后，火山带着已经醒过来的杨军和小朱皇帝出现在甲板上。

这个时候，海面上的雾气越来越浓了，我们几个人靠在甲板上。孙胖子开始向二杨打听他们是怎么着了安源的道的，事后又问了广仁，这到底是艘什么船。

# 第十七章　六分之二

先说二杨的事情，他们俩一明一暗上船之后，很快就发现了昏迷在船舱里面的小朱皇帝。见到了自己的主人，杨军马上就乱了方寸，就在他努力想要唤醒小朱皇帝的时候，面前突然凭空出现了一个独眼的白发人，随后他两眼一黑，再睁眼时发现是火山叫醒了他，然后被火山带到了甲板上。

见杨军被迷晕之后，杨枭马上意识到这独眼白发人不是他一个人能对付得了的。当下他第一个反应就是夺门而出，不过安源的反应比他快，迷倒了杨军之后，马上出手对付隐在暗处的杨枭。三两下之后，杨枭也中了安源的迷术。不过和杨军毫无防备不同，见杨军被迷晕之后，杨枭已防备着安源也对他来这一手，屏气凝神的状态下，他被迷住的程度并不深。我和孙胖子进到船舱见到他们三个人的时候，杨枭已经醒了过来，只不过他没敢轻举妄动，等到我们离开之后，才隐在暗处跟在我和孙胖子的身后……

再说说小朱皇帝，一天多之前，有船员向他禀报，说发现了一艘和之前的宝船几乎一模一样的大帆船。这引起了小朱皇帝强烈的好奇心，他派了两名船员上船查看，但这两人上船之后便音讯全无。接下来，小朱皇帝又连续派人上船寻找之前的船员，不过这些人上船之后，都如泥牛入海一般，再没有一点音讯传回来。最后，小朱皇帝带着仅剩的几名船员上了大帆船，只是他们连人都没有看到，就都失去了知觉。这许多人里面只有小朱皇帝活了下来，其他的船员都被安源给杀死了。说起来应该是小朱皇帝的这头白发救了他，安源以为小朱皇帝也是方士一门中人，没弄清楚他的身份之前，安源也不敢擅自下手。

算着时间，小朱皇帝他们上船不久，我们就赶到了，如果我们能早来一点的话，可能现在是另外一幅景象了。

说完了二杨和小朱皇帝的事，孙胖子开始向广仁打听这艘大帆船的出处。

广仁看了一眼小朱皇帝，跟着讲述了这艘大帆船的来历。原来我们脚下的这艘大帆船，正是当年郑和下西洋时宝船的原型，而且还是根据宋代海船图造出来的第一艘宝船。不过这艘船并没有入列下西洋的船队，而是被当作祭海神的祭船送入了大海之中。船上的几百具干尸就是当时祭海神时的祭品，大帆船起锚之前，这些人就已经被杀死扔在船上了。也不知道通过什么样的手段，安源将这艘船弄到了手。这么多年以来，他一直在船上躲避着广仁和吴仁荻的追杀。

说到安源，广仁的语调便有些沉重起来。算起来这个独眼的白发男人还是他的同门，是前任大方师远渡海外时带走的三千门徒中的一个。就在八百多年前，广仁和他广字辈同门（包括吴勉和归不归等人）都收到了前任大方师的书信。

前任大方师要求广仁和吴勉等人全力追杀六个为了方士门中重宝而残杀同门的弃徒，安源就是那六名弃徒之一。当时正是广仁和吴仁荻相斗最厉害的时候，但接到了这封书信之后，广仁和吴仁荻达成了暂时休战协议，全力以赴对付前任大方师的六名弃徒。

一开始，两人进行得还算顺利，不到半年的时间，二人就分别击杀了一名弃徒。不过剩下的四名弃徒就狡猾多了，又过了十年的时间，吴仁荻和广仁才在塞北的大漠中，找到了伪装成牧民的安源。

就在抓捕安源的过程中，广仁的一位门人突然趁机向吴仁荻发起攻击，这让安源在天罗地网之中寻找到一线生机。在必死的局面下，安源以失去一只眼睛的代价，从吴仁荻手下逃脱出来。

从那天之后，安源就彻底消失了，经过了几百年，谁都没有想到他竟然躲在大海之中的几百年前的祭船上。听广仁说到这里时，孙胖子突然看了杨军和小朱皇帝一眼，说道："不对啊，这片海域看起来不小，实际也不是太大，你们二位在这一带也转了几百年了，怎么之前从来没有碰到过安源？"

"这艘船是最近才出现在这片海域的。"小朱皇帝看了孙胖子一眼，顿了一下，接着说道，"半个多月之前，有船员跟我说这片海域像是多了一艘船。当时我没有想到会有人驾船进来，还以为是废弃的无人船。如果早知道船上有这么个人，我宁可登陆上岸，也不会让那么多船员惨死在这条船上。"

小朱皇帝说到这里时，孙胖子和杨军几乎同时抬头看了他一眼。杨军仿佛看到了他主人要上岸的曙光，他的眼睛一亮，不过和小朱皇帝对视了一眼后，杨军又急忙将头低下，生怕被小朱皇帝从他的目光中看出痕迹来。

孙胖子笑嘻嘻地看着这一对主仆，最后冲杨军做了一个鬼脸，又转回头看向广仁师徒俩，将话题岔开，说道："你们一共要诛杀六名弃徒，当初大方师你和吴仁荻各杀掉了一个，今天又死了一个安源，加到一起还剩下三个。按说这几百年你们应该也没闲着，不是我说，你们办事的效率好像不太高呀！"

这时，火山的脸上露出来一丝尴尬的表情。他好像有些怪孙胖子的话太多了，当下瞪了孙胖子一眼。广仁则是轻轻地叹了口气，接着对孙胖子说道：“说来惭愧，就因为那次我的门人得罪了吴勉，让他心生芥蒂，之后便不肯再管剩下那几名弃徒的事了。我也将重点转移到应付吴勉的报复上，只派了几名门人去寻找剩下的几名弃徒。也是我门人办事不力，这么多年以来，竟然一直没有那些弃徒的消息。”

听了广仁的话，孙胖子眨了眨眼睛，对广仁说道：“那么说，现在还剩下一半？”

“还剩下两个。”广仁纠正了孙胖子的话，继续说道，“不久之前，三名弃徒之中的洄暗已经被吴勉抓住，现在只剩一个脑袋了，跟死了也没什么差别。如今还没找到的只剩下辛无病和屠黯两个人，他们两人自从光绪三年露过一次面之后，就一直没有出现过……”

说到这里时，广仁表情古怪地看了我一眼。这一眼把我看毛了，当即有些莫名其妙地向他问道：“干吗这么看我？有什么话你直接说就是，你可是做过大方师的，别给我这样的小人物设局下套！”

广仁笑着摇了摇头，随后看着我说道：“怎么说你也是叫过我几声师父的，有些事情我还是早点告诉你吧，也好让你有点心理准备。辛无病是这六人之中的佼佼者，本来前任大方师是将他当作火山的继任者来培养的，可惜最后他还是入了邪道。说起来，另外一名弃徒——屠黯，他是第一个反出方士门墙的人，这个人你可能不熟悉，但《天理图》你应该听说过吧。最初的《天理图》只不过是一部游走两界的秘籍，但在屠黯的手上，就变成了一部变相长生不老的奇典。”

# 第十八章　陛下上岸

广仁说话的时候，眼睛一直盯着我看，看得我越发觉得这里面有问题。等他说完之后，我向这位大方师问道："有什么话你就挑明了说，这么说一半留一半的，我实在猜不出来。"

广仁笑了一下，看着已经明白了八九成的孙胖子，微微地摇了摇头，说道："如果你们两个合成一个人，那该有多好？说什么一点就透，还有一个能与种子相融合的身体。"说到这里，广仁顿了一下，看看我又看了孙胖子几眼，最后将日光停留在我的脸上，继续说道，"如果真有那样的人，我就做主把下一任大方师的位置留给他了。"

几句闲篇说完，广仁终于说到了正题："现在辛无病和屠黯都和向北扯到了一起，前阵子就是辛无病从无间地狱中将向北捞出来的。他们俩现在都没有露头，只将打杂的洄暗推出来送死。安源你已经见识过了，但我告诉你，两三个安源加到一起也比不上辛无病和屠黯中的任何一个，遇到这两人你可要小心了……"

一个向北我已经应付不来了，现在又多了这两个家伙。想到这些，我的心里越发沉重起来，看来回到首都以后，我要主动和上善老和尚商量一下，看有没有什么办法能让他常驻到我身体里面，最起码也要待到向北他们三个都被消灭了为止。

广仁的话匣子已经打开，就在他准备继续说些什么的时候，后面的火山走了过来，在广仁的耳边小声地说了几句话。广仁冲火山微微一笑，说道：“你不提醒，我几乎都要忘了。”

说到这时，广仁顿了一下，随后对我们几个说道：“除掉了安源，我这次来的目的也就达到了。后面还有一点俗事要办，我们就先行一步了。希望下次再遇到你们的时候，不会再是这样惊险的场面。”

说完，广仁又和小朱皇帝客气了几句，随后和火山一起，纵身从船舷跳下了海。在迷雾之中，这一对师徒踩着海水，转眼之间便消失得无影无踪。

看着广仁和火山的身影消失之后，孙胖子先是和杨军对了下眼神，随后对小朱皇帝说道：“不是我说，朱先生，你的船员都殉难了。现在就剩你一个人了，后面的路你想怎么走？”

孙胖子的话刚刚说完，杨军马上就接话说道：“谁说是一个人的？这次我不走了，主人，那些人陪了您几百年，现在也算是功成身退了。以后就由我陪着您吧，只是这艘大帆船没有几十个人驾驭不了，我们只有两个人，只能继续用那艘游艇了。”

“你们俩不用演双簧了。”小朱皇帝摇了摇头，眼睛盯着杨军，半晌都没有继续说话。最后他长长地叹了一口气，继续对杨军说道，“我是发过誓的，只要陆地上还有一个朱姓之人，我的双脚就不再踏上陆地。但事已至此，也不可能继续在海上漂流了——也罢！”

说到这里，小朱皇帝突然变了语气，他苦笑了一声，对明显难以抑制自己兴奋之情的杨军说道：“你给我多准备几双底子高一点的鞋吧。”见杨军没有明白他说的意思，当下又解释道，“我是发誓说双脚不和朱姓之人同站在一片土地上，所以鞋底高一点的话就不算违背誓言了——我找个借口破誓挺不容易的，你一定要刨根问底吗？”

杨军听了之后大喜，兴奋得满脸通红，跟着突然想起了什么事情，一转身就冲孙胖子说道："借我点钱……"

孙胖子明白杨军这是要准备小朱皇帝上岸的事情，怎么说也是当过皇帝的人，衣食住行的事自然不能太马虎，现在杨军的钱都套在他那座四合院上，手头还真没多少现钱。当下孙胖子嘿嘿一笑，对杨军说道："不就是钱吗？什么借不借的，要多少？你说个数……"

杨军歪着脑袋想了一会儿，回答道："先借我一亿，如果不够的话，咱们到时候再说。"

"一亿……"孙胖子咬着后槽牙说道，"行！回去我就让老黄也入一股！"

这就算成功地把小朱皇帝劝说上岸了。这时候，海上的迷雾也开始慢慢散去。随着大雾散开，天空中出现了阳光，我们的这艘大帆船竟然已经从那片神秘海域之中漂出来了，孙胖子找的海船也从后面跟了上来。只有小朱皇帝从归不归那儿讹来的那艘游艇不知道漂去了哪里，不过那艘游艇是归不归的，现在小朱皇帝决定上岸了，也基本上用不到它了。

从大帆船转移到孙胖子找的那艘海船上之后，我们开始向陆地进发。十几个小时之后，我们这艘海船终于回到了之前的始发地——天津港码头。

从海船上走下来的时候，小朱皇帝显得极其不自然。在海上漂泊了几百年的他已经忘了在陆地上行走是什么感觉。在杨军的搀扶下，小朱皇帝才慢慢地一步一步走到了陆地上。

还在海上的时候，孙胖子就用卫星电话联系了黄然，我们到天津港码头的时候，老黄已经带着公司里所有的人等着了。能见到传说中的建文帝，黄然也显得很兴奋。由杨军介绍，大家寒暄了几句之后，小朱皇帝上了黄然安排好的车，由我们这些人护着，车队浩浩荡荡地开回了首都。

回到首都的时候，已经到了傍晚时分，黄然早就在他常去的酒楼安排好了饭局。等到我们这些人坐齐，黄然端起酒杯，刚想要说点什么的时候，包房的大门突然被人推开，一个邋邋遢遢的老和尚从门外走了进来。

老和尚进门之后，马上就对黄然说道："姓黄的小家伙，你这是什么意思？现在请客吃饭都学会甩开佛爷我了？和你说过多少次了，佛爷我不是贪图你这一顿两顿……"上善老和尚的话还没有说完，眼睛突然看到了正冲他微笑的小朱皇帝。上善老和尚不由自主地愣了一下，随后揉了揉眼睛，确定正是他最怕见到的小朱皇帝本人无疑，上善老和尚立马闭上了嘴巴，不再和黄然纠缠，转身就朝门外走去。

上善老和尚刚刚转过身子，身后就响起了小朱皇帝的声音："是席应真席先生吗？几百年不见，席先生你怎么弃道入了释门了？你我今天也算是故人相见了，这么快就要走吗？"

听了小朱皇帝的话，上善老和尚就像是被定身法定住了一样，缓了好半天之后，他才转过了身体，冲小朱皇帝苦笑了一声，说道："佛爷我那个倒霉徒弟对不起你，害得你这位九五之尊在海上漂了那么多年。虽然佛爷我的那个倒霉徒弟现在不在了，不过他造的孽，还是让佛爷我来还吧。"

说到这里时，上善老和尚顿了一下，随后抄起了桌上的茅台，一仰脖自己先灌了半瓶，这才继续对小朱皇帝说道："当年佛爷我的徒弟害你失掉大好的河山，虽然这并不是佛爷我的本意，但也有我的罪过在里面。倘若你不嫌弃的话，佛爷我今天就收你为徒，将这点毕生所学的东西都教给你——这是干什么？"

上善老和尚的话还没有完，小朱皇帝已经从座位上站了起来，直接跪到了地上，对着上善老和尚，一个响头磕在了地板上。

# 第十九章 杨军的难题

小朱皇帝的头还没有抬起来，上善老和尚已经跪在了他的面前，快速地向小朱皇帝磕了两个响头，说是担不起小朱皇帝磕头，还了一个不够还得再加上一个。上善老和尚的这个举动让小朱皇帝愣了一下，随后他又向上善老和尚磕了一个头，接着上善老和尚又是两个头还了回来……

就在两个人僵持不下时，孙胖子端着酒杯笑嘻嘻地走到了两个人的中间，生受了小朱皇帝和上善老和尚的大礼，说道："差不多行了，不是我说，磕几个意思意思就得了，咱们还是接着吃喝。你说你们这一会儿磕上瘾了怎么办？咱们这顿饭什么时候才能吃完？什么师徒父子的以后再说，酒桌上咱们都当哥们儿处！来，咱们哥儿仨先走一个。"

孙胖子说话的时候，吴连环十分知趣地端着两个倒满茅台的酒杯凑了过来，又将酒杯分别递给了小朱皇帝和上善老和尚。孙胖子和两个人分别碰了一下杯，将自己的杯中酒一饮而尽，然后拉着上善老和尚和小朱皇帝回到了酒桌上。接着他又给自己倒了一杯，嬉皮笑脸地对酒桌上众人说道："来，掀一个小高潮，说好了，今天不吐不归啊……”

这顿饭吃到了后半夜，酒桌上的人倒了个七七八八。最后勉强还算清醒的也就剩下我、黄然和上善老和尚了。不过上善老和尚吃饱喝足之后，不知道什么时候就没了人影，他这个做派让我想起了萧和尚。杨军本来也是能喝的，但他替小朱皇帝挡了半宿酒之后，终于醉倒在桌子底下不省人事。而杨枭喝到一半的时候，就借口有事提前带着他新收的徒弟离开了。

就在黄然摇摇晃晃去埋单的时候，孙胖子从桌子底下钻了出来。他是第一个被喝趴下的，缓了这么长的时间才缓过来。爬起来之后，孙胖子先是傻笑了一阵，随后看着我说道：“辣子，当初咱们哥儿俩第一次在海上见到小朱皇帝的时候，谁能想到能把他忽悠上岸？”

说到这里，孙胖子又傻笑了一阵，笑完之后，继续对我说道：“不是我说，现在咱们公司真是热闹了。教主、锦衣卫、特种兵这些就不多说了，现在又加了一个皇帝——货真价实的皇帝啊！一般人只能听说的人物，咱们公司都齐了，玩游戏都够组团下副本打Boss了……”说到这里，孙胖子的酒意上涌，实在是压不住了，一张嘴都吐在了汤盆里，随后，他身子一歪，又滑到了桌子底下。

就在我去将孙胖子扶起来的时候，这货还傻笑着冲我说道：“辣子，不是我说，现在人齐了，我要去把当年丢的场子再找回来……”

孙胖子还要再说些什么的时候，正赶上黄然推门进来。见到黄然，孙胖子“哈哈哈……”一阵傻笑，随后从桌子上面端起也不知道是谁的酒杯，将酒杯送到了黄然的手上，说道：“老黄，不是我说你，怎么才来？来，主动点，自罚三杯。有什么话你喝完这三杯以后再说……”

黄然摇摇晃晃地走过来，还真的将孙胖子递过来的这杯酒一饮而尽。随后又给自己倒了一杯，就在他准备再喝下去的时候，突然明白过来，眼神有些发硬地看着孙胖子说道：“不对……我刚才就是从这里出去的……”

这句话说完，黄然的身子也倒了下去，靠着早已经不省人事的张支言呼呼大睡了起来。孙胖子满脸通红地看着已经叫不起来的黄然，傻笑了一声，说道：“幸好你是结了账才倒了的……”这句话说完，孙胖子脚一软，整个人趴在了黄然的身上。看着被两个大胖子压在身下的张支言，我都替他难受得慌。

整个后半夜我都在忙活将这些人送回家的事情，除了我、孙胖子以及黄然等几个住得比较近以外，其他人的住所分散在首都的各个方向。实在没有办法，我让酒店的人帮忙，联系了几个代驾的司机，让他们帮着将这些人都送到了黄然家里。

将这些人一股脑地扔在了客厅里面，我回到了自己的房间里。也没有力气梳洗了，我躺到床上就呼呼大睡起来。一直到第二天的上午，我才被外面的吵闹声吵醒，迷迷糊糊地走出房间，就见黄然家的客厅已经乱成了一团。

昨晚这些人基本上都喝断片儿了，醒过来之后，排着队去厕所洗漱完才清醒了一点。这时候才开始琢磨昨天晚上是怎么到这来的，开始蒙奇奇一口咬定是孙胖子把他们带过来的，还怀疑孙胖子趁她喝醉的时候，占了她的便宜。

这话说出来，沉默的张支言不干了。自从挨了上善老和尚一巴掌之后，张支言说话顺溜多了，不过蒙奇奇认为这不是他的风格，为了迎合蒙大小姐，他又变回了之前那个沉默的张支言。

听蒙大小姐说可能被孙胖子占了便宜，张支言马上就冲孙胖子去了。好不容易被众人拉开的时候，我刚好睡眼惺忪地走出了房门。听说了他们闹起来的原因，我将昨天晚上怎么把他们弄回来的经过说了一遍。因为我的风评要比孙胖子好得多，蒙奇奇和张支言也就不再多说了。这时孙胖子不干了，指着自己被扯烂的衣服说道：“就这么完了？”

当然也只能这么完了，蒙奇奇和张支言找了个借口，陪着邵一一回了她的住处。大家都处在宿醉的状态，于是孙胖子做主今天休息一天，等到明天大家酒醒之后，再去公司上班。

等到众人都走了，杨军突然折返回来。他把正准备回房间睡觉的孙胖子叫了出来，我不知道出了什么事情，也留了下来，看杨军有什么要紧事和孙胖子谈。

杨军也不背我，他对孙胖子说道：“孙德胜，这次你一定要帮帮我……”

“放心，那一亿明天回公司就给你。”孙胖子看着杨军，说道，“大杨，你把心放在肚子里，我现在正在调钱，我和老黄一人一半。你先回去陪小朱皇帝到处逛逛，明天拿到钱之后，把你那四合院好好装修装修。要是钱不够的话，我再和老黄说一声，不是我说，再凑个几千万应该没有问题。”

“我不是这个意思。”杨军苦笑了一声，接着说道，“刚才出门之后主人跟我说，他也要找点什么事情做做，我也不敢劝。你知道的，我这位主人怎么说也做过九五之尊的。什么活敢让他做？我想了半天，才想到一个他适合的工作……”

说到这里的时候，杨军的表情有些古怪，好像有什么话不好意思说出来。看他欲言又止的样子，孙胖子脸上的肥肉突然跳了几下，他眨巴眨巴眼睛，看着有些尴尬的杨军，说道：“等一下，大杨，你不是想说让我把公司送给他吧？”

“就是挂个名。”一向性格孤傲的杨军这时候也顾不上矜持了，连吴仕获都敢硬顶的他，竟然给孙胖子赔了一个笑脸，继续说道，“名誉董事长就成，做做样子，给他一间办公室。我知道公司的办公室都满了，要不你和黄然挤一挤，好空出来一间办公室给他？”

见孙胖子还有些犹豫，杨军又加了一句：“你放心！就是个名誉董事长，也没有什么实权……”

话都说到这种程度了，孙胖子哪能再拒绝，事情便这样定了下来。临走的时候，杨军又叮嘱孙胖子早点把钱准备好，等明天他会去公司拿。

# 第二十章　老家来人

第二天中午的时候，杨军到了公司。不用他开口，孙胖子主动拿出早就准备好的支票，对杨军说道：“这里是一个亿，我和老黄一人一半，花完了再问我们要。不过找我之前，你先找老黄……”

几分钟后，杨军拿着一亿的现金支票，从公司离开。我站在窗边，看着他的背影彻底消失之后，才回头对孙胖子说道：“大圣，你给了他一亿，这得花到什么时候？”

孙胖子笑嘻嘻地看着我，说道：“我也希望他能花一辈子，不过我看最多也就几个月。”

处理完小朱皇帝的事情，接下来的日子轻松了一点。倒不是说这段时间没有活儿，而是因为广仁通知的辛无病和屠黯的事情：一个向北已经让我们应付不过来了，现在又多了这两个难缠的角色。最近这段时间，不管去哪里我都要带着上善老和尚。只有他在身边，我心里才踏实。

这也间接给黄然省了钱，上善老和尚有个好处，不管是谁请客，他从来没有推辞的。从萧和尚那儿得到遗产的时候，我曾以为他留给我的这些钱我这辈子都花不完。不过带着上善老和尚吃喝了一个来月之后，我突然发现只要有这老和尚在，把这些钱花完，似乎也不是多困难的事情。

这天早上，到公司之后，我找到孙胖子向他请教，看有没有办法将上善老和尚吃饭的档次降下来。正商量着的时候，孙胖子办公室里的电话响了起来，他接通电话只说了一句，就把电话递给了我："找你的。"

谁找我找到孙胖子这里来了？当下我接过了电话，还没等我说话，一个熟悉的声音就从电话里面传了出来："是小辣子吗？我，你二叔，我已经到你公司门口啦！你爷爷让我来看看你，顺便给你带点咱们家乡的土特产……"

昨天晚上我才跟爷爷通过电话，他也没说二叔这两天会来啊！听说自打萧和尚去世之后，二叔就搬到他儿子那儿住去了。还听说因为萧和尚没有留遗产给他，二叔还和家里的人吵了一架，他的意思是要我爹和三叔把萧和尚的钱都吐出来，然后加上他一起，三个人再平分一次。

我爹和三叔再实诚也没有实诚到这份儿上，于是我爹把这事告诉了我爷爷。老爷子当时就火了，抄起擀面杖满院子追着二叔打。最后二叔也生气了，跑回家当天就带着我二婶投奔他儿子去了。二叔不是在他儿子家帮着照看孙子吗？怎么有闲工夫到我这里来？上次他来首都玩儿的时候，爷爷让他给我捎两只松鸡，结果二叔直接去了他儿子那里，两只松鸡也便宜了他的儿媳妇。这次竟说给我带了什么土特产，二叔这是要干什么？

现在二叔就在外面，我赶紧走了出去，在前台就看见了手上提着大包小包的二叔。

见到我之后，二叔走过来有些夸张地说道："小辣子，真是出息了。当年你不干那个处长的时候，村里还有人说你收了黑钱，所以被开除了（其实就是他说的）。现在看看，处长咱们不干，改大老板了。咱们老沈家就靠你了，你爷爷现在就靠你这个大孙子活着了。”

最后一句话说得酸不拉儿的，不过我也不准备和他计较。当下我带着二叔到了我的办公室，坐下之前，二叔先将他包里的东西一股脑地倒在了我的办公桌上面。倒出来的都是一些干海参之类的海产，不是说老家的特产吗？我们清河村什么时候出海参了？

见我疑惑的样子，二叔马上解释道：“来你这儿之前我和你二婶去你弟弟那儿，这是他们小两口孝敬你二婶的，你二婶舍不得吃，让我给你送过来，谁让我们打你小的时候就喜欢你呢……”

客气了几句，二叔终于说到了正题上：“小辣子，有件事情和你商量一下。你弟妹家有个亲戚，家里出了点怪事，找了多少师父都没用，就把你想起来了。当初你在岛子上的事，很多人都看见了。小辣子，你是有真本事的，这个岛上的人都知道。你弟妹家的亲戚也是走投无路了，要不然也不能麻烦你。”

“二叔，按理说，我不应该驳您的面子。不过现在我这边确实有点忙，根本没有时间出门……”二叔的话让我很为难，现在这情况我根本不敢到处乱跑。二叔见到我为难的表情，马上打断了我的话，说道：“小辣子，这次你要是不帮忙的话，就算是把二叔我送进去了。你弟妹家的亲戚给了三十万的定钱，我都替你收了。那什么，我在你弟弟那里买了一套房子，刚好就差三十万。你放心，这钱算是二叔我借你的。等以后房子涨价了，我把房子卖了一定还你，要是不还的话，我以后管叫你二叔。辣子，老萧走的时候，给你们都留东西了，就我什么都没捞着。我买这房子也是为了以后养老啊，你们都吃到肉了，我可连点味儿都没有闻到……”

“这不是钱的事儿。”我有些无奈地看了一眼自己把自己说哭了的二叔，拿了几张纸巾递了过去，接着说道，“要不这样吧，我给你找几个能人，让他们帮帮弟妹的亲戚，到时候你把尾数给他们就成了。”

“辣子，没有尾数了。”二叔哭丧着脸说道，“刚不是和你说了吗，我买了一套房子。就那一点定钱也不够，我就向你弟妹家的亲戚把尾数借出来了。你是我看着长大的，现在又是这么大的一个老板，这点儿钱你不会和我计较吧？再说了，人家说了，就信当年的沈处长，别人都不信，小辣子，你就救救你二叔吧。那一百多万我都买房子了，手上实在没有钱了。”

“沈辣救你，那谁救他？”这时候，我办公室的门被推开，孙胖子笑眯眯地走了进来，本来以为我时间不长就能回去找他的，没想到我一直都没有回去。到我办公室找我的时候，孙胖子正好听到了二叔的话，于是推门进来，笑嘻嘻地对二叔说道：“不是我说，这几天我们有一笔大生意要谈，这个事是辣子负责的，如果这笔生意做不成的话，我们公司会损失一亿以上。你要辣子去帮忙也不是不可以，给我一亿我马上就放辣子走，怎么样？你考虑考虑？”

冷不丁听到这么大的一个数字，二叔也吓了一跳。反应过来之后，哭丧着脸对我说道：“反正你不能不管我，老萧走了，你们都有吃有喝的，就我一个人什么都没有。辣子，要不然你把老萧给你的钱分一半给你弟弟，这样我就有钱还了。就两条道，一是办事，二是给钱，你自己选吧。”

二叔说完，孙胖子嘿嘿笑了一声，随后古怪地看着二叔，说道：“还有第三条道……”

# 第二十一章　行踪

听孙胖子这么说，二叔脸上的表情有点不太自然，不尴不尬地看了孙胖子一眼，说道：“孙局长，这是我们老沈家的事，跟你没有什么关系吧？”

孙胖子嘿嘿一笑，看着我二叔说道：“你这句话说反了吧？老萧给辣子钱，跟你才没有什么关系吧？”说到这里，孙胖子顿了一下，再说话的时候语气高了几个调门，“跟着辣子我叫你一声二叔，不过二叔归二叔，有些话我们要先说清楚。那一亿的事咱们一会儿再说，先把你说的这个掰扯清楚。沈辣虽然是我们公司的股东之一，不过他也是签过合同的，合同上写明了，他不能自己接私活，要不然的话就得承担私活报酬的十倍罚款。二叔，这个罚款是你交呢，还是辣子替你交？刚才我听了一耳朵，你们这事的酬金是一百五十万对吧？罚款加一个零，一千五百万，咱们公事公办，你什么时候把钱付到我们公司？”

“什么一千五百万？怎么就一千五百万了！”二叔的脸色变得涨红，顿了一下，对孙胖子说道，“孙局长，你可不能这样，我们就是亲戚家说几句闲话，吹吹牛也要交钱吗？”

说到这里，二叔话锋一转，对我说道："小辣子，这事就当我没说。现在咱们换个说法，那什么，二叔最近手头紧，你借我二百万。现在两三百万对你来说，也就是九牛一毛。你是我从小看到大的，这点面子不会不给你二叔吧？"

没等我开口，孙胖子已经笑嘻嘻地继续抢话说道："这个二叔您又来晚了，最近我们公司计划扩大经营。辣子是公司的股东之一，公司扩大经营的话，他也需要再拿出一笔钱来，数目也不大，不到一个亿。能借的地方他都借遍了，正琢磨着找你儿子借一点呢！怎么着，是你跟你儿子说一声，还是辣子亲自给他打电话？"

"孙局长，您真是太爱说笑了，我们家那小子有什么钱？"一听到借钱，二叔马上紧张起来。他看孙胖子一眼，说道，"你别看他老丈人家是养海参的，实话说，钱是儿媳妇家的。我们家那小子也就能拿点零花钱，现在每个月还张嘴问我要钱呢！要不然的话，我这么大的岁数了，至于觍着老脸管小辣子借钱吗？"

二叔说着说着，也不知道触动了哪根心弦，又是两行老泪流了下来，看得我鼻子一酸，差点就要答应借给他钱。孙胖子完全不吃这一套，他将我拉到了身后，这才继续对二叔说道："二叔，辣子现在确实是没钱了。你看这样行不行，我手头倒还有点闲钱，几百万的数目还是能拿出来的。这样，我借你五百万，想什么时候还随你，也别走什么民间的利率了，就按银行的利率走，怎么样？"

听了孙胖子的话，二叔有些疑惑地眨了眨眼睛，随后问道："还有这好事？"

"大家都是亲戚嘛，辣子的二叔就是我的二叔。"孙胖子嘿嘿一笑，说道，"不过亲兄弟明算账，五百万这个数目说大不大，说小也不小，咱们多少也得办点手续，随便给点抵押什么的。我看你儿子结婚的那座小岛就不错，而且那座小岛出过事故，现在应该也不值什么钱。这样，五百万给你，那座小岛我就放我手上押着，等什么时候你把钱还给我了，那座小岛我再还给你儿媳妇。”

二叔终于听明白了，孙胖子这是惦记上那座小岛了。虽说这座小岛以前出过事故，岛上的酒店和旅游设施差不多都废了，但他儿媳妇家在小岛上重新干起了老本行，在岛上养殖海参。这几年海参的行情一路上涨，儿媳妇家就靠着养殖海参，收益比以前做旅游开发的时候都高得多，现在这座海岛就是他儿媳妇家的摇钱树，别说五百万了，就是五千万都不可能出手。

见孙胖子惦记上了儿媳妇家的摇钱树，二叔马上把脸一沉，转身就将倒在我办公桌上的各种海产又一股脑地放回自己的包里面，跟着恶狠狠地看了我一眼，说道：“我真是白看着你长大了……”说完，抓起自己的包转身就走，走到办公室门口时，回头看了我一眼，最后说道：“二叔最后问你一句，我来回的飞机票你能不能给报了……”

这就是二叔的性格，我苦笑了一声，在办公桌里面掏出来一张卡递给了二叔。卡里面是我进民调局之后到从悬崖上跳下来昏迷前存的工资，差不多有五万。这些钱本来想拿着孝敬爷爷的，没想到萧和尚一走，我们老沈家除了二叔以外，都分到了一大笔钱。这张卡就一直放在我办公桌里面，没想到最后便宜了二叔。

二叔问清了卡里面的钱数，脸上的表情明显有些失望。不过好歹也是钱，满脸委屈地收下了。等二叔走后，我正准备给三叔去个电话，把刚才的事情和他说一声，孙胖子的手机又响了起来。

打电话来的是西门大官人，开始孙胖子还和他有说有笑的，但没说多久，孙胖子的招牌笑容就僵住了，他一边眨巴眼睛，一边对电话说道：“就他自己吗？不是我说，有没有另外两个白头发的和他一起？”

电话里的西门链也不知道怎么回答的，只见孙胖子的脸色变得越来越难看，说了没几句就挂了电话。这时候，我已经猜出了七七八八，向孙胖子问道：“是发现向北了吧？大官人怎么说的？在哪儿发现的？广仁说的辛无病和屠黯也出现了吗？”

孙胖子看了我一眼，不过他的心思明显没在我身上。我重复了一遍问话，孙胖子才反应过来，说道：“就在首都机场，出关的监控录像里发现了向北。不过所有的航班检查了一遍，都没有查到向北是坐哪个航班来的。现在大官人他们分成了两拨，一拨人在查看上午降落在首都机场的航班，另外一拨正在检查整个首都的监控系统。但向北在首都机场冒了个头以后，就彻底失踪了。不是我说，能不能找到只能看运气了。”

说完这几句话以后，孙胖子突然跑出了办公室，扯着嗓子喊道：“老佛爷！老佛爷你在吗？中午谭家菜的燕翅席！来不来？”

孙胖子的话刚喊出来，也不知道藏在哪里的上善老和尚飞快应了一声：“来！”随后我眼前一花，上善老和尚已经出现在我的面前。他双手藏在那件破袈裟里面，看着孙胖子说道：“小胖子，你总算开窍了。这么长时间以来，每次都是那家粤菜馆子，撑不死佛爷我，也腻死佛爷我了。难得你终于开窍要换家馆子了。说好了，席面不能糊弄佛爷我，鲍参翅肚如果少了一样，佛爷我就掀桌子给你们看。”

“放心，席面上的事情谁敢糊弄老佛爷您？不过今天除了吃饭，还有点别的事情……”当下，孙胖子将从西门链那儿听到的事情又跟上善老和尚重复了一遍。等孙胖子说完，上善老和尚只是点了点头，跟着说道：“边吃边说吧……”

# 第二十二章　起程

在上善老和尚的眼里，就没有比吃喝更重要的事情了。但我们去的那一家谭家菜因为没有预订，“佛跳墙”以及另外几道招牌菜都没有现成的，无奈之下，只能换了另一家更出名的官府菜馆子。等上菜的间隙，孙胖子又将向北的事情说了一遍。

这时候上善老和尚才多少听进去了一点，等孙胖子说到这段日子，我们俩都要守着他的时候，上善老和尚却摇了摇头，说道：“本来昨天饭局的时候，你们俩说这个的话，佛爷我是没有问题的。不过今天早上我答应了吴勉，从今天晚上起要去守着邵一一。他还特意叮嘱，让你们俩少接触姓邵的丫头，怕你们俩把祸事给引过来，不是佛爷我不帮你，只怪你们晚说了一天。”

“吴仁荻要你去守着邵一一？”突然间，我发现这话里面有点问题。上善老和尚之前说过很多次，吴勉的事情他不管，如果说上次救邵一一是为了和吴仁荻比比谁的巴掌厉害，那现在他答应守着邵一一就有点解释不通了。

尽管我没想明白这里面的门道，孙胖子却马上反应了过来。他眯着眼睛看了看我，有些感慨地说道：“没想到一转眼就过去六年了，当初我们俩刚进民调局的时候，怎么能想得到会是现在的一番景象？”说着，他自己给自己倒了一杯白酒，一饮而尽。

孙胖子这是想说什么？看我还是没有明白过来，孙胖子嘿嘿笑了一声，随后说道：“三三得六，你回忆一下六年前，老吴是个什么情形？”

“六年前的事儿谁能记得那么清楚——六年前！那时候我们在女校，老吴的衰弱……”终于，我想起了六年前发生过的事。那时候第一次见到邵一一，也第一次知道了我这样的白头发体质每过三年就要经历一次衰弱期。要不是孙胖子提醒“三三得六”的话，我还想不到是吴仁荻的衰弱期到了。

孙胖子嘿嘿一笑，随后对上善老和尚说道：“老佛爷，老吴没有告诉你他藏哪里了吗？不是我说，我和辣子去他那里搭个伙也不行吗？现在他就是一般老百姓，去了多少也能有个照应。”

听了孙胖子的话，老和尚将嘴里的鱼翅咽了下去，眯着眼睛回味了一下，才对孙胖子说道：“小胖子，要你是吴勉，会把藏身的地方说出来吗？他是活了两千多年的人物，你们也不是不知道他的仇家遍天下。能算出吴勉十三天衰弱期具体时间段的仇家也不少，不过两千多年过去了，吴勉还是吴勉，那些能算出他衰弱期的仇家却越来越少了。”

上善老和尚说话的时候，孙胖子已经掏出了手机，给归不归打了过去，可归不归的号码一直不在服务区之内，试了七八次之后，孙胖子只能放弃了。最后一线希望是广仁和火山师徒，但孙胖子压根就没有他们的联系方式。

孙胖子端起上善老和尚的汤碗，给他盛了一碗鱼翅之后，问道：“老佛爷，老吴一般都是怎么躲过这十三天的？您一定知道，说说这个总没有问题吧？”

“这个倒没有什么。”上善老和尚将这碗鱼翅灌了下去，说道，“你想藏一棵树，把它藏在哪里最安全？森林嘛，吴勉一贯的方法就是改变自己身上的气息，然后改换相貌，变成另外一个人，在人群里面生活十三天。他这么做虽不能说百试百灵，不过也很少吃亏。”

“隐藏气息改变面貌，藏到人群里……”孙胖子喃喃地重复了一遍，对上善老和尚说道，“老佛爷，您腾不出手来，我们俩也就忍了。看在这顿饭的分儿上，帮我们俩一个小忙怎么样？帮辣子隐藏气息，然后给我们俩易个容换张脸。反正佛爷您晚上才去守着邵一一，吃完饭之后，带我们哥儿俩去到机场，剩下我们俩就不麻烦佛爷您了。当然，也不让您白帮忙，老吴不在的这些日子，老佛爷您的吃喝我都包了，馆子随便您挑，我让吴连环帮您订菜，您就等着大吃大喝好了。”

上善老和尚冲孙胖子笑了一下，随后将我刚刚倒满的酒杯端了起来，一口喝干了，笑眯眯地看了看我，又看了看孙胖子，说了两个字：“成交……”

半个多小时之后，我和孙胖子变成了另外一副模样，我头上的白发变黑不算，个头矮了几寸，身子也胖了不少，对着镜子一看，我都认不出自己来了。孙胖子则高了七八寸，本来两三百斤的身体，现在看起来也就一百五六十斤的样子。

上善老和尚抓住了我的手，一股电流从他的手上传了过来，被“电”了一下之后，我竟然感觉不出自己的气息了。这还是我变成白头发之后，第一次有这种感觉。

就在上善老和尚“照顾”我的时候，孙胖子已经打电话联系了他的朋友。拍了我们俩的照片发了出去，接着又开始忙活起订机票的事。等上善老和尚帮我们易完容，从饭馆里面出来，并没有直奔机场，而是先乘车去了一个小区。

我和上善老和尚在车里等着，孙胖子独自一人进了小区。没过多久，孙胖子便从小区里走了出来，回到车上扔给我一张身份证。身份证上的照片就是刚才孙胖子给我拍的那张，名字也很大气，叫作萧振邦。而孙胖子现在的名字叫作杨宝路，名字虽然俗了点，不过孙胖子并不怎么在意。

到了机场，孙胖子买了两张飞往哈尔滨的机票。自从饭馆出来开始，上善老和尚便特别留意，确认没有向北他们的气息。等我们上了飞机，飞机起飞以后，上善老和尚才离开。

自从民调局解散，我和孙胖子单干以来，每次坐飞机几乎都是公务舱。现在挤在经济舱里面，一时间还真有点恍惚了，我到底是沈辣，还是这个叫萧振邦的中年人？

孙胖子倒没有任何不适应的地方，没多久就和身边的几名乘客聊开了，我在旁边也听了个大概。这趟航班有一小半的乘客都来自一个来首都旅游的哈尔滨旅游团，现在正回程呢。坐在我和孙胖子身边的这个三十来岁的男人正是这个旅游团的导游，这哥们是我见过的人里面，除了孙胖子之外最能侃的。没两三句话，孙胖子便和这哥们儿成了无话不说的好朋友。

眼看飞机就要起飞，还有一位乘客没有登机。外面的喇叭一遍接一遍地广播着，请一位叫沈永革的乘客尽快登机。本来我都有些睡意了，听到这个名字之后，我强打起精神看向机舱门的方向。

没多大一会儿，一个五十来岁的中年人匆匆忙忙地跑了上来。刚才喇叭里面喊沈永革的时候，我还在想会不会是同名同姓的，没想到这世界还真是小，上午还找我“借钱”的二叔，下午竟然和我坐在同一架飞机上。

# 第二十三章　旅行

二叔的座位就在我和孙胖子身后。飞机起飞之后，孙胖子装作回头找空姐要水喝，不经意间发现了我二叔，惊讶地问道："这不是老沈家二哥吗？这世界也太小了，去哪儿都能遇到熟人。那什么，不记得我是谁了吗？我，杨宝路，以前在你们清河派出所干过两年警察，一直跟着熊所长的。还没记起来？当初你们清河唱大戏的时候，我和老熊还去维持过秩序。"

二叔又不是村里面的干部，怎么可能记得这样的事情？但被孙胖子这么一说，他又隐隐约约觉得好像真有这样一号人物，当下点头客气地回道："记得记得，你不就是那谁吗？这么多年不见，你这是在哪儿发财呢？"

孙胖子嘿嘿一笑，说道："发什么财，我在派出所那会儿就不是正式编制。干了两年没什么意思，挣得又少，后来家里帮忙找关系进了市里的机械厂，在里面当保卫科副科长。"

说到这里，孙胖子顿了一下，向我一扬下巴，说道："这不，跟我们家科长到首都来开会，厂里多给了几天假，我们哥儿俩就想顺便去哈尔滨逛逛。沈二哥，听说你侄子在首都混得不错，怎么，你到首都是来串亲戚？”

“侄子——呸！冤家！”二叔肚子里正憋着一股气，碰到孙胖子算是找到了诉苦的地方，当下苦大仇深地说道，“我们家老大的小子，我看着长大的，说是侄子其实和儿子也没有什么区别。没想到现在手里有了点钱就不认自家人了。我最近搞了点项目，手头有点紧，于是来找他帮忙拆兑点钱。结果不但一分钱都没借到，还被他找人给挤兑了一番。兄弟你是知道我性格的，我沈永革什么时候受过这气？当场我就翻脸了，钱不要了，大骂了那两个不要脸的一顿。在首都待着也没什么意思了，这才坐飞机回家。”

“不对啊！”孙胖子装出疑惑的样子，向二叔问道，“沈二哥，你们老家不是在清河吗？这是去哈尔滨的飞机，你怎么上这架飞机了？”

说到这里，二叔脸上的表情才变得有些不太自然。他讪笑了一声，说道：“那什么，我现在住儿子儿媳妇家……”

二叔说话的时候，我好几次都忘了现在萧振邦的身份，回头想找他辩论，但都被孙胖子按住了。听二叔说他儿子家在哈尔滨有买卖的时候，孙胖子一个劲地向二叔打听哈尔滨有什么好玩的地方，说我们俩都是第一次去哈尔滨，正不知道哪里好玩儿。

听孙胖子打听哈尔滨哪里好玩儿，和孙胖子坐在一起的导游突然来了精神，立刻凑了过来说道：“杨哥，想知道哈尔滨哪里好玩儿应该问我啊。这样，正好我马上就要接一个哈尔滨的游行团，你和这位萧哥也别到处跑了，就跟我的团走，我给你们二位一个朋友价，纯玩团一人两千怎么样？这样的价钱，整个黑龙江除了我以外，绝没有第二个人能接得下。”

“那倒是敢情好。”孙胖子一边眨巴着眼睛，一边问道，“不过发票能写保安器材吗？”

“没问题。”导游看着孙胖子说道，“到时候给你一张空白发票单子，你自己写都没有问题。”

导游的话刚刚说完，我二叔突然也来了情绪，他向导游问道：“大兄弟，能不能再便宜一点？算我一千怎么样？你们旅行团的道道我都清楚，团都组上了，再进人都是赚的。这一千你们不赚白不赚，在哈尔滨找九十九元一日游的也有得是，我也是看在大家同坐在一架飞机上，有缘分才跟你说的。”

导游有些为难，说道：“这不太好吧，杨哥跟萧哥我都收了两千呢……”话还没说完，就被孙胖子打断：“我们没有关系的，不会找你要求降价！”导游这才一点头，说道：“行，既然杨哥都开口了，一千就一千……”

他的话还没有说完，二叔又加了条件：“发票你写两千，就写海参饲料……”

两个小时之后，飞机在哈尔滨机场降落。导游送走了旅行团之后，便带着我们三个去了他们旅行社，交了钱签好了协议。由于旅行团明天才正式出发，从旅行社出来之后，我和孙胖子就近找了一家招待所住了下来。

这次孙胖子一改以往吃好住好的习惯，直接住进了招待所里面，晚饭也是在外面随便找了一家小馆子。吃饱喝足，确定没有人跟着我们，我和孙胖子才回了招待所。

回招待所的路上，我开口向孙胖子问道：“大圣……”后面的话还没有说出来，就被孙胖子拦住：“叫宝路，老萧，我都没敢说‘不是我说’的口头禅了，咱们也别辣子大圣地称呼了。你叫我宝路，我叫你老萧或者萧科长。”

我答应了一声，继续问道：“宝路，你这葫芦里面卖的什么药？咱们找一家酒店忍几天就好了，何必跟着旅行团到处受罪？这天天在外面瞎晃，要是点背真遇到向北他们怎么办？”

孙胖子笑了一声，说道：“老萧，躲在酒店里面才真正惹人注意呢。再说了，现在哪儿哪儿都是出来旅游的，你是向北的话，会不会去旅行团里面找咱们俩？放心，老萧，你把心放回肚子里。只要在旅行团里混过这几天，等老吴的衰弱期过了，咱们就可以回去了。”

这几句话说完，我和孙胖子也回到了招待所。当夜无话，第二天睡醒之后不久，导游的电话就到了，他已经领着旅行团的大巴到招待所门口了。

上了车之后，才发现四十人的大巴差不多快坐满了。趁导游的开场白结束的空当，孙胖子和他说了几句，才知道这次的旅行团除了少数几个石家庄人之外，基本上都是天津人。这些人大多是两个月之前报的团，应该没有什么可疑的地方。

问清楚之后，孙胖子回到我旁边的座位坐好。他刚坐好，手里已经变戏法似的变出了一个小本子，小本子上面是这几十名游客的身份证复印件和电话号码。孙胖子一页一页地翻看着，看完之后，将这个小本子递给了我。见我没有细看的兴趣，孙胖子将小本子收了起来，然后趁没有人注意，他又凑到了车头，将这个小本子神不知鬼不觉地放回导游的口袋里。

回来的时候，孙胖子的目光有意无意地往每个游客的脸上都扫了一遍，看样子是在和刚才的身份证复印件上面的照片做比对，不过依然没有发现什么可疑的人物。大巴行驶了十多分钟，在一家如家酒店的门前，接到了刚刚从里面出来的二叔。

二叔上车之后，马上就瞧见了和我坐在一起的孙胖子。这个大巴里面，除了导游之外，他认识的就是我和孙胖子。正赶上孙胖子向他招手，二叔立刻凑了过来，一点都不客气地坐到了我和孙胖子的旁边。

见到孙胖子，二叔的话匣子就打开了。三五句话之后，话题又绕到了我身上。基本都是说他一把屎一把尿地帮着将我拉扯大，现在我有点钱了，就不认他这个二叔了。孙胖子在旁边笑嘻嘻地应和着，好像二叔嘴里那个挨千刀的胖子不是他一样。

二叔说得正起劲的时候，大巴车突然一个急停，车上的众人没有防备，其中一个刚刚站起来，看上去也就十八九岁，身穿红白相间裙子的小姑娘被晃得坐到了孙胖子身上。

# 第二十四章　犹豫的二叔

小姑娘倒在孙胖子的身上，马上满脸绯红地爬起来。孙胖子倒是不介意，哈哈一笑说道：“姐们儿，你不用着急起来，我还能再坚持一会儿。”小姑娘本来已经满脸通红了，被孙胖子这么一说，脸上更是红得像要滴出血来一样。她低着头从孙胖子的身上爬起来，飞快回到自己的座位上坐好。

这时候，大巴里面已经是骂声一片了。骂声最大的是司机，他正对着前面一辆奥迪车骂道：“开辆好车了不起啊！你出门的时候把眼睛留家里没带出来吗？刚才要是撞上算谁的……”

原来就在刚才，我们这辆大巴正常行驶的时候，从旁边车道突然有一辆奥迪车并线，插到大巴前面的同时竟然猛地将车停了下来。要不是我们这辆大巴的司机技术好，一脚刹车踩得及时，否则直接就撞上了。

不论我们大巴司机怎么骂，奥迪车里面一点动静都没有。大巴司机火气越来越大，嘴里骂骂咧咧的同时，直接下车走到奥迪车驾驶座车窗边继续骂了起来：“你还笑！笑个屁啊！要不是老子刹车踩得快，刚才你就直接见阎王了……”但这次骂了没几句，大巴司机的脸色突然就变了，脚一滑差点一屁股坐到了地上。跟着他手忙脚乱地跑回到大巴车上，在驾驶座前的盒子里找出自己的手机，拨了一个号码打了出去："110吗？这边死人了，你们快点来啊……"

听到司机报了警，还说死人了，车上的游客"轰"的一声都炸了锅。看样子一时半刻走不了，车上的游客一大半都下了车，围在奥迪车的外面看到底出了什么事情。

我和孙胖子也混在看热闹的人群里面，只见奥迪车的司机静静地坐在驾驶座上，脑袋仰着，嘴巴微张，整个人一动不动的。这人脸上以及裸露在衣服外面的皮肤上已经出现了一块一块的斑点，看起来很像是尸斑。

除了尸斑以外，司机微张的嘴巴里时不时还有米粒大小的蛆虫从里面爬出来。看到这样的场景，我和孙胖子对望了一眼，心里都是一个想法：都跑路了还能遇到这样的诡事，难不成这就是命吗？

这个时候，大巴司机已经报完了警，再次下车凑了过来。见到大巴司机过来，孙胖子微微一笑，掏出香烟分给司机一根，说道："来一根，压压惊。"

大巴司机本来是不抽烟的，但现在这种情况，抽口烟也许能缓解一下他紧张的神经。见大巴司机接过了香烟，孙胖子嘿嘿一笑，说道："看不出来老哥真有点见识，要不是我以前干过警察，也见过几回死人，乍一眼还以为车里的司机晕了。不过不就是看见个死人吗？你老哥至于吓成这个样子吗？"

听了孙胖子的话，大巴司机回想起刚才见到死者的场景，顿时又是一哆嗦。当下他都忘了自己不会抽烟了，狠狠地嘬了一口手中的香烟，呛得他连续咳嗽了好几声，好不容易缓过来一点，这才苦着脸低声对我和孙胖子说道："我干过两年殡仪馆的司机，死人我也不怕！不过刚才我到奥迪车窗边的时候，车里的人还没死，而且冲我笑了一下，当时我还以为他故意要逗我的火。刚刚骂了他两句，这人就死了，而且还像已经死了一段时间似的。刚才我亲眼看见他冲我笑的，笑完人就死了，你说一会儿警察到了能信吗？”

孙胖子笑眯眯地拍了拍大巴司机的肩膀，说道：“信不信你都要照实说，有我们这四十来双眼睛替你做证，你怕什么？”孙胖子这几句说完，大巴司机的脸色才好了点。不管怎么说，现在这事我和孙胖子都不应该插手，这时孙胖子也看够了热闹，打算回车上。这个时候，陡然发现我那二叔已经比我们早一步回到了大巴上，刚才他是第一拨下去看热闹的，什么时候回到车上的，竟然没有人注意到。

这时，二叔脸上的表情显得很不自然，见到我们回来，他苍白的脸上总算有了一丝血色。孙胖子看了二叔一眼，随口向他问道：“沈二哥，你什么时候上来的？我们怎么没看到？”

二叔干笑了一声，说道：“我这人本就不好看热闹，车里不就是一个死人吗？看两眼就得了，一直留在下面干什么？”

我心里冷笑了一声，我这二叔说他不好看热闹，这话糊弄鬼吧。当年唱船戏的时候，他能一直守到后半夜，直到戏班收了才肯回家。村里但凡有个婚丧嫁娶的，闹得最欢的就是他了。看二叔现在的表现，说他心里没鬼，打死我都不信。

孙胖子笑了一下，正要说话的时候，外面就传来了呼啸的警笛声。两辆警车开到了这里，驱散围观的人群之后，警察将报警的大巴司机叫了过去，向他询问了事情发生的经过。但从警察看大巴司机的眼神就知道，大巴司机的话很难让他们相信。

又过了二十来分钟，负责侦破的刑侦和法医才到了现场，再次询问了大巴司机事发的经过。有警察上车给我们所有人都做了笔录，由于大巴司机提供的信息太过惊人，被要求去公安局配合做详细笔录。导游向他们旅行社的领导汇报了这里的情况，又等了好半天，新的大巴司机才赶了过来。

遇到这样的事情，又被耽误了大半天，车上的众游客也没了再去游玩的心思。在众游客的一致要求下，今天后面的行程取消。大巴司机将我们送回了酒店，在餐厅吃完廉价的旅行团餐之后，我们各自回到自己的房间休息。

我和孙胖子分在同一个房间，关上房门之后，孙胖子马上向我问道："老萧，不是我说，今天这事你怎么看？"

我摇了摇头，说道："今天这事确实有点邪门，但具体什么情况我也看不出来。现在大官人他们又不在，我们现在的身份太尴尬，实在不好插手，如果你想知道的话还是给大官人他们打电话吧，现在这案子应该已经交到他们手上了。"

等我说完，孙胖子古怪地笑了一下，接着说道："不是问你这个，我们哥儿俩现在自身难保，这事就让大官人他们去头疼吧。老萧，沈老二的事你怎么看？"

听到"沈老二"三个字，开始我还有点不太适应，几句话聊下来，我突然觉得还是沈老二这叫法合适一点。我二叔的反应确实有点奇怪，最后孙胖子总结性发言道："不是我说，要是我没猜错的话，死在奥迪车里面的人沈老二应该认识，不过他瞒着没有说，这里面就多少有点故事了。"

说到这里，孙胖子继续说道："别人不知道，咱们俩可门儿清。沈老二的儿子儿媳妇也不在这里，他从北京回来就直奔这里，我想应该是来退定金的。现在看来，他儿媳妇家的亲戚应该就住在哈尔滨，从沈老二见到死者的表情来看，这名死者八成就是他儿媳妇亲戚家的人，说不定就是找他帮忙的人。"

# 第二十五章　洋楼

虽然孙胖子一口咬定不管这件事了，但还是在三言两语之间就理顺了二叔和死者的关系，起码就现在得到的线索来看，已经没有比这个更好的解释了。不过再怎么样我们俩也不会掺和这件事，如果不出意外的话，这件事情现在应该交到西门大官人他们手里了，就让他们哥几个头疼吧。

接下来的几天，我和孙胖子就像真正的游客一样，混在旅行团里面东游西逛的，没几天就和其他的游客混熟了。尤其是孙胖子，本来只是知道游客的一些基本信息，就这几天的工夫，差不多把旅行团里所有人的家底都套出来了。

这个旅行团不算我和孙胖子，以及我那位二叔，加上导游和司机一共是三十二个人。除了一对来自石家庄的新婚夫妇之外，剩下的都是在天津组团的游客。那个被孙胖子吃豆腐的小姑娘叫作尤文亭，是天津某大学大二的学生，本来和男朋友约好了一起出来玩，临行时男朋友的家里有事，无奈之下，尤文亭只能自己一个人出来玩了。自从被尤文亭坐了一次大腿之后，孙胖子就惦记上了这个小姑娘，但人家毕竟已经有男朋友了，死活就是不搭理孙胖子。

除了尤文亭之外，旅行团里面还有几个让我印象深刻的游客。其中一个叫作张自开的，是在天津的一个相声园子里面说相声的，在天津的相声圈子里也小有名气，以前我和孙胖子去天津的时候，还专门去听过他的相声。本以为这样的人物在生活里面也应该是谈笑风生、妙语连珠，结果和我想象的正好相反，这哥们儿一直沉默寡言，偶尔说两句话也无精打采，不知道的还以为他得了自闭症。以前听人说好艺人就要台上抽风，台下卖呆儿，这话在张自开身上算是应验了。

还有一个叫作刘定山的大胖子，要不是现在孙胖子被上善老和尚改变了体型，他们俩的体重有得一拼。不过和还算灵巧的孙胖子不同，这哥们儿走不了几步，黄豆大小的汗珠就噼里啪啦地往下淌。旅行途中就曾因为他太慢，耽误了我们游玩的行程，这让二叔很是不满。

再有就是来自石家庄的两口子了，他们说是新婚夫妇，不过各自都有好几次婚史。都是四十往上的人了，还这么一门心思地追求幸福，用孙胖子的话来说，这也算是一道风景了。

剩下的游客基本没有什么惹眼的人物，有十来个老年人是参加天津本地保健品公司的回馈项目旅游，还有几对刚刚结婚的新人以及几对出来玩的老年夫妻。

这几天我们走遍了哈尔滨所有有名的旅游景点，导游也算对得起我们了，把第一天耽误的景点又补了回来。只不过这样一来，在景点游玩的时间就越来越短，这趟旅游还真成了上车睡觉，下车尿尿了。

转眼间，行程还有一天就结束了。这一天，旅行大巴将我们载到一个距离市区三个多小时的景点。说是景点，但景点的名字就没几个人听说过。自然也没有什么景色好看，走马观花走了一圈，在当地的农家乐吃了一顿农家饭。一般旅行团的团餐基本吃不着什么好东西，这里的农家饭就更难以下咽了。除了各种野菜蘸酱之外，就是一大锅大杂烩，里面茄子、豆角、土豆什么都有，就是看不到一点荤腥。主食则是各种粗粮，吃得孙胖子直皱眉头，忍不住向导游抱怨，连口头禅都带了出来：“不是我说，这是给人吃的，还是喂猪吃的？”

好不容易吃完了这顿饭，下午接着游览了几处不知名的景点，直到天色擦黑的时候，我们这辆大巴才开始往回走。中午那一顿谁都没有吃好，大家商量好等回到市区，也不吃什么团餐了，反正是最后一天，大家伙一起找家有名的馆子吃顿好的。

然后好事多磨，大巴车行驶了一个多小时，半道上突然熄火了。司机下车检查了一番，哭丧着脸回来和导游耳语了几句，几句话说完，导游的脸色也变了，和司机反复交谈了几句之后，才一脸无奈地对我们说道：“各位团友，刚才司机师傅告诉我一个不幸的消息。咱们这辆大巴发生故障了，司机师傅要徒步去前方十公里外的地方买零件，请各位团友忍耐一两个小时，我们还是有希望在十点左右回到市区的……”

这句话说完，顿时众人都炸了锅。先是二叔嚷嚷着让司机打电话叫人开车把零件送来，或者干脆再派一辆大巴过来。但导游说现在已经是下班时间，很难再联系上大巴车。即使旅行社值班的工作人员联系好大巴车，等新的大巴车再开到我们这里，至少得两三个小时，跟司机师傅买回零件的时间也差不多了。而且大巴车抛锚的这个地方比较偏僻，根本没有信号，即便想联系旅行社，也没法联系上。

听导游这么说，大家都把手机掏了出来，果然，无论多好的手机，都是一点信号都没有。顿时，众人又是一阵抱怨。但抱怨归抱怨，除了希望司机师傅能早点回来以外，也没有别的办法了。

目送着司机拿着手电消失在山路上之后，我们这些人回到了车上。这时候，天色已经完全黑了下来，我们这辆大巴车熄火的位置是一段山路，道路两旁也没有路灯。司机临走的时候还拔了车钥匙，现在四处黑漆漆的，一点光亮都没有。

这样的场面，也就是车上人多还能互相壮胆，要不然这时候孤零零一个人待在这里，碰上胆子小的，遇上什么风吹草动，直接能吓得尿裤子。

不过就是现在，车里面没有人说话，静悄悄的也挺瘆得慌。开始导游还想说几句话缓和一下气氛，但没一个人搭理他，导游只得没滋没味地闭上了嘴。

就在这个时候，在我们前方几百米的地方突然出现了几十道亮光。借着这点亮光能看清，发出亮光的位置是一座小洋楼。没想到这样偏僻的地方，竟然也有人盖了房子，而且还是一座小洋楼。

借着这点光亮，众人的胆子总算是壮了一点。就这么又等了将近一个小时，却迟迟不见找零件的司机回来。大家越等越心烦，最后二叔提议，说我们与其在这里瞎等，还不如去前面有亮光的房子那求助，运气好的话，兴许还能蹭到一顿饭。本来中午大家就没吃好，一个个早就饥肠辘辘的了，现在被二叔这么一说，众人更觉得饥渴难耐。于是由二叔领头，大家纷纷下了车。

导游本来还想拦住我们，说为了安全考虑，让大家尽量守在大巴车上，司机师傅应该很快就回来了。而且这个地方手机没有信号，司机师傅回来找不到我们也特别麻烦。不过这时候已经没人再听他的了，我和孙胖子也随大流下了车。大家下车之后，都朝亮灯的小洋楼方向走去。导游没有办法，只好给司机留了个字条，跟着一路小跑追了上来。

走到发出亮光的小洋楼附近，才发现这里是一片刚建好不久的别墅区。里面的别墅不少，但只有最外面的一栋别墅亮了灯，别墅里面已经装修好了，从外面就能看到里面富丽堂皇的景象，隐约还能看到里面有人影走动。看样子里面的人还不少，说几句好听的，问他们讨口水喝应该没问题吧。

# 第二十六章　卦象

别墅区外面是一排一人多高的铁栅栏，入口处有个岗亭，应该是留给保安执勤用的，不过现在岗亭的位置是空的。既然没有人拦，我们这几十号人便都走了进去。

在唯一亮灯的别墅前，停着七八辆豪华的汽车。这栋别墅的大门虚掩着，里面隐隐约约传出有人说话的声音。我们这些人犹豫了一下，没敢一股脑儿都闯去人家家里，当下选了几名代表去沟通。

我们挑选了游客里面最面善的几位做代表。唯一的女大学生尤文亭自然是要去的，其他几位是说相声的张自开、心宽体胖看着完全无害的刘定山，还有一对优雅的中年新婚夫妇。本来这些人就足够了，但我二叔说什么也要掺和一脚，既然二叔都能去，孙胖子拉着我也加入进来。再加上导游，我们这些人敲开了别墅的大门。

别墅的大门本来就是虚掩的，过来应门的是一个六十来岁的老头子，见莫名来了这么多人，老头子也吃了一惊。导游说明了我们遭遇的情况，恳请老人家行个方便，只要给我们一些饮用水就行。

老头子听明白之后，对我们说道：“让不让你们进来我说了不算。这样，你们稍等一下，我去问问老板的意思。我替你们说说好话，应该没有什么大问题。”

在我们千恩万谢下，老头子重新将大门关好。过了七八分钟，大门再次被打开，还是刚才的老头子，对我们说道：“你们的运气好，我们老板让你们进去。不过一会儿不管你们看见什么都不要乱说话，我们老板给什么你们就接着，说声谢谢就行了，不用客气……”

老头子叮嘱了一番，才将我们这几个人带了进去。穿过一楼的客厅，老头子领着我们上楼，带我们来到二楼的客厅里面。当我们进来的时候，就看见有十几名男女呈扇形围坐在客厅里面，他们对面坐着一个年轻的小姑娘，小姑娘正对一个六十来岁的男人说道：“谢先生，从您的卦相上看，恐怕最近你会有一场血光之灾……”

孟灵嫣！这个小姑娘竟然是孟灵嫣。她不是刚刚才接了金瞎子的衣钵吗？怎么不在香港好好待着，跑东北来干什么？见我们这些人进来之后，孟灵嫣对面前的男人说道：“谢先生，您有事先忙。请记住刚才我对你说的话，能救你命的人就在这里，如果不能找到他们帮忙的话，你的这个劫难恐怕是难以化解了。”

孟灵嫣所说的谢先生回头看了我们几个一眼，从满面愁容的脸上挤出一丝笑容，说道：“你们的事情，老钱已经跟我说了。不过这里我并不常来，也没有准备什么东西。这样，我让老钱再开一间别墅，你们其他的人可以先去休息一会儿。虽然没有吃的东西，但矿泉水还有一些，你们扛两箱走，有口水喝多少能强一点。”

听了谢先生的话，我们这些人都精神一振。就在我们千恩万谢的时候，谢先生突然一抱拳，目光在我们这些人的脸上都扫了一遍，说道：“几位就不要客气了，不过我这边也有点小事情需要几位帮忙。不知道几位朋友里面哪位姓沈，还有姓孙的。如果有的话，劳烦大驾告诉一声……”

他怎么会知道我和孙胖子就在这里的？谢先生这话说出来之后，

怕被他看出来，我都没敢去看孙胖子。就在这时，导游和那一对中年夫妇中的男人向前跨了一步，导游先说道："我姓沈。"紧跟着那个男人说道："我姓孙……"

还真有这样的事情！我说孙胖子刚才怎么像没事人一样，原来他早就知道导游和这个中年男人分别姓沈和姓孙。想到这里的时候，我的心中忽然一动，我二叔也姓沈啊，怎么没见他应声？我回头向身后看去，就见二叔不知道什么时候已经藏到了刘定山的身后，有这么个大胖子挡在身前，以谢先生所处的位置还真难发现他。不过话说回来，二叔怎么又惹到这个姓谢的了？

听到有人应声，谢先生脸上立刻流露出欣喜的表情。不过他身边的孟灵嫣盯着茶几上的卦象，微微皱起了眉头，她看了导游和孙姓中年男人一眼，又看了看注意力完全不在她身上的谢先生，好像有什么话要说。话到嘴边的时候，还是咽了回去。

"两位，你们快过来坐，今晚有点事情要麻烦您们。"说话的同时，谢先生将导游和孙姓中年男人让到孟灵嫣身边的沙发上，跟着回头看了我们几个一眼，正准备说几句客气话打发我们离开的时候，恰好看到二叔从刘定山身后探出了脑袋。他这一探头，正好被谢先生瞧了个正着。

"沈二哥，怎么您也在这里？"谢老板愣了一下，继续对二叔说道，"是不是您侄子那边有了消息？只要他能答应帮忙，那一百五十万的酬金我再翻，翻几倍都没有问题……"说话的同时，他重新打量了我们几个一遍。不过在我们这些人里面没有看到他想要见的人，顿时又有些失望地对二叔说道，"沈二哥，怎么没见你侄子？他没有和你一起过来？"

"那个忘恩负义的玩意儿，就别提他了，提起他我就一肚子的气。"二叔冲谢先生赔了个笑脸，随后将这一路上编排我的话重新说了一遍，不过将“借钱”这两个字改成了“请我帮忙”。

听二叔说完，谢先生本就苍白的脸色更加难看起来。这个时候，二叔从自己的上衣口袋里面掏出了一张支票，走到谢先生身边，将这张支票递了过去，随后说道：“谢老哥，这笔钱我先还给你，剩下的您再宽限我几天，最多半个月我一定把钱都还上……”

“命都快没有了，要钱还有什么用？”谢先生叹了口气，没去接二叔手上的支票，扭头对仍盯着卦象出神的孟灵嫣毕恭毕敬地说道：“您再帮我算一卦，看看这场劫难没有没有化解的可能。”

孟灵嫣抬头看了谢先生一眼，摇了摇头，说道：“我已经说了好几遍了，占卜的内容不会因为次数发生改变的。谢先生，卦象显示，只要您能找到这姓孙和姓沈的两个人，你的这场劫难自然会化解。”

谢先生这才点了点头，看向导游和孙姓中年男人，也不避讳我们几个，直接对他们说道：“今晚有点小事情要麻烦您二位，只要今晚的这件事情成了，我就付给您二位每人五百万的酬劳。”

# 第二十七章　测算

谢先生刚说完，导游和孙姓中年男人他们两个的眼珠子都快瞪出来了。这时，孙姓中年男人的新婚老婆听到有五百万元的酬金之后，也赶紧凑到自己男人身边，紧紧抓住了丈夫的胳膊，小声问道：“老公，这是怎么回事？你还有别的什么手艺吗？”

这时候，孙姓男人已经没有心思搭理自己的老婆，他和导游一起竖着耳朵在听谢先生后面的话。不过这位谢先生似乎也不知道接下来要干什么，他回头看了一眼孟灵嫣，而这时的孟灵嫣正在走神，好像还有什么事情没有想明白。她微微皱着眉头，目光一直在我和孙胖子脸上打转，看得孙胖子顿时一吐舌头。

孙胖子有意无意地将自己的身体移到刘定山身后，避开孟灵嫣的目光，自言自语说道：“这小娘们儿还真有点门道……”

见孟灵嫣没有反应，谢先生咳嗽了一声，说道：“孟小姐，下面的事情就交给您了。”

孟灵嫣这才回过神来，看了一眼谢先生，又将目光转移到导游跟孙姓中年男人身上。看了他们半晌，孟灵嫣眉头越皱越紧，弄得旁边的谢先生跟着心情越来越紧张。很明显能看出来，直到最后孟灵嫣也没想明白心中的疑问，她只能勉强对谢先生说道：“从卦象上看，只要有了沈、孙二位先生相助，谢先生您的劫难就能得以化解。但具体怎么化解，恕我本事没有学到家，也只能看到这一步了。”

说到这里，孟灵嫣将桌子上自己的东西收好，随后再次对谢先生说道：“今天我言尽于此，多留无益，灵嫣就先行告辞了。”说到这里，孟灵嫣顿了一下，又看了谢先生一眼，继续说道，“等过了今晚，谢先生您避过此劫，到时北海先生身体稍有好转，我一定请他再为谢先生您卜上一卦……”

听孟灵嫣话里的意思，谢先生之前找的应该是她师父金北海。不过最近金瞎子正在住院，所以才让孟灵嫣代替。

听了孟灵嫣的话，谢先生也知道她已经没有别的办法，接下来就要看自己的运气了。于是也没有强求孟灵嫣留下来，客气了几句之后，就准备送孟灵嫣离开。就在孟灵嫣路过我们几个人身边的时候，她突然停下了脚步，看了我们几个人一眼，说道：“如果不介意的话，可不可以把你们的名字和出生日期告诉我？也许对于未来，我能给你们一点小意见。”

除了我和孙胖子，其他几个人都一脸的莫名其妙。不怎么爱说话的张自开终于开口，用浓重的天津口音说道：“小姑娘，你们还真哏儿。我们一进来，就有俩兄弟捞到了五百万；现在又说要给我们算命，我说你们到底闹得哪一出？这不会是电视台的什么整人节目吧？摄像头都藏哪儿了？”

这时，谢先生在孟灵嫣的身后帮腔道：“兄弟，你这话就有点无礼了，这位姑娘是香港新晋的‘铁板神算’孟灵嫣孟小姐，在香港玄学界她可是数一数二的人物。孟小姐是我特意请来的贵客，如果不想算，没有人逼你。但如果你对孟小姐不尊敬的话，那就是在打我谢广乾的脸了，再怎么说这也是我的家，不想待着就请你出去吧！”

原来这位谢先生叫谢广乾。谢广乾说话的时候，客厅里十几号人的眼睛都看着他们老板，只要谢广乾一个眼神，他们就会把张自开给扔出去。张自开不愧是跑江湖的，能屈能伸，当下干笑了一声，冲孟灵嫣一抱拳，说道："我这也是刚在外面憋的，孟大师您甭跟我一般见识。其实我早就想找个高人算算了，您看我要是取个'赛德纲'的艺名能火吗？"

孟灵嫣客气地笑了一下，说道："我只会八字和正名，不过现在看来我和先生你无缘了，不好意思……"说到这里，孟灵嫣绕过张自开，走到了"肉山"一样的刘定山身前。有了张自开刚才那一场，刘定山自然不会再得罪孟灵嫣，没等孟灵嫣开口，他先主动说道："刘定山，一九七×年阴历八月二十三，下午不是两点就是三点。不是我打马虎眼，当初我问过我爸妈，他俩一个说是两点，一个说是三点。这么多年都没闹清楚，要不您受累，按照两点、三点各算一次？"

孟灵嫣笑了一下，沉吟了片刻，说道："刘先生你少年时家境殷实，父母都为官场人士。三十五岁之前顺风顺水，不过到三十六岁就有了变化。你三十六岁这年家中会突发大变，我没算错的话，转折应该落在你父母身上。他们在这一年应该有牢狱之灾，从此之后，刘先生你的生活就越来越艰难。七十三岁上有一道坎儿，如果能过去的话，寿数应为八十四……"

刘定山惊得嘴巴张得老大，等孟灵嫣说完，他才擦了擦脑门上儿的冷汗，说道："您这是按照两点还是三点算的？要不您受累再算一下另一个？"

"没有第二个。"孟灵嫣看了刘定山一眼，说道，"这就是按照你的时间算的。"说完不再理会刘定山，绕过他走到尤文亭的身前，尤文亭犹豫了一下，还是摇了摇头，脸色微红对孟灵嫣说道："对不起，我不信这个，还是不要给我算了……"

孟灵嫣的目标本来就不是她，笑了一下，说道：“人各有志，这个自然不能勉强。”说完之后，又冲尤文亭笑了一下，这才走到了孙胖子的面前。这时孙胖子已经做好了准备，他有些笨拙地笑了一下，说道：“杨宝路，一九七二年农历八月十五×点半生人。大师，您帮我看看这几年有没有财运，要是没有偏财运的话，我这几年就不买彩票了。不瞒您说，我现在也不求五百万了，只要能把这几年买彩票的本赢回来，我就知足了。”

孟灵嫣没有理会孙胖子的胡说八道，她低着头，左手的大拇指在其他四根手指头上点来点去。这次测算的时间比之前的刘定山多了几倍不止，半晌之后，她才抬头看了孙胖子一眼，说道：“你确定这个时间是你的生日吗？不会是把公历和阴历混淆了吧？”

孙胖子疑惑地眨巴眨巴眼睛，顿了一下，将自己的身份证掏出来，递给了孟灵嫣，同时说道：“这个哪能记错？每年八月十五别人家是吃月饼，我们家还加个蛋糕。大师，我这命不好吗？你可别吓我，大不了彩票我也不买了，您再帮我看看我还能活多久，现在我不求财了，只要健康长寿就行了……”

“就是这个。”孟灵嫣盯着孙胖子说道，“测算显示你在出生之后三个月就死了，我不可能会算错，唯一的可能就是你的生日说错了。”

眼看孙胖子这戏就要演砸了，不过孙胖子不愧是天生的好演员。他愣了一下，突然一脸的悲怆之色，说道：“我从小就怀疑我是被我父母捡回来的……”

看着孙胖子满眼含泪的样子，我心里腹诽道：这个谎撒得还真下本……

# 第二十八章　故事的延续

和孙胖子比起来，孟灵嫣的“道行”差得不是一点半点。她完全没料到孙胖子会有这样的反应，愣了一下，满脸尴尬地从孙胖子身边走开，临走时还不忘向孙胖子道歉。

就在孙胖子胡说八道的时候，我装作在身上找东西，偷偷看了一眼钱包里面那张假身份证的出生日期。孟灵嫣走过来，赶在我说话之前，她突然抢先说道：“这位先生，您不会也是家里人捡回来的吧？”

孙胖子那种“天煞孤星”的家伙这么说倒无所谓了，但如果这么说我，那就有点骂人的意思了。当下我脸色一沉，正要发作的时候，被孙胖子在身后拉了一把。他替我对孟灵嫣说道：“哪有这么多捡来的，有我一个就够了。萧科长，看在主人家的分儿上，你别跟这小姑娘一般见识。”

我哼了一声，发觉刚才硬记下来的生日被这么一打岔，竟然忘得干干净净。我急中生智，继续装作生气的样子，气哼哼地将身份证掏了出来，在孟灵嫣的眼前晃了一下，说道：“出生年月日你自己看，下午三点生的。要是有什么不好的事情的话，也不用告诉我了。”

这个身份证上的日期加上我说的时辰，孟灵嫣算出来的是一个大众命。用刘德华歌词来说就是三十岁到头来不算好也不坏，一个国有企业里的小干部，庸庸碌碌地过一生。虽然孟灵嫣仍然对“萧振邦”这个身份多少还有点怀疑，但具体哪里不对她又说不出来。

最后轮到二叔的时候，二叔兴致勃勃的，不光说了自己的出生年月，还把他老婆孩子、儿媳妇甚至孙子的出生日期都说了一遍。二叔刚一说完，孟灵嫣的眉头就皱起来了，她本来就对二叔没什么兴趣，于是推说身体有些疲倦，今天就不测算了。在一脸遗憾的二叔的注视下，孟灵嫣坐上谢广乾安排的专车离开。

等孟灵嫣离开之后，谢广乾先安排人招呼导游和孙姓中年男人，跟着又派人将我们几个送到旁边的一栋别墅里面。我们到了旁边别墅的时候，原本大巴车上的游客已经在这儿待了挺长时间了。谢广乾派人将他们接到这栋别墅的时候，送了两箱矿泉水，虽说没什么吃的，但也送了一些干果之类的东西。大家都是饿极了的人，我们到这儿的时候，基本没剩下什么了。

我们刚一进来，就被这些游客围起来了。说相声的张自开在这些人里面有点威望，由他将事情的经过说了一遍。不过这样没头没尾的故事，谁听了都是丈二和尚摸不着头脑。只是现在对面别墅的大门已经关上了，想要知道谢广乾将导游和孙姓中年男人留下来干什么，只有等明天他们三个回来再问了（孙姓中年男人的新婚老婆也留在了对面陪她老公）。

我跟孙胖子他们想的不一样，趁别人不注意的时候，我小声向孙胖子问道：“宝路，这事你怎么看？咱们不会那么倒霉，走到哪里就要出事到哪里吧？”

“这有什么，从小到大我都习惯了。”孙胖子嘿嘿笑了一声，看了一眼正在一堆干果壳里面找“漏网之鱼”的二叔，笑眯眯地说道，“想知道里面到底出了什么事其实也不是太难……”

说到这里，孙胖子朝我二叔招手说道：“沈二哥，我这里还有一点吃的，你先垫垫。”

这句话真管用，二叔听到之后，三步并作两步就蹿到了我和孙胖子身边。孙胖子先冲他笑了一下，接着从口袋里面掏出来一把开心果——这是孙胖子刚才在对面别墅里面顺的。二叔见到之后，也不客气，一手接了过来，一边剥着开心果的壳，一边对孙胖子说道：“我就不客气了，以后有什么需要帮忙的，老弟你尽管开口。”

孙胖子听了嘿嘿一笑，看着二叔说道：“巧了，沈二哥，我现在手头还真有点小事情想问问你。刚才那个姓谢的老板好像认识你，还让你帮什么忙。这里面的事情你一定知道，反正现在也没什么事干，你就说说让我们俩解解闷儿呗。”

二叔将一个果仁放进嘴里，点了点头，说道：“说说倒是没有什么关系，不过这件事咱们哪儿说哪儿了。这谢广乾也不是一般人，要是让他知道了是我说出去的，那就要了我的老命了。”

“这你放心，我是出了名的嘴巴紧。”孙胖子打着哈哈，继续说道，“等回到市内，我请你吃饭，顺便给你压压惊。”

“吃不吃饭倒无所谓，我告诉你这个也不是图你的一顿饭。”二叔咧嘴一笑，明显更开心了。他眼睛盯着对面的别墅，说道，“这件事说起来，是一个多月以前开始的……”

敢情这位谢广乾跟几年前“海岛事件”时死在海岛上的那些谢家人同属一个家族。不过当年举办婚礼的时候，他去了外地谈生意没能赶回来，没想到这样反倒救了他一条命。见那么多亲戚都把命丢了，谢广乾一阵后怕，从此开始信佛了，开始相信“因果报应”。“海岛事件”之后，谢老板开始学习做善事，这么多年坚持下来，他也成了当地有名的善长仁翁。

就在一个多月前，谢广乾的一位远方亲戚突然中风亡故。开始谢广乾也没当回事，但就在祭奠仪式的时候，谢家的一位亲戚在痛哭的时候突然倒地死亡。这个场景让谢广乾想起了当年“海岛事件”发生时，他的那些本家亲戚在海岛上暴毙的经过。

谢广乾不敢大意，赶紧安排人四处打听，几年前的“海岛事件”是被什么人解决好的。不过等查到的消息回来，民调局已经解散多年，而家族里面又开始有亲戚意外死亡。就在谢广乾不知道怎么办才好的时候，突然听人说起他的一个远房侄女的婆家那边有人是民调局的人，并且还参与了处理“海岛事件”的全过程。

于是，谢广乾找人联系上了二叔，请二叔出面找我过来帮忙。到这时候，他们家族里面已经意外死亡了七八个亲戚，这些亲戚的死法还千奇百怪，有出门遛弯儿掉河里面淹死的，有晚上睡觉从床上摔下来摔死的——这些人平时看起来都健健康康的，说不出是什么原因，总之都是莫名其妙地死掉了。

前几天死在奥迪车里面的人，也是谢家的人，而且和谢广乾的关系还比较近。谢广乾正是通过他联系上二叔的，平时也是由这个人与二叔联系。那个人几天前跟二叔见面的时候还好好的，突然就死在了面前，难怪二叔见到的时候被吓得不轻。

二叔知道的也就这么多了，至于谢广乾是怎么将孟灵嫣从香港请来的，二叔就真不知道了。二叔刚刚说完，对面的别墅突然发出来一声巨响，紧接着就听见里面有人高声喊道：“救命啊！死人了，快点过来救人啊！”

我们这栋别墅里的人听到求救声之后，纷纷跑到了窗户前。而这时，对面的别墅又变得静悄悄的，除了刚才那一声呼救，再没有什么声响传出来。

我和孙胖子对视了一眼，趁没人注意的时候，悄悄出了别墅。我们俩几步走到了对面的别墅门前，里面的导游和孙姓中年男人就是我们俩的替罪羊，希望我们这时赶来还不会太晚……

# 第二十九章　上当

我和孙胖子到别墅门口的时候，别墅的大门紧闭，不过这个自然难不倒孙胖子。这次他都没用龙须那样高级的东西，随便在地上找了一根铁丝，三两下就将别墅的大门打开了。就在我们推门进去的一瞬间，别墅里面的灯突然灭了，四处一片漆黑，眼前有几个人影闪过。还没等我反应过来，就听见“啪啪”两声枪响，两颗子弹擦着我和孙胖子的头皮飞了过去。

“别开枪！是自己人”孙胖子大喊了一声，同时转身躲到了我身后。

这时，枪响的方向有人喊道：“快出去！这里面‘闹鬼’了！”话音刚落，两个人影已经朝门口冲了过来。这两人一把将我和孙胖子推开，接着推门跑了出去，跳上停在门口的一辆豪车。能看出来这两人明显处于极度慌张状态，一连剐蹭了旁边的好几辆车，才将车开出停车位，跟着绝尘而去。

看这两人的身影，应该是谢广乾众保镖中的两个。也不知道别墅里面究竟出了什么事情，能把这两个保镖吓成这样，一顿乱开枪不说，还抛下他们的老板自己跑了。

这时候，二楼的方向又传来几声枪响，跟着谢广乾的声音传了出来：“别开枪！真要是‘鬼’的话你们开枪也没用！快点出去！只要能出去就分开跑，能活一个算一个！”谢广乾的话音刚落，楼梯那边就传来一声闷响，听起来好像是有什么重物从楼上被扔了下来。

开始我和孙胖子都以为是谢老板被人从楼上扔了下来，当下我快速地朝楼梯跑了过去，就见楼梯下面躺着一个身穿黑色西服的男人。这人也是谢广乾的保镖之一，摔下来的时候脑袋先着的地，发现他的时候，这人已经气绝身亡。

这时二楼上面已经乱成一锅粥了，一个带着哭腔的声音喊道：“下不去！‘它’不让我们下去！怎么办？我们都要死在这里了。老三，不是说有这姓沈的和姓孙的，咱们就会没事吗？我们现在怎么办？老三，你可把我们坑苦了……”

看来这件事情我们是躲不过去了，已经过去这么多天，我和孙胖子也改变了相貌，应该没人认得出来，不会那么倒霉一出手就让向北他们逮住吧？再说现在十万火急，人命关天，总不能见死不救吧！

我和孙胖子朝楼上冲去的时候，我习惯性地摸了一下后腰，却摸了一个空。本来这个位置是插着罪罚两把短剑的，现在只有一根甩棍。这才想起来离开首都的时候，两把短剑都被上善老和尚收走了。如今这两把短剑已经成了我的标志，如果还留在身上，平白惹人怀疑，那改变相貌也没有什么意义了。同时我用来掩饰的身份是国有企业的经理，手枪什么的也不方便带，所以只带了一根民调局时期的甩棍防身。

将甩棍拔了出来，我和孙胖子一前一后冲上了二楼。我们刚冲到楼上，刚刚还一片混乱的二楼陡然安静下来。与此同时，“刷”的一下，二楼的灯全都亮了起来。

谢广乾站在客厅中央，十几个保镖整齐地站在他身后，客厅里面的桌椅摆设全都整整齐齐的，全然没有一点刚经历过激烈打斗的迹象。这到底是怎么回事？

就在我正纳闷时，谢广乾擦了擦额头上的冷汗，有些尴尬地笑了一下，对我们说道："你们的名字都是假的吧？两位里面哪位姓孙，哪位姓沈？"

这时，身后的孙胖子突然脸色大变，他用手扯了一下我的衣服，身体向楼梯口退去，同时飞快地说道："老萧！咱们上当了！快点走……"

他的话音未落，就听见有人说话的声音："你们哪里都去不了——来都来了，干吗这么着急走？怎么说我们也一起待了好几天了，再多待几天又有什么关系？"说话的同时，从谢广乾身后的一众保镖里面，走出来一个男人，正是和我们在旅行团待了一个礼拜的天津相声演员张自开。

见到张自开，孙胖子脸上惊慌的神情反倒消失了。他嘿嘿一笑，冲张自开说道："我就说怎么我们去到哪里，事情就出到哪里，原来是你在捣鬼，怎么样，报个名号吧？你是辛无病还是屠黯？"

"还知道辛无病和屠黯？是广仁告诉你的吧。"张自开有些意外地看了孙胖子一眼，随后冷冷地说，"我就是屠黯，名字告诉你了。其实我也不想太难为你们，我此行的目的只是将姓沈的小子带走，只要你们不反抗，我也不会伤害你们。"

"屠黯到了，辛无病也不会太远吧？"孙胖子冲张自开龇牙一笑，说道，"上次你走路太慢，耽误了大家的行程，别人埋怨你的时候，还是我替你说的好话。本来以为能像我这样心宽体胖的胖子就没有坏人，没想到还是有例外的。不是我说，出来吧，我看见你的肚子了，刘定山——还是叫你辛无病准确一点吧。"

孙胖子刚说完，从谢广乾身后的众保镖里面走出来一个大胖子，正是看起来老好人一个的刘定山。他出来之后，笑嘻嘻地看着孙胖子说道：“就知道不能小瞧你，那么多的人，你怎么就认定了我是辛无病？”

孙胖子打了个哈哈，说道：“没事最喜欢跟我们套近乎的就是你了，本以为你们会等我们回首都以后再抓我们来威胁老吴，没想到你们这么沉不住气，现在就现身动手了。不是我说，这谢老板的事是你们一早布的局吧？你们到底怎么吓唬他的？”

“是人就怕死，这个姓谢的尤其怕。”辛无病向前走了几步，走到屠黯身边，面对着孙胖子，继续说道，“他知道和你们比起来，我们俩更惹不起，所以只有答应把你们引出来。”

说到这里，辛无病看了一眼脸色苍白、浑身直打哆嗦的谢广乾，邪魅地笑了一下，说道：“好了，你的任务已经完成了，就不用继续留在这儿了，该干吗就干吗去吧！”听到这句话，谢广乾如蒙大赦，赶紧擦了擦额头上的冷汗，在一众保镖的簇拥下，急匆匆往楼下走去。路过我和孙胖子身边时，孙胖子不屑地朝地上啐了一口，冷冷地说道：“谢老板，不是我说，你千万要保重身子，在我们去找你之前，可别有个三长两短什么的，那样的话我们就会很失望！”谢广乾低着头，不敢抬头看我们，也不敢答话，急匆匆出了别墅，登上汽车离开。

这时，辛无病笑了一下，看了一眼冷若冰霜的屠黯，又对孙胖子说道：“跟姓谢的狠话也说完了，现在说说我们的事吧，答不答应老老实实地跟我们走，你们给句痛快话吧！”

# 第三十章　现身

很明显他们完全没把我和孙胖子放在眼里，辛无病说这话的时候，他和屠黯有意无意地朝我和孙胖子走近了几步，现场的气氛一下变得紧张起来。就在这个时候，孙胖子哈哈一笑，说道：“别这么着急嘛，我们俩现在就是你们砧板上的肉，你们想什么时候切就可以什么时候切。在你们切之前能不能回答我一个问题，你们是怎么知道我们俩乔装改扮变成这个样子，还混进这个旅行团的？”

屠黯冷冷一笑，说道：“想知道这个？没问题，姓沈的小子跟我们走，我们离开之前会把这个告诉你的。”

孙胖子笑着摇了摇头，说道：“不是我不信你们，只不过这种说了不算的事情我见得太多了。这样，你说出来是怎么回事，别说辣子了，就连我也跟你们一起走。怎么样？买一送一啊，上哪儿去找这么好的事情？不是我说，过了这个村可就没这个店了。”

辛无病和屠黯同时不屑地笑了一声。屠黯没有再废话，直接阴沉着脸朝我和孙胖子走了过来。这时辛无病无所谓地笑了一下，然后对屠黯说道：“不差这么一会儿，反正一时半会儿向北也过来不了，就当是等他消磨时间了。”

屠黯这才停住脚步，冷冰冰地看了辛无病一眼，说道：“那你快点说吧，时间耽搁得久了，始终不是什么好事。”

辛无病点点头，目光看向我和孙胖子，说道：“关于你们的事情，是向北告诉我们的。本来向北是要亲自过来的，不过他最主要的任务，是在首都吸引上善他们的注意力，不将上善他们牵制住，我们俩也不好在这边动手。很早以前，我们就布了一个局。原本是想给你们设计一单小生意，由姓谢的找着这小子的二叔将你们引过来。没想到这小子的二叔自己把钱吞了，结果没有成功，紧跟着你们还失了踪。说实话，你们乔装改扮成这个样子，我们也没认出来。没办法，我们只好跟着这小子的二叔，毕竟是这小子的亲二叔，你们不会真不管吧！顺便我们又布下了第二个局，这才将你们找了出来。顺便多说几句，之前那个小姑娘给你们算命的时候，我们已经认出来是你们了。之所以当时没有动手，还真像你猜测的那样，我们是想看看能不能通过你们，再将吴勉给引出来——向北猜测吴勉一定就守在你们身边，不过现在看来，他还是猜错了。”

“跟着沈老二……”孙胖子看了我一眼，苦笑着继续说道，“这次我们还真没打算管！不是我说，辣子，这次只能怪咱们运气不好了，碰上谁不好，偏巧碰上你二叔——不过也怪我们太不谨慎了，以后不能再犯这样的错误了。”

“还有以后？”辛无病好像听到了一个很有趣的笑话一样，哈哈大笑起来，跟着掏出手帕擦了擦眼角笑出来的眼泪，说道，“好了，该说的都说完了，现在你们是不是可以跟我们走了？你不是还想找借口拖延时间吧？如果真是这样，你们就太不识趣了。”

说到这里，辛无病收起脸上的笑容，和屠黯一起慢慢朝我和孙胖子走过来。见两人越走越近，我默不作声地将甩棍拔了出来，心里后悔不该听了上善老和尚的话，没将罪罚双剑带在身边。

见我掏出来甩棍，辛无病和屠黯同时笑了一下，屠黯冷冷地说道："想要动手吗？跟你动手是欺负你，我怕力道稍微大了一点，你们俩都灰飞烟灭了。要不是惦记着你身上的种子，我们俩至于这么费劲吗？"

最后一个字出口，屠黯朝我手中的甩棍虚抓了一把，一股强大的吸力袭来，我使出全力也没能抓住，甩棍立即到了屠黯的手上。屠黯看也不看手中的甩棍，也没见他太使劲，就见甩棍在他手中变成了一把黑色的金属粉末。他的手迎风一扬，将这黑色的粉末撒了出去。

屠黯拍了拍手，看着我冷笑了一声，说道："还有什么手段吗？有的话一起使出来吧。对了，广仁师兄的罪罚双剑是在你手上吧？不过好像你没有带在身上。怎么样，要不要我帮你把那两把神兵弄过来，你再用这两把短剑试试？"

现在我手上什么家伙也没有，看孙胖子的架势，他好像并没打算掏家伙出来，难道他也认命了吗？眼见辛无病和屠黯不断逼近，孙胖子脸上还挂着一丝笑容，虽然这笑容有些勉强，不过这样的情况还能笑出来，已经不是一般人能做到的了。

眼看辛无病和屠黯就要走到我们身前，孙胖子朝二人笑了一下，随后大声喊道："尤大姐，你看热闹想看到什么时候？我们俩的小命不值钱，但种子就那么一颗，你要再不出来，种子归谁可就不一定了。"

听到孙胖子的话，辛无病和屠黯都愣了一下，他们同时在原地转了一圈，并没有发现什么异常的情况。这时，辛无病笑了一下，对孙胖子说道："差点被你吓着，你喊的是哪个尤大姐？不会是那个女大学生吧？就算她在，又能怎么样？"

这时候的孙胖子也在四处张望，不过现场除了辛无病、屠黯之外，哪还有别的什么人？顿时他脸上的笑容凝固住，干笑了一声，叹了口气说道："看来这次我们真没戏了，我就说不会每次都那么命好……"

没等孙胖子说完，空气中突然传出一个女性说话的声音："本来我是真的不想出来，这么多次了，你们不烦我也烦了。要不是看在种子的分儿上，就算你们被人架到火上去烤，我都不会现身的……"

女人的声音响起来的时候，辛无病和屠黯脸上都露出惊恐的表情，两人同时转身看向声音发出来的方向，就见从客厅拐角通往卧室的方向走出一个身穿红白相间裙子的小姑娘——正是和我们坐了一个星期大巴的女大学生尤文亭。

尤文亭现身以后，就当辛无病和屠黯两个都是透明的一样，看也不看他们，径直朝我和孙胖子这边走过来。而辛无病和屠黯全身绷紧，两个人四只眼睛紧紧盯着尤文亭，直到尤文亭快走到我和孙胖子身边时，辛无病才开口说道："尤文亭？还是叫你吴勉更恰当一点吧？"

"尤文亭"用眼白看了辛无病一眼，没有直接回答辛无病的问题，而是反问道："这么多年不见，我还以为你们俩躲着永远不敢出来了，没想到会在这里看见你们，还选了这么一个特殊的日子。以前我衰弱期的时候你们都不敢动手，这次到底怎么回事？有谁喂你们吃了熊心豹子胆了？"

"尤文亭"这一段话说完，辛无病和屠黯不由自主地都向后退了几步。两人对视了一眼，屠黯冷冷地说道："就算你是吴勉又怎么样？现在你正处于衰弱期中，还能拿我们怎么样？"

"尤文亭"看了屠黯一眼，突然笑了一下，说道："要不你试一试？"

我和孙胖子站在"尤文亭"身后，孙胖子看着她的背影，笑了一下，说道："这回答太暧昧了。"

# 第三十一章　三天

这小姑娘真是吴仁荻吗？在大巴上第一次见到她的时候，孙胖子还跟我说这个小姑娘闷骚得很，现在又说她是吴仁荻，这反差未免太大了些吧。

孙胖子拉着我退到了一边，笑嘻嘻地看了尤文亭一眼，说道：“不是我说，吴主任，你这身行头我都不敢认了——我真不敢相信您能装成一个大姑娘，啧啧……”

“尤文亭”没搭理孙胖子，眼睛一直盯着辛无病和屠黯。“尤文亭”本来是冲着屠黯说话，但没有任何预兆，她突然朝辛无病的方向走了过去。辛无病没料到“尤文亭”会来这么一手，愣了一下，有些慌张地又向后退了几步。

就在这时，已变成在“尤文亭”身后的屠黯冲辛无病说道：“怕她做什么，就算她真是吴勉，现在正处在衰弱期，一个普通人都能将她打趴下，咱们伸根手指头就能将她捏死……”

屠黯的话还没有说完，“尤文亭”突然转身，改向屠黯的方向快步走去。屠黯早年吃过吴仁荻的大亏，别看他嘴巴上厉害，心里面却充满了忌惮。见“尤文亭”朝自己走过来，他先是愣了一下，紧跟着身体周围的空气扭动了一下——他竟然吓得借“五行遁法”跑了。等屠黯再出现在辛无病身边的时候，辛无病白了他一眼，说道：“你倒是伸根手指头捻死她啊……”

屠黯脸色一红，这么多年以来，他都是从心底恐惧吴仁荻。刚才见由吴仁荻化身的“尤文亭”冲他走过来的时候，他做出来的一系列动作都是自然反应，现在反应过来时内心一阵恼怒。虽然恐惧吴仁荻，但他现在认定了吴仁荻不过是一只处于衰弱期的纸老虎，眼前的一切不过是吴仁荻咬牙装出来的假象而已。

辛无病和屠黯研究吴仁荻的衰弱期也有几百年了，他们算准了吴仁荻的衰弱期还有三天才能结束。现在吴仁荻敢现身出来，很可能就是在咬牙硬挺着吓唬他们。如果他们两个这回就这么被吓跑的话，那么他俩这辈子再也找不到这么好的机会了。

辛无病的眼睛盯着跟他们越来越近的“尤文亭”，嘴里一咬牙，对屠黯说了两个字：“干吗？”

屠黯回答得更为干脆：“干！”这个字出口，屠黯的身子再次在原地消失。随着屠黯的消失，空气中突然出现了一种刺耳的声音，“咯吱咯吱”的，听起来就好像用硬物在玻璃上划过的声音。与此同时，辛无病也动了，他迎着“尤文亭”慢慢走了过去，每走一步，身体的表面都会出现几道耀眼的电弧。一连走了十几步，辛无病全身上下都出现了这种密密麻麻的电弧。

最多十几米，眼看辛无病就要和“尤文亭”“撞上”，就在这时，“尤文亭”身前身后接连爆发出来一连串炸响，还没等我和孙胖子反应过来，就见在这些炸响响起的地方，几十个一模一样的屠黯凭空冒了出来。

这些屠黯冒出来之后，一起朝“尤文亭”的方向扑了过去。在我看来，这些屠黯都是一模一样的，完全分辨不出来哪个才是他的真身。眼见这几十个屠黯已经扑到了“尤文亭”身边，马上就要对她出手；辛无病也加快速度，浑身上下闪耀着电弧光芒朝“尤文亭”冲了过去。

辛无病刚刚跑了三四步，对面“尤文亭”和屠黯那边的局面已经发生了变化。见到几十个屠黯一起向自己冲过来时，“尤文亭”的嘴角突然泛起一丝冷笑，他也不管周围这数不清的屠黯，举起巴掌，直接朝身边的空气打了过去。

就听见“啪”的一声脆响，这一巴掌竟然从空气里面将屠黯的身影打了出来。屠黯被“尤文亭”打出来的同时，围在“尤文亭”四周几十个一模一样的屠黯顿时在空气中消失。吴仁荻一巴掌将屠黯从空气中打出来的同时，浑身闪着电弧的辛无病立刻停住了脚步，他看也不看“尤文亭”和屠黯两个人，转身就朝身后跑去，每跑一步他的身子就淡几分，很快就在我们面前消失了。辛无病消失之后，原本出现在他身上的电弧碎成了无数块，好像无数只小老鼠一样，在地面窜了一会儿后，也消失在了空气中。

“尤文亭”也没有去追辛无病的意思，她看着趴在地上发愣的屠黯，冷笑了一声，说道：“没想到吧，你会栽在一个处于衰弱期的‘普通人’身上。更没想到我找了你几百年，最后却是你自己送上门被我解决掉的。”

说到这里，趴在地上像是被定住了一般的屠黯突然颤抖了一下，他有气无力地抬头看了“尤文亭”一眼，说道：“不可能，你的衰弱期我算了成千上万遍，绝对不会算错的。你现在还处在衰弱期，不可能出错的……”

说着说着，屠黯已经说不出话来，两只眼睛直勾勾地盯着“尤文亭”，希望这个他恐惧了一辈子的对头，能告诉他这一切到底是怎么回事。

“好吧，让你做一个明白鬼。”“尤文亭”看了一眼屠黯，继续说道，“你计算得既准确，又错得离谱。”看着屠黯莫名其妙的表情，“尤文亭”继续说道，“最开始我和你们一样，都是十三天的衰弱期。不过机缘巧合之下，我找到了一种方法，能慢慢地将衰弱期的时间减短。从一开始十三天的衰弱期，到万历九年变成了十二天，崇祯三年变成了十一天，道光九年变成了十天，如今这种衰弱期只有九天。”

说到这里，“尤文亭”看着屠黯，换了一种语气说道：“你们不是第一个因为这三天倒霉的，也不会是最后一个。”

说完，“尤文亭”看着得知谜底后呆若木鸡的屠黯，顿了一下，继续对他说道：“我的事情说完了，现在说说你的事情吧。你和辛无病躲了也有几百年了，为了一个向北，你们就敢再出来？事情没有那么简单吧？”

屠黯抬头看了“尤文亭”一眼，叹了口气，说道：“我是被辛无病找出来的，他是怎么被向北找出来的我并不清楚。不过他找到我的时候，告诉我说，他找到了一种能把种子从人身体里面取出来的方法。同时告诉我一个叫沈辣的小子继承了你的种子，我们不敢动你，只能想办法对他下手了。正好这几天到了你的衰弱期，我们商量好了，先由向北在首都做一些小动作，迫使姓沈的小子离开首都，然后我们再将姓沈的小子抓走……”

这几句话说完，屠黯看着“尤文亭”说道：“好了，该说的我也说了。你和广仁追杀了我们几百年，如果不是我动了贪念，再过几百年你们也不可能找到我。你动手吧，下手的时候痛快点，我也算是解脱了，这躲躲藏藏的几百年我真是受够了。”

本来以为“尤文亭”会一下子结果了屠黯，没想到的是，他想了一会儿，突然转过身来，看了我和孙胖子一眼，随后指着孙胖子说道：“来，你来送屠黯最后一程。”

# 第三十二章　指甲钳

“我？”孙胖子指了指自己，接着说道，“吴主任，你确定是我吗？不是我说，就算让辣子动手也比我强一点吧？”

“让你出手了结他，不是让你说废话的。”虽然身体还是“尤文亭”的样子，但“尤文亭”（吴仁荻）的话，孙胖子不敢不听。他有些无奈地撇撇嘴，看着坐在地上等死的屠黯，说道：“一会儿我这边要有个什么闪失，没能一下子将你送走，你可千万别记恨我。这活儿我也是第一次干，平时我连只鸡都不敢宰，冷不丁现在要我杀人。辣子，你以前是干过这活儿的，要不你受累……”

没等孙胖子说完，我已经将头扭到了“尤文亭”那边，装作没听到他的话。

见我没有搭理他，孙胖子无奈地接受了现实，他在身上到处翻找能下手的家伙。这次出来他和我一样，就带了一把甩棍，但屠黯和我都是白头发的体质，用甩棍去打屠黯，可能屠黯还没死，孙胖子就先活活累死了。

最后孙胖子在身上找出了一把指甲钳，他拿着指甲钳对屠黯说道：“要不你咬咬牙？我就用这东西送你上路？实在没有别的什么家伙了，你就忍一忍，就当剪指甲的时候剪到肉了……”

见到孙胖子手上的指甲钳，屠黯的脸色变得很难看。虽然明白孙胖子是真的找不到称手的家伙，并不是故意戏耍自己，但看着孙胖子手中的指甲钳，他还是有些恼怒，当下恶狠狠地对孙胖子说道：“你敢拿这个过来，我就敢带着你一块儿下去。”

“那我是真找不到家伙了。”孙胖子哭丧着脸原地转了一圈，客厅里面倒有几个真皮沙发，但这些沙发都老大个儿，孙胖子也搬不动呀！最后孙胖子彻底放弃了，他回到“尤文亭”身边，说道：“尤——吴主任，不是我不干，真是找不到称手的家伙。我现在除了亲手掐死他之外，再想不出别的法子了。不过要我亲手掐死他，没个一年半载的恐怕也没有什么效果。要不这样，这四面都是墙壁，您让他自己去撞墙好不好？”

说完，孙胖子不等吴仁荻回答，指着刚才辛无病消失的地方，对屠黯说道：“就那面墙了，你自己冲过去撞死自己好了，记得要跑快一点，用力撞上去啊——你别愣着了，赶紧动起来呀，你再不去的话，我就那一把指甲钳，这可比撞墙要狠多了。不是我说，自己去撞墙，还是让我用指甲钳送你一程，你自己看着办吧。”

“尤文亭”没有说话，竟然默认了孙胖子的说法，屠黯眼睛一亮，站起身来朝辛无病消失的方向走去。孙胖子还怕屠黯没有明白自己话里的意思，继续在他身后喊道：“叫你自己撞墙归撞墙，你可不要就这么跑了啊，你要是跑了再找个地方一躲，就连我们吴主任都找不到你了——不是说好了不能跑的吗？怎么还真的跑了？你这样不是把我给连累了吗？”

走着走着，屠黯开始跑了起来，就和刚才的辛无病一样，他的身体也慢慢变得透明起来。没有跑多远，屠黯的身体已经完全消失在空气中。

见屠黯消失，孙胖子哭丧着脸回头看向“尤文亭”说道：“吴主任，这是你亲眼看到的，我已经让他不要跑了，谁能想到越不让他跑，他就跑得越快，现在还真被他跑了。不过您放心，下次再见到他，我一定亲手再把他抓回来……”

吴仁荻是有意放了屠黯一马，但屠黯毕竟是上任大方师下过格杀令的，吴仁荻让孙胖子放他走，应该是不想承担放走屠黯的责任。

“尤文亭”没有理会屠黯“逃走”的事情，她看了孙胖子一眼，说道：“我今天的这个样子，只有你们看到了。如果被第三个人听说了我这个样子的事情，我就用你的指甲钳，一下一下地把你的肥肉都剪下来。”

“等等——”孙胖子马上反应过来“尤文亭”话里面的问题，“吴主任，不是我说，今天见到您老这样子的，可不止我和辣子啊！还有辛无病和屠黯，如果他们把你这样子的事情泄露出去……”

没等孙胖子说完，“尤文亭”再次说道：“不管谁说出去的，最后我都会用指甲钳送你走……”说完这句话，“尤文亭”不再理会我们，正当孙胖子还打算和他辩解几句的时候，才发现就这么几秒，“尤文亭”已经在我们面前消失了。

人都走光了，我和孙胖子继续留在这也没什么意思了。我们从别墅里面出来，先去了对面二叔和其他游客休息的别墅，才发现里面一个人都没有了。想来刚才一团糟的时候，二叔和其他游客见势不妙，全都跑掉了。走了就走了吧，这些人于我们来说干系不大，当下我和孙胖子更想找到的人是谢广乾，平白无故被他摆了一道，这口气说什么也咽不下去。

折腾了一整天，我和孙胖子又累又饿，现在的时间已经是凌晨了，找谢广乾算账的事干脆天亮以后再说了。我们重新回到对面的别墅，从冰箱里面找到一些水果，勉强垫了一下肚子，然后各找了一个房间休息。刚被吴仁荻惊走，料想屠黯他们也不敢再折回来。据孙胖子估计，吴仁荻应该也没有走远，所以当下这个别墅反而是最安全的地方。

说是这么说，但整个晚上我都没有睡好，半梦半醒的，生怕一个不小心，又被屠黯和辛无病找了过来。也就睡了三四个小时，天刚蒙蒙亮，我便爬了起来。

起来以后，发现孙胖子也起来了——两个人一样都顶着一双熊猫眼。我们相视一笑，心照不宣，稍微收拾一下，准备去找谢广乾算账。

出了别墅区，在马路旁边等着，蹭上一辆去市区的货车。回市区的路上，孙胖子一个电话就查到了谢广乾公司的办公地址。到了市区范围，我们从货车上下来，再打了一辆出租车，直奔谢广乾公司所在的写字楼。

说来也巧，我们赶到写字楼，刚下了出租车，正好赶上谢广乾连同几名保镖准备进写字楼大门。他的一名保镖发现了我们，赶紧告诉了谢广乾。谢广乾回头看了我和孙胖子一眼，拔腿就往写字楼里面跑，他的几名保镖堵在门口，准备拦住我和孙胖子。

我和孙胖子本就憋了一肚子的火，这些保镖还想拦住我们，直接将他们也当成了撒气的对象，就连孙胖子也动了手。一分钟不到，这几名保镖就没有还能站得起来的了。

谢广乾搭乘的电梯直接去了顶楼（这部电梯里面只有谢广乾一个人，见谢广乾被我们追赶，门口都打了起来，没人敢和谢广乾搭乘同一部电梯），我和孙胖子分了一下工。孙胖子搭电梯上去，为防备谢广乾再从楼梯下来，我走安全通道上去，最后和孙胖子在顶楼会合。到了顶楼，楼梯口的位置并没有藏身的地方，我和孙胖子上到了天台，果然见谢广乾就站在天台上。

看到我们上了天台，谢老板脸上的肌肉不停地颤抖。等我们越走越近时，谢广乾突然有些歇斯底里地说道：“别过来！你们要是再走过来，我就从这里跳下去！这里可是三十二楼了，跳下去必死无疑！”

“我还是第一次见到有人用自己的命要挟别人。”孙胖子嘿嘿地笑了几声，继续朝谢广乾走去，根本不信谢广乾真会从天台跳下去。果然，见我们完全不受他的威胁，一直走到他的身边，谢广乾也没敢再往后退一步，这时他哆哆嗦嗦地说道：“我知道昨天晚上的事是我做得不对，但我也是被逼的，如果我不答应将你们引出来，我就会和我死去的那些亲戚一样。我实在是没办法呀——我知道你们是高人，一定不会吃亏的……”

没等谢广乾继续说下去，孙胖子打断了他的话，说道：“他们怎么逼你的，跟我们没有关系。但你算计了我们，这个是事实，当时我就说了，肯定会来找你的……”

见孙胖子笑眯眯的样子，谢广乾打心底开始往外冒凉气。就听孙胖子继续说道：“怎么样？咱们现在算算我们之间的这笔账？”

# 第三十三章　孙胖子相亲记

过了半个小时，我和孙胖子陪着谢广乾从天台下来。谢广乾哭丧着脸，脸上的表情比刚刚发现我们的时候更难看。事实上，他也确实赔了大钱。不仅赔付给我和孙胖子一笔数目不小的“精神损失费”，还将名下的一座煤矿低价转让给了孙胖子。

得到赔偿的孙胖子放过了谢广乾，但他也不敢留在哈尔滨太久，孙胖子将吴连环从首都叫了过来，由吴连环全权代表他，在这边接手谢广乾的煤矿。吴连环见到我们的时候还有一个小插曲，他说什么都不敢相信，眼前的两个中年人就是我沈辣以及他敬爱的孙局长！最后还是孙胖子一顿臭骂，才让吴连环对我们俩的身份深信不疑。

跟吴连环交代好以后，孙胖子便带他去见了谢广乾，随后和我乘坐当天晚上的飞机回到了首都。刚下飞机，孙胖子就给邵一一打了电话，得知她的吴叔叔下午已经回来之后，我们俩才松了一口气。只要有吴仁荻在，向北他们根本不敢在首都附近露面，这样我和孙胖子也就不用提心吊胆地过日子了。

吴仁荻回来之后，归不归和任叁爷儿俩也在首都露了面。孙胖子打听之后才知道，前不久归不归的人在广东发现了向北的踪迹，归不归和任叁自恃身份，和谁都没说，直接去了广东围堵向北，但忙活了好几天，连向北的影子都没有找到。这次回来以后，才从孙胖子嘴里了解到事情的经过。

听说辛无病和屠黯在哈尔滨出现，归不归和任叁连夜赶往哈尔滨，去寻找他们两个人的下落。

三天之后，吴连环也从哈尔滨赶回来了。一到公司，吴连环就直接去了孙胖子办公室汇报煤矿接收的情况。谢广乾不敢再招惹孙胖子，所以事情办得格外顺利，孙胖子很满意，一个劲地夸吴连环办事靠谱，还承诺每年给吴连环一定比例的分红。吴连环从孙胖子办公室出来的时候，乐得脸上就像开了花似的。

到此为止，哈尔滨之行的事算是告一段落。而从哈尔滨回来之后，发生了一件特别有意思的事。

从哈尔滨回来的第二天，孙胖子就接到了那个传说中的老郑的电话，那天我刚好也在孙胖子的办公室里，听孙胖子和老郑的通话，应该是老郑给他介绍了一个对象，让他过几天去相亲。

一向脸皮比城墙还厚的孙胖子，这时竟然变得扭捏起来。挂了老郑的电话，他红着脸对我说道："辣子，帮哥们儿一把，陪我一起去看看，同时帮我把把关……"

孙胖子去相亲，这样的西洋景当然不能错过。但就在孙胖子相亲的当天上午，我突然接到了三叔的电话。三叔说他已经到了首都机场，现在正在等出租车，问我现在是在黄然家，还是在公司，他有点事情要找我谈谈。

本来说好陪孙胖子一起去相亲的，没想到这个时候三叔会来。可三叔既然来了，自然不能将他晾在一边不管。没办法，我只好和孙胖子说明了情况，由他自己去见相亲对象。

公司和黄然家都不适合接待三叔，于是我找到了老黄的熟人，定了一家五星级酒店的套房，跟着又在酒店餐厅订了一个包间，有什么事的话边吃边说也可以。

将三叔接到酒店安顿好之后，我便带着三叔去到预定好的包间。上菜的时候，三叔还一个劲地埋怨我太奢侈了，我们爷俩找个小馆子就蛮不错，不用来这样的地方浪费钱。

见我不以为意的样子，三叔叹了口气，说道："辣子，我知道你现在也有点家底，不在乎这点儿了。我也知道你是个老实孩子，不会乱造萧和尚留给你的那些家底。不过你那个朋友就不好说了，不是三叔在背后编派他，你那个朋友就不是一个能攒住钱的主儿，虽然手里也有点，不过早晚要被他败光。到时候那胖子问你借，你的性子又不可能不借给他，你的这点家底八成也要填进去……"

说到这里，三叔顿了一下，干了一盅白酒，继续对我说道："辣子，萧和尚给我的那部分，我没有动。三叔也没儿没女的，说起来你也叫了我十几年的爹，这点钱我都给你攒着，等你以后娶了媳妇，三叔就把这笔钱给你媳妇管着。就算以后你帮朋友把自己的钱都搭进去了，起码你媳妇那里还存着你后半辈子的嚼谷，以后三叔就算死了，也能闭上眼了。"

三叔这些话说得就像是遗嘱一样，弄得我心里很不舒服，端起来的酒盅也喝不下去了，当下我将酒盅放回到桌上，看着三叔说道："三叔，咱们好不容易见次面，能不能说点好听的？老萧给您的钱您自己留着，您年纪也大了，给我再娶个三婶回来吧。您是当过兵的，身体底子好，兴许过两年再给我添个表弟表妹什么的也不稀奇。您的钱都给他们留着，等他们长大了，我这个当大哥的也有一番心意……"

说到这里，没等三叔回答，我将酒盅再次端了起来，和三叔碰了一下杯，将酒盅里面的酒一饮而尽。借着这点酒劲，我继续对三叔说道："三叔，我和您这么说，您侄子我手里除了老萧的那点钱之外，在公司里面还有点股份，每年分红也能分到不少。除了这些，我手里还有别的道儿来钱，每年赚到手里的也是一个不小的数目了。您就别替我操心了，还是想想自己的事情，早点娶个三婶回来才是正事。爷爷盼着您结婚生子也不是一年两年了，您还是遂了他的这个心愿吧。"

三叔听了我这话，摇了摇头，又干了一盅白酒，这才对我说道："算了吧，我怎么回事，你小子知道。谁跟我谁倒霉，我也别连累人家，就这么过完下半辈子就得了。再说了，你说是我侄子，其实跟儿子也差不多，等三叔走的那一天，有你小子给我摔盆打幡，我也就知足了。"

这顿酒越喝越憋屈，我心里打算晚上把孙胖子叫出来，帮着我一起劝劝三叔，他那张嘴死人都能说活了，让三叔活泛活泛心眼儿，应该不成问题。就在这个时候，我的电话突然响了起来——真是说曹操曹操就到，来电显示正是孙胖子的电话。

我接通了电话，还没等我说话，就听孙胖子在电话里面急吼吼地说道："辣子，帮哥们儿个忙，过十分钟打电话给我。不管什么理由，让我马上走就成。理由你自己编，编得越严重越好，实在不行就说老黄他们家的房子着火了，让我回去救火。"

不是相亲去了吗？这是什么情况？还没等我开口问他出了什么事情，孙胖子已经挂了电话，挂电话前还没忘继续叮嘱我："十分钟，你可千万记住了，就十分钟……"

我莫名其妙地收了电话，三叔看我的样子，问我发生了什么事情，我想了一下，回答道："孙胖子在相亲，八成是看不上人家，想要找借口跑。"

说到孙胖子相亲，三叔马上来了精神，他笑眯眯地看着我说道：

“胖子都去相亲了，你呢？辣子，你也老大不小了，再过几年就该三十了。早点娶个媳妇再生个大胖小子，让你爷爷也乐和乐和。你二叔他们家那小子是指望不上了，咱们老沈家可就指望你了。”

突然说到了二叔家，三叔脸上的表情就变得纠结起来。他叹了口气，说道：“上次萧和尚分遗产没有你二叔的，回去他就闹开了。说让你爹和我，还有你把钱都吐出来，然后三一三十一再分一次。你爷爷那暴脾气能饶了他？当场就干了一架，要不是我和你爹拦着，你爷爷能把你二叔的腿打折了。你二叔也不争气，给亲爹打一顿又能怎么了？没想到他带着你二婶去找他儿子去了……”

三叔将老家发生的事情说了一遍，虽然这些事情我已经听说了，不过现在从三叔的嘴里说出来，还是有种身临其境的感觉。三叔说完之后，我又将前不久在哈尔滨的事情说了一遍，当然不能说的一个字都没说。我们就这么一来二去又说了差不多半个小时，心里隐隐约约感觉，好像忘了什么事情……

当我说到公司新买了一座煤矿，里面有我三分之一的股份时，电话再次响了起来，来电显示是孙胖子，这时我才想起来到底忘了什么事情。

电话接通之后，立刻听到孙胖子咬牙切齿的声音：“辣子，你死哪儿去了？不是我说，你知不知道你差点要了我的命——你知道这三十七分钟我是怎么熬过来的吗？”

就在我连连道歉的时候，孙胖子在电话那一头继续说道：“算了，不用假客气了。这边的事情我已经摆平了，再让我这么待下去，还不如让我去和向北拼命呢！那什么，你和三叔在哪儿呢，一会儿我去找你们——老郑！我在这儿……不是我说，你不说这小姑娘你亲眼见过，长得挺漂亮吗？受累问你一句，这样的都算长得挺好的话，那你眼里长得丑的能丑成什么样？”

这时，电话里面突然传来一个女人的声音："先生，请问现在点菜吗？要不要试试我们这儿的招牌菜——新鲜出炉的烤乳猪……"

这个声音听起来特别耳熟，"新鲜出炉的烤乳猪……"对了！就在刚才我和三叔点菜的时候，女服务员也是这么向我们推荐的，难不成孙胖子也在我们这家酒店？当下我恶作剧的心思起来了，和三叔说了一声，便出了包间，朝外面的散台走去。

到了散台区，很快就看见孙胖子坐在角落的一张餐桌前，他对面是一个四十来岁，一头花白头发的胖子。孙胖子没有发现我已经到了他身后，只顾对面前的胖子说道："老郑，我到底是哪里对不起你了，你要这样害我……"

# 第三十四章　重启民调局

老郑！这个中年胖子就是那个神秘的老郑吗？这次真来值了！还在民调局的时候，就听说过这个名字了。但除了孙胖子之外，谁也不知道这个神秘的老郑究竟什么来头，关于老郑的传说，有很多的版本。没想到这样神龙见首不见尾的神秘人物，今天会被我撞上，看来刚才没给孙胖子打电话是对了……

花白头发的老郑正手舞足蹈地向孙胖子解释：“咱们是铁哥们儿，我什么时候害过你？哥哥我也是被人骗了，那小姑娘的舅舅是我以前的同事，他把自己的外甥女夸得跟朵花一样的，什么沉鱼落雁、闭月羞花的之类的词都用上了。我就想啊，能被夸成这样再怎么也差不离吧，配你小子肯定是够够的了……”

没等老郑说完，孙胖子的眼睛都快要瞪出来了：“老郑，不是我说，咱们可要凭良心说话。这女的要是沉鱼落雁、闭月羞花的话，我就拿块豆腐直接撞死我自己好了，总比刚才差点被恶心死要强得多！你是没看见，都长成那样了，还有脸和我说现在没男朋友是因为她眼光高，长相、身高以及条件差一点的她都看不上。我呸！第一次见面就问我银行里面有多少存款，有几套房子，出门代步是什么车——我有多少家底和她有一毛钱关系吗？”

“消消气，消消气。”老郑冲孙胖子笑了一下，继续说道，“这顿饭哥哥我请客，算是给你压压惊，想吃什么千万别客气。小姐，来半只乳猪开开胃。”

老郑说话的时候，回头找服务小姐点菜，没承想正好和我打了一个对眼。老郑像是认识我，他愣了一下，马上扭回头，用菜谱挡住自己的脸，冲孙胖子一个劲地挤眼，看他的意思是让孙胖子支开我，他好借机离开。

孙胖子也没想到会在这儿碰上我，不过他的反应比老郑要自然得多，冲我龇牙一笑，随后将老郑挡在脸上的菜谱拿开，笑嘻嘻地对他说道：“没事，辣子是自己人，今天碰上了也是缘分。不是我说，你们俩都是我的好朋友，早晚也要介绍你们互相认识。选日不如撞日，就今天了。又不是让你插香结拜，你害什么臊！”

听孙胖子这么说，老郑才放松下来，笑呵呵地转过身子，主动将我让到他身边坐下，随后冲我说道：“沈辣是吧，你没见过我，我可是见过你很多次了。自我介绍一下，王溢。”

自我介绍完之后，“老郑”顿了一下，接着说道：“胖子的朋友就是我的朋友，以后有什么事情直接找我，别的不说，如果想要查什么人，或者想知道别的什么信息都可以找我，最晚二十四小时一定给你回信。不是我吹牛，在信息收集这一亩三分地儿，我比谁都好用。”

王溢？不是老郑吗？这是什么情况？见我有些发愣的样子，王溢哈哈一笑，看了一眼孙胖子，对我继续说道：“别误会，没有瞒你的意思。我的本名就叫王溢，不过干我们这一行的多少要避讳一下。胖子在电话里面叫我老郑，我叫他王姐——现在我要一叫王姐，我就会想起来‘大铁棍子医院’的‘捅主任’，哈哈哈……”

“我就知道你下辈子就靠这个活着了。”孙胖子有些气闷地看了王溢一眼，随后对我说道：“辣子，你别看老郑老不正经的样子，真要办起事来，还是特别靠谱的。”

孙胖子和王溢毫不避讳地说笑着，看得出来他们的关系不是一般的好。孙胖子趁服务员上菜的空当，简短介绍了“老郑”的来历。原来，以前他和王溢都是缉毒处的同事，孙胖子当卧底的时候，和他一起打进毒贩内部的还有这个王溢。

只不过那个时候孙胖子很年轻，只能干干马仔的活儿；而王溢一副老成持重的样子，很快便进入了毒贩集团的核心。有好几次孙胖子出了纰漏，都是王溢悄悄替他遮过去的。说王溢是孙胖子的救命恩人，一点都不为过。

贩毒集团被剿灭以后，孙胖子又转战其他的毒贩组织，继续卧底生涯。而王溢因为工作表现突出，晋升一级并调回缉毒处主管信息收集工作。没想到的是，王溢天生就是干这个的，主管信息收集工作之后，犹如蛟龙入海，他的才能得到最大的发挥，透过他收集的信息，没几年的工夫，就将十几个荼毒已久的毒贩组织全部查获。

王溢出色的工作表现被部里的大领导注意到，大领导很赏识王溢，将他越级调入部里的信息收集部门。换了更大的工作环境，王溢的表现更为突出，没几年的时间，他又升职成为信息收集部门的副主管。

孙胖子一直都和王溢有联系，他们两人在某种程度上可以说是信息资源共享。孙胖子通过王溢可以获得一些他接触不到的信息，而王溢也可以透过孙胖子获得一些民调局接触到的信息，双方互惠互利。

王溢和孙胖子一样，都是自来熟的性格，虽然第一次正式跟我见面，但聊了没几句，他就说开了，天南海北地一通聊。

三叔一个人还在包间，我不便在这儿待太久。我也看得出来这两个胖子还有事情要说，聊了没多久，我便起身告辞。临走之前，王溢递了一张名片给我，指着名片上的电话说道：“这个电话我二十四小时开机，有什么事就找我，不过电话里面记得叫我老郑。”

回到包间，又和三叔聊了一阵，吃喝差不多了，我才喊服务小姐过来埋单。没想到的是，服务小姐告诉我，有一个姓王的先生已经替我埋了单，甚至连小费都替我给了。看服务小姐笑开了花的脸，就知道她得的小费少不了。

这还不算，就连三叔在这家酒店的住宿费用，“老郑”都替我埋了单，甚至还把三叔的房间升了级别，从一般的套房升级到了豪华套房。三叔见了套房里面的摆设，又找服务员打听了住宿一晚的价格，死活都不肯住进去。最后还是我跟他说朋友已经帮我付了钱，不住的话这钱就白丢了，他才心不甘情不愿地住了进去。

三叔在首都待了没两天就回了老家，临走时拉着我的手千叮咛万嘱咐，说什么不该拿的钱千万不能碰，现在全国各地都在严查贪污腐败，要是我出了什么事，老家的爷爷能急死过去——看来在首都住的这几天真是吓着他了。

哭笑不得地送走了三叔，我回到了公司。刚坐下没多久，便接到了孙胖子的电话，让我去他办公室，说有重要的事情要跟我谈。

我进了孙胖子的办公室，孙胖子正坐在办公桌前，手里拿着一支雪茄，脸上的表情有点奇怪。见我来了，孙胖子向我招了招手，示意我坐到他对面的椅子上，又随手扔给我一支雪茄。我坐下之后，向孙胖子问道：“大圣，老黄这回给推荐了什么活儿？”

孙胖子把玩儿着手里的雪茄，有些纠结地说道：“老黄推荐的活儿晚点再说，我还是先跟你说另外一件事情吧。前两天老郑去酒店找我，其实是找我谈重启民调局的事情……”

重启民调局？这五个字让我心里面一阵燥热。我没来得及插话，孙胖子已经继续说道：“就是老郑给牵的线，联系上了上面大领导的一位姓安的秘书，说首长们一致同意，近期内重新成立一个类似于之前民调局的单位。老郑得到了确认的消息，第一时间便跑来告诉了我。”

“这是大好事啊！大圣，你答应了没？”孙胖子的话刚说完，我便急急地问道。自从高亮局长罹难，民调局就地解散这几年来，重启民调局这一直深埋在我们这些民调局旧人的心底。虽然我不明白为什么说到重启民调局，孙胖子还一副便秘似的表情，以我对孙胖子的了解，八成是还有一些待遇方面的问题没有谈妥。换作我的话，只要能重启民调局，什么待遇都无所谓，哪怕让我倒贴也成，只要能将民调局重新办起来。

果然，孙胖子摇了摇头，说道：“我还没有答应他们，不过也没有拒绝，我已经让老郑回复首长们，请他们容我一段时间考虑考虑。”说到这里，孙胖子看了我一眼，难得一本正经地跟我说道，“辣子，我知道你心里面是怎么想的，我得考虑一些现实的问题。要换作民调局刚解散的那会儿，我保准一口就答应了。民调局解散到现在已经好几年了，别说当初那些调查员了，现在连六个主任都配不齐。”

说到这里，孙胖子拿起办公桌上的打火机，点上雪茄，狠狠吸了一口，吐了一个烟圈，表情有些惆怅地说道：“我没有立马答应安秘书重启民调局的事，除了人手不好凑齐以外，还因为一个人，辣子，你猜猜这人是谁？”

# 第三十五章　搭救向北

我没想到孙胖子会突然问我这个问题，先是愣了一下，然后仔细琢磨他话里面的意思，最后对他说道：“黄然，是老黄吧？当初他把委员会都卖了，然后才和我们一起成立的公司，如果要重启民调局，虽然麻烦一些，我们还是能将人手找齐的，但黄然的委员会早已经七零八落了。”

听我说中了黄然，孙胖子重重地叹了口气，随后点了点头说道：“就是老黄，我们都能进新的民调局，就是这位老哥不行——要是让他知道了我打算重启民调局的消息，还不知道这老哥是何种反应呢……”听孙胖子这话里的意思，虽然没有当场答应那个安秘书，但孙胖子心里还是倾向于同意重启民调局的。

说到这里，孙胖子忽然笑了一下，脸上重新恢复了他那招牌式的笑容，继续说道：“不是我说，辣子，给你透露点让人能开心的信息。按照安秘书的说法，考虑到重启民调局的困难较大，同时为了这个新单位以后能更加便利地运作，首长们决定按照民调局时期的级别，成立的新单位将会再提半格，单位‘一把手’享受再提半级的待遇……”

孙胖子嘚瑟的时候，我的心里也在盘算着。原来的民调局是厅级单位，局长高亮享受副部级待遇，现在这个新单位再提半级，一下子变成了副部级单位，那孙胖子不就可以享受正部级待遇了吗？想不到，这回孙胖子的祖坟可真是冒青烟了啊！

“不是我说，辣子，只要新民调局一重建起来，哥们就正儿八经地迈入高干行列了……”孙胖子还没感叹完，办公桌上的座机突然响了起来。孙胖子愣了一下，按下了座机的免提，电话里传来了矜持的声音：“孙总，有一位姓屠的先生说是你的朋友，你现在方便接待吗？”

听到这个姓氏的时候，我和孙胖子立即对视了一眼。我们两个都没有姓屠的朋友——最近跟我们打过交道的，除了屠黯之外，再没有别人了。孙胖子的第一个反应就是跑到窗边，打开窗户，就要跳下去。

见孙胖子没有回应，矜持的声音又响了起来：“屠先生说他带来一个重要的消息，是关于一位姓向的先生的。屠先生还说这里是吴勉的势力范围，他不敢乱来的，请你放心。”

孙胖子正琢磨怎么跳下去，等矜持说到向北，孙胖子就愣了一下，手上的动作缓了下来。再听到这里是吴勉的势力范围，屠黯不敢乱来之后，孙胖子已经将跨过窗框的腿抽了回来。他眨了眨眼睛，回到办公桌前，对矜持说道：“请屠先生进来，然后你就下班吧，这里没你的事了……”

不大一会儿，孙胖子办公室的门被人推开，不久前才见过的屠黯走了进来。这时候，我已经挡到了孙胖子的身前，双手背在了身后，分别握住了罪罚双剑。只要屠黯一有什么异常的举动，我就马上动手。

不过我的警惕似乎有些多余了，屠黯进来之后，主动将双手举了起来，就见他两侧腋下分别贴着一张画满了奇怪符号的符纸，同时对我和孙胖子说道："这两张'禁身符'你们应该认识吧？我敢贴了这两张符纸过来，就说明了我的诚意。"

孙胖子瞅了一眼屠黯腋下的符纸，扭脸对我说道："辣子，你看看，这两张符纸是不是像他说的，是什么'禁身符'……"

孙胖子说话的时候，我已经反复看了几遍屠黯腋下的符纸。这种"禁身符"我在民调局的资料室里见过，最早出现于东汉末年，是由黄巾军首领张角的胞弟张宝所创。

此种"禁身符"的效用跟武侠小说里面的自封穴位差不多，需要当事人亲自贴到自己身上。贴上"禁身符"之后，便如同常人一般，即便有再高的本事也施展不出来。

"是'禁身符'没错，现在他不能乱来了。"我对仍有些紧张，随时准备逃跑的孙胖子继续说道，"他这一次算是玩了一把大的，都不用我，你掏枪就能直接毙了他。"

听了我的话，孙胖子看了一眼仍一脸从容的屠黯，犹豫了一下，还是说道："不是我说，打打杀杀就不是我的风格。好了，虽说不是老熟人，但之前我们也见过面了，客气话就不说了，直接整干货吧。老屠，你就说说这次过来有什么目的吧！"

屠黯看着我和孙胖子笑了一下，也不用我们请，他自己直接坐到了沙发上，缓了一口气，将注意力转到了孙胖子身上，说道："我找你们想谈谈向北的事情……"

没等他说完，孙胖子直接插嘴问道："你这是准备弃暗投明了吗？不是我说，你们早就该如此了，跟着向北能有什么前途？怎么样，是不是已经把向北绑了起来，现在就塞在外面的车后备厢里面？

其实你们也不用那么麻烦，直接把姓向的脑袋切了送过来就成，带着他也挺麻烦的。”

屠黯这次过来是有求于我们的，当下他也没有还嘴，耐着性子听完孙胖子的调侃，嘿嘿一笑，说道：“下次吧，这次是向北出了点麻烦，我和辛无病也是没有办法了，才想请你们帮忙把向北救出来。”

“向北出事了……”孙胖子愣了一下，随后看着屠黯的眼睛，一字一句地问道，“不是我说，你凭什么认为我们会去救他？说句心里话，就算我们真要去，也是趁这个机会，再往他身上踩几脚。俗话说得好，趁他病要他的命！”

听了孙胖子的话，屠黯摇了摇头，随后说道：“以后怎么样我不敢说，不过这次谁也不能把向北怎么样的。”

“嗯？”知道了屠黯现在就是个普通人，孙胖子没有了之前的那份畏惧，说起话来也随便了很多。听了屠黯这几句话，孙胖子皱着眉向他问道，“你这句话是什么意思？老屠，不是我说你，如果向北站在悬崖边马上就要掉下去了，就算必须拉他一把，我也会在手上涂了润滑油之后再去拉他——总之只要有我在，他就别想平平安安地再爬上来。”

“这次你不会那么做。”屠黯眼睛一眨不眨地盯着孙胖子，缓了口气，继续说道，“和吴勉、归不归还有广仁他们说一下，就说向北已经进了先大方师丘武真的陵寝，现在他被困在陵寝外围的阵法之中，既出不来也进不去。虽然他死不了，不过时间长了，难保他不会做出什么损坏陵寝的极端事情。”

虽然不知道这个丘武真是什么来历，但既然能被叫作大方师，就说明肯定不是一般的人物。不过孙胖子并不打算在嘴上吃亏，他嘿嘿一笑，对屠黯说道：“先不说什么向北向南的，就说说你吧。老屠，你怎么就敢肯定我们哥儿几个会放过你呢？不是我说，以前打不过你也就算了，现在你自废武功送上门来，如果我就这么放过你，你说老天爷会不会怪我太浪费机会呢？”

说到这里，孙胖子看向屠黯的眼神变得怪异起来。顿了一下，他对屠黯继续说道：“这样吧，老屠，向北的事情让吴仁荻他们去操心吧，说说你的事情——你看这样好不好，我找个山清水秀的地方，盖一间房子把你养起来，好吃好喝供着你。以后的日子，只要你不出这间房子，想干什么就干什么！怎么样？不瞒你说，这样的日子，我以前只有做梦的时候才会想到。”

孙胖子说完，屠黯半晌都没有言语。就在孙胖子准备继续往下说时，他突然开口说道：“知道为什么我敢一个人贴着‘禁身符’过来吗？”说出这句话时，屠黯突然古怪地笑了一下，随后对我和孙胖子说道，“因为现在辛无病就在外面，如果我被软禁或者丢了性命的话，外面的他就会大开杀戒。吴勉他们是厉害，但瞬息之间的事，他们又能保住你们中间的几个？到时候，连同你们公司的前台小姑娘在内，和你们有关的人谁都跑不了。我一个人换你们这么多的人，这笔账你算一下，看看值不值？”

听屠黯说到这里，孙胖子脸上的笑容虽然没减，但已经有点不太自然了。没等孙胖子想好对策，屠黯已经站了起来，对我和孙胖子继续说道：“该说的我已经说完了，剩下的就看你们和吴勉他们怎么商量了，一天之后我会再和你们联络，不过是不是我本人过来，就不好说了。”

说完，屠黯有些挑衅地笑了一下，随后说道：“如果想将我留下来就要趁现在——又不打算留下我了吗？那么一天之后找齐吴勉他们几个吧。对了，丘武真的陵寝有些古怪，所以你们一定要找到广仁和火山爷俩，他们都是做过大方师的，应该比较熟悉里面的阵法。好了，该说的就这么多，让他们准备好，一天之后等我的消息吧。”

说完，屠黯转身准备离开。他走了没几步，孙胖子突然一拍桌子，对刚走到办公室门口的屠黯吼道：“站住！差点就被你蒙过去了。”

这一嗓子吼出来之后，孙胖子又恢复了之前笑嘻嘻的模样，他对屠黯说道：“你都被逼得主动贴了‘禁身符’亲自前来犯险，就说明你们真是山穷水尽了。虽然我不清楚你和辛无病为什么如此看重向北，如果我没猜错的话，向北身上应该牵扯了与你们有关的极要紧的事情，不然你们也不会冒着与吴仁荻为敌的风险跟他合作。所以只要向北还被困在那个什么大方师的陵寝里面，你和辛无病就不敢得罪我们。假设我们现在把你强留下来，辛无病胆敢因此对我们发难的话，接下来他只有一条路可走，逃得越远越好，以躲避接下来我们的报复。这样一来，无论向北将那什么大方师的陵寝折腾成什么样，想让我们与你们合作去解救向北是不可能了，而向北也只能继续被关在陵寝里。所以，如果我是辛无病的话，最正确的决策不是对你讲义气乱发飙把你救出来，而是将你舍弃掉，继续与我们合作，先想办法将向北解救出来再说。怎么样？我们要不要试试，然后看看辛无病的反应，到底是谁猜得对？”

# 第三十六章　先任方师

孙胖子这一番话让屠黯僵在了当场，虽然来之前他已经和辛无病商量好，倘若他被扣下或者出了别的什么意外，留在外边的辛无病就立刻发难来救他。不过依照屠黯对辛无病的了解，他还真的更可能像孙胖子说的那样，将他舍弃，继续寻求与吴勉合作，以达到将向北解救出来的目的。

想到这里，暂时功力全失的屠黯终于慌了神，脸上再看不到之前那种气定神闲的表情。屠黯也有想过就这么直接冲出去，但转念一想他身后的孙胖子八成会开枪。这时的他如果被子弹打中，虽然也是白发人的体质，但也够呛能活命。顿时屠黯进退两难，站在原地动也不敢动，不知如何是好。

见屠黯这样的反应，我立刻明白孙胖子肯定全说中了。不用孙胖子开口，我立刻在孙胖子办公室里翻找起来，准备找根绳子，先将屠黯捆起来，再将他交给吴仁荻来处置。广仁那样的人物都被老吴关了那么多年，再关一个屠黯应该不在话下吧。

当我找到绳子，正准备去捆绑屠黯的时候，孙胖子突然改变了想法，他叹了口气，看着屠黯，又变了语气：“看在你敢孤身犯险的胆量上，我就放你一马好了，不然只会便宜了在外面看戏的辛无病。不是我挑事，我就不明白了，凭什么要你自废武功来找我们谈判，而他辛无病就躲在外面等着捡现成的？在哈尔滨那次也是这样，这姓辛的也把你扔掉自己一个人先跑了。不是我说，我最瞧不上这样的人了。”

孙胖子满脸替屠黯鸣不平的义愤神情，又叹了口气，接着对已经被他说得有点迷糊的屠黯说道：“我这人的性格，就是不愿意看到老实人吃亏，所以我决定放你走！不过这话要说清楚，之所以放你走是看在你是个老实人的面子上，如果这次来的不是你而是辛无病的话，我不将他扣下关个三五十年，我这孙字就倒着写。”

屠黯愣了一下，也顾不上想孙胖子到底是什么意思了，转身朝门外狂奔而去。一阵急促的脚步声后，屠黯便跑出了我们公司，紧跟着消失在街上的人群中。

我有些疑惑地向孙胖子问道：“大圣，你这到底是什么意思？”

孙胖子一屁股坐到椅子上，长长地出了一口气，这才向我解释道：“刚才我是诈他的。刚才那种情况，外面的辛无病最好的办法就是直接冲进来，既能救走屠黯，顺便还能教训一下我们两个。现在能将他们制住的人都不在，这个时候不教训你我，什么时候教训？不是我说，辣子你身上有他们想要的种子，他们不会太将你怎么样，但我什么都没有，他们真要对付我的话，我还真只有认命了。”

孙胖子刚刚说完，他的手机又响了起来。这次打来电话的，竟然是刚才屠黯着重提及的广仁。

孙胖子依旧按了电话的免提，很快，电话里传出广仁久违的声音。他没有客气，直奔主题问道：“刚才屠黯找过你们吧？他是不是来找你们帮忙去解救向北？”

孙胖子的眉毛挑了一下，扭头朝窗外看了几眼，这才回过头来对电话里面的广仁说道：“不是我说，敢情大方师您刚才就在附近啊！早知道的话，刚才我就让辣子直接将姓屠的捆住了。”

“如果我想动屠黯，他根本就不可能有机会找你们。”广仁在电话里轻轻地哼了一声，继续对孙胖子说道，“向北出事的时候，我就已经知道了。我特意跟了他和辛无病一路，就想看看他们准备怎么办，没想到他会给自己种下‘禁身符’，来找你们帮忙。”

“这么说向北真是被困在那个什么大方师的陵寝里面了……”孙胖子的眼睛顿时眯成了一条直线，顿了一下，继续对广仁说道，“大方师，您怎么看？不是我说，是等向北在里面自生自灭呢，还是您受累过去一趟亲手将他了结呢？听屠黯话里的意思，向北好像进去以后就出不来了。要不这样，就让他在里面待个十年八年的，等他被磨得差不多了，您再和火山进去看看，要是他还没死的话再给他补一刀，如此一来这个世界也就清净了……”

“我会去把向北从先代大方师的陵寝里面捞出来。”广仁给了第三个答案，不过这个答案在孙胖子听来，也没有丝毫的意外。他笑嘻嘻地听着广仁继续说道，“先代大方师的安葬之地，不容这样的邪祟在里面侵扰——他就算死也只能死在外面。”

说到这里，广仁顿了一下，沉默了一会儿，他才继续说道：“你把这件事情和吴勉还有归不归他们都说一下，他们都是方士一门。尤其是归不归，也该为先代大方师出份力了。好了，我就说这么多，你记得把话带到……”

挂了广仁的电话，孙胖子先联系了归不归，不过这老家伙也不知道去哪里逍遥快活了，孙胖子十几个电话打出去，都显示对方的电话无法接通。

联系不上归不归，孙胖子转而开始打吴仁荻的主意。和以前联系老吴的方式一样，孙胖子先给邵一一打了电话。没想到的是，接电话的人竟然是蒙大小姐："胖子，别找一一了，她喝多了！刚才有个不开眼的王八蛋灌一一，一一喝了几杯红酒就开始说胡话了。"

一听说我们公司的"镇司之宝"邵一一被人灌得说了胡话，孙胖子一双小眼睛都瞪了起来："什么，谁敢灌邵一一？不是我说，你们几个都是吃干饭的吗？就这么眼睁睁地看着她被人灌得都说胡话了吗？"

"就是这次请客的这个王八蛋灌的。"蒙奇奇在电话里恨恨地说道，"现在吴连环和之言正在灌他，别担心一一，老黄手里有解酒药，已经喂她吃下去了，一会儿就能有效果。老黄刚才发话了，今晚这个王八蛋不喝到胃出血，我们几个谁都别想走。"

蒙奇奇说话的时候，电话那边同时响起一个男人带着哭腔的求饶声音："兄弟实在是喝不了了，看在兄弟上有老下有小的分儿上，就放了兄弟一马吧？各位大哥大姐叔叔大姨，放了——哇……"伴随这人呕吐的声音，又传出吴连环趁火打劫的声音："吐了就没事了，再来杯还魂酒就好了。那谁，把你们这儿所有能点着火的酒都拿出来，兑一脸盆给张总喝下去就好了——记张总账上啊……"

这边孙胖子苦着脸挂了电话，我已经站起来对他说道："走吧，在老吴发飙之前，咱们快点过去看看邵一一怎么样了。"

孙胖子起身穿上外套，便和我一起朝大门口走去。就在这时，黄然的电话打了过来，他算到了我们俩知道邵一一喝多了之后，肯定会立即过来看看情况，所以赶紧打来电话报平安，说邵一一已经没事了，灌她酒的那个混蛋已经吐了好几回了。现在他们正准备散场，今晚会让邵一一睡在蒙奇奇那里，让我们俩尽管放心。

有了黄然这话，我和孙胖子也不用着急往他们那边赶了。不过既然已经收拾好了，那就先回黄然家吧。我们到了黄然家的时候，他们那些人还没有回来，只有"松岛介一郎"（借了松岛介一郎的身子，和广仁、吴仁荻同辈的神秘人物）还待在家里。见到此人，孙胖子的眼睛立刻亮了起来，他随便找了一个开场白，紧接着向这位哥们儿打听大方师丘武真的事情。

还别说，这次还真问对了人，“松岛介一郎”有些意外地看了看我和孙胖子，说道：“难得你们俩还知道有这么一位大方师。”这句话说完，他叹了口气，顿了一下，继续说道，“如果当年不是广仁和吴勉内斗，方士一门也不至于在千年前就彻底消亡了，唉……过去的事情就不去提它了。你们想知道的先任大方师丘武真，是在大方师徐福之前方士一门的实际掌控者。他在位的时间虽短，而且由于体质的关系，也没能成为长生不老之身。不过他以自己一人之力，阻挡了犬戎的南迁。传说因为他的能力太强，招惹了天妒，在炼丹的时候，一道玄天雷打在炼丹炉上，丘武真连同炼丹炉一起，被玄天雷炸得粉碎。他也是唯一一位横死的大方师。”

听完了这位先任大方师的简介，孙胖子眨巴眨巴眼睛，问道：“不是我说，这位大方师埋在哪里？大方师的陵寝也一定非同小可吧？”

“这件事情你就要去问广仁和火山了。除了他们俩，恐怕就连吴勉都不知道。”“松岛介一郎”看了一眼孙胖子，继续说道，“大方师的陵寝里面自然会存有方士一门的奇宝，这样的秘密只有继任的大方师才会知道……”

说到这里的时候，他突然反应了过来，顿了一下，看着我和孙胖子问道：“等一下，你问这个干什么？我警告你，千万别打先任大方师陵寝的主意。里面机关阵法重重，别说是你们了，就连吴勉进去了都未必能全身而退……”

“好好的，我打那个主意干什么？我又不是吴连环。”孙胖子嘿嘿一笑，向“松岛介一郎”继续问道，“不是我说，今天有人提到过这位大方师，我就是好奇才多问了一嘴的。我再问最后一个问题，如果现在有人闯进了这位先任大方师的陵寝，还能活着出来吗？”

这个问题，“松岛介一郎”没有马上回答。他闭上了嘴巴，眼睛一眨不眨地盯着孙胖子，看得孙胖子有些发毛，正要开口辩解的时候，“松岛介一郎”突然开口说道：“有人进了先任大方师的陵寝了，是吧？”

# 第三十七章　一起去

“松岛介一郎”本就不是个笨人，孙胖子一漏口风，他马上就明白了是怎么回事。这时候也没有隐瞒他的必要，当下孙胖子一五一十地将今天遇到的事情说了一遍。“松岛介一郎”听说了之后，先是沉默了半晌，最后才对我和孙胖子说道：“这次向北把事情闹大发了，虽然被困在里面是他自找的，但只要是方士一门的人，也决计容不得他在里面亵渎先任大方师……”

说到最后，“松岛介一郎”总结性地说了一句：“广仁是一定要去的，不过这事和吴勉也脱不了干系。”

孙胖子还想再问几句的时候，外面传来汽车入库的声音。不多时，黄然带着吴连环和矜持先回来了，和我们俩打了一个招呼，孙胖子向他们问起邵一一被人灌酒的事情。敢情是今晚做东请客的老板喝多了以后，借着酒劲想调戏邵一一，结果自然被老黄他们疯狂报复。现在那个倒霉蛋已经进了医院，他们几个先回来了，只留下雨果跟去医院应付那个倒霉蛋的家属。

听了老黄和吴连环的讲述，孙胖子笑了一下，随后看着黄然说道：“老黄，不是我说，那个倒霉蛋不会出什么事吧？教训归教训，也别弄得太过火了。”

“不至于出什么大事，也就让他长长记性。”黄然也笑了一下，随后说道，“其实我这么做也是在救他。回来的路上，吴主任亲自给我打了电话，要不是我们这些人提前给他出了气，真要落到吴主任手上，还真不知道那人会是什么样的后果。”

“吴主任亲自给你打了电话……”孙胖子喃喃地重复了一遍老黄的话，顿了一下，眨了眨眼睛，想起了另外一件事，“那么邵一一呢？她现在怎么样了？”

“一一没什么事，就是有点酒精过敏。这孩子酒劲儿一上头，什么都敢说，唉……”说到这里，黄然难得地叹了口气，苦笑了一声，对孙胖子继续说道，“这小妹妹本来脸皮就薄，这一下子彻底没法见人了。”

这些话不说还好，说到一半反让我和孙胖子更加好奇起来。这之后，黄然无论如何也不肯再说邵一一酒后究竟吐了什么真言。他借口说喝酒喝得有点头疼，先回自己的房间去了。不过孙胖子想知道的事情，就算黄然不说，他也有能探听到的渠道。

“老吴，来，过来聊几句。”孙胖子冲另外一个“老吴”说道，“听说你的酒量不错，我看看你喝没喝多。顺便也说说看，邵一一喝多了之后到底说什么话了？”

虽然吴连环来公司的日子不算长，但他极有眼色，来公司之后不久就发现负责财务的邵一一不简单。公司里其他的人不说，就连杨枭这样的人物，在邵一一面前连个玩笑都不敢开。所以今晚邵一一吃了点小亏之后，第一个撸胳膊冲上去的就是他吴连环了。

吴连环赔着笑脸走到孙胖子身边，他见黄然还没有走远，于是在孙胖子耳边低声地说了几句。他说话的声音虽小，却逃不过我的耳朵：“别提了，邵家的这位姑奶奶喝高了之后，说她喜欢那谁……就是那谁……我那个本家……”

吴连环说第一个那谁的时候，孙胖子已经扭过脸来，正对着我坏笑。但等吴连环说完，孙胖子脸上的笑容顿时僵住了，好半天才缓过来，嘴里喃喃地说道：“我就说邵一一看他的眼神不对……”

几年前还在女校的时候，我就看出来邵一一对吴仁荻有点那种意思。本以为好几年过去了，邵一一的那份心思也该放下了，没想到……我现在才明白，为什么前一阵吴仁荻那么热衷地撮合我和邵一一了。

孙胖子感慨完之后，该做的事情还得做。他再次掏出手机，给邵一一打了过去。好在酒醒之后的邵一一已经不记得之前说过什么话，和孙胖子说话也不觉得尴尬。孙胖子客气了几句，便说到了主题：“一一啊，你吴叔叔联系你了吗？不是吴连环——是你另外一个吴叔叔。对，吴仁荻，你别看他看起来年纪不大，其实年纪比吴连环都大多了。嗯，我知道你在蒙大小姐家里，你看看这样行不行，今天太晚就算了，明天上班帮我找一下你吴叔叔，就说我有点事情找他。好了，不耽误你休息了，咱们明天公司见。”

孙胖子又客气了几句，才挂了电话。话题牵扯到吴仁荻和邵一一，便没人想继续下去，当下我们各回各屋。就在我进门的时候，孙胖子又给老郑打了一个电话：“老郑啊，帮我个忙……”

第二天天亮之后，孙胖子的手机接二连三地响起来，打电话过来的还都是惹不起的大人物。第一个打来电话的是昨天一直没能联系上的归不归，没想到一大清早他就打电话过来了。更让人意外的是，广仁竟然联络了归不归，将向北在前任大方师陵寝里面的事情告诉了他，要求归不归先放下个人恩怨，双方联手对付向北。

归不归和任叁在国外生活了多年，很长时间没与吴仁荻联系，双方好像还有点心结没有彻底解开。但遇到这样重大的事情，他还是习惯唯吴仁荻马首是瞻。但当他联系老吴的时候，发现怎么也联系不上。实在没有办法，他只能联系孙胖子。不过孙胖子也不知道吴仁荻跑哪儿去了，最后归不归决定和任叁立即赶到首都，有什么事情还是要等吴仁荻现身之后再商量。

想知道吴仁荻到底去哪儿了，从来都不是容易的事情，也没人敢直接问他。早上到了公司，我们发现从来不迟到的邵一一竟然没有到，向蒙奇奇打听，原来早上的时候邵一一忽然记起了昨天晚上自己说的话，于是说什么都不肯来上班，还让蒙奇奇替她请半个月的假，最后就连孙胖子的电话她都不接了。

就当孙胖子费尽脑汁地琢磨怎么找到吴仁荻的时候，又接到了一个陌生号码打来的电话。打电话过来的是屠黯，这才几个小时，他就等不及了，打电话来问孙胖子准备得怎么样了。孙胖子告诉他都已经准备好了，屠黯这才稍微松了一口气。

挂了屠黯的电话，孙胖子还是联系不上吴仁荻，他就好像突然凭空消失了一样。吴仁荻没找到，等到下午的时候，归不归和任叁带着他们那群外国徒弟一起到了我们公司。

广仁似乎将事情说得很严重，这时归不归的脸上再没有那种玩世不恭的笑容，得知一直联系不上吴仁荻的时候，他沉默了良久，随后对孙胖子说道，“这件事闹得太大，就算吴勉不来，我和任叁也要过去一趟。你和沈辣也要做好准备，这次你们俩跟着我们，里面有些事情可能还要沈辣帮忙。”

“你们这样的人物进去，我能帮什么忙？”我有些不解地看向归不归，继续说道：“我进去也是给你们帮倒忙，还是在外面给你们看着，别让什么人擅闯进去，再坏了大事。”

“这件事情可能还真非你不可。”归不归对我笑了一下，紧接着说道，“你身体里面的种子是从吴勉那里继承过来的，而吴勉的种子取自前任大方师徐福，徐福的种子又是从丘武真那里得来的。丘武真不能成为白头发的体质，这也限制了种子的发展。不过难保丘武真不会在陵寝里面设置和种子有关的阵法，你去也可以加一份保险。”

虽然归不归说得轻描淡写，但还是能从他的话里面听出来不托底的感觉。他们这样的人物都没有把握的事情，我去的话就更危险了。正当我考虑用什么借口推辞的时候，孙胖子突然笑眯眯地凑了过来，对归不归说道：“我们去，大家一起去……”

## 第三十八章　出发

从某种程度上来讲，孙胖子可以替我拿主意。既然他都答应了，而且他说的还是“我们去”，他能把自己也豁出去，我也就不好再多说什么了。不过要去的地方毕竟是先任大方师的陵寝，里面肯定多的是各种厉害的机关阵法。虽然广仁多少知道一点陵寝里面的情况，但从他要孙胖子联系吴仁荻和归不归出面帮忙来看，都肯开口恳求多年的冤家对头了，由此可见广仁的底气也不太足。

说到吴仁荻，这段时间除了孙胖子之外，归不归也一直在想方设法联系他。不知道是不是吴仁荻也听说了邵一一昨天晚上的酒话，就学邵一一，也玩起了失踪。这段时间的吴仁荻就像是彻底消失了，就连归不归这样的人物想尽办法也联系不上他。慢慢地，孙胖子也就断了继续找他的心思。

这边吴仁荻始终联系不上，那边屠黯又不停打电话来催。这还不算，除了屠黯之外，就连广仁也打了好几个电话催问我们这边的准备情况。他似乎比屠黯还要着急，似乎这陵寝里面除了丘武真的骸骨之外，还藏着别的什么要紧的东西。又等了一天，还是没有找到吴仁荻。这时广仁不打算再等了，他分别通知了孙胖子和归不归，不管能不能找到吴仁荻，我们这些人都必须第二天赶到威海。等我们到了威海之后，他会告诉我们下一步怎么办。

吴仁荻还是一点消息都没有！无奈之下，孙胖子和黄然商量好，我们几个先赶去威海，他留在首都继续联系吴仁荻，如果联系上老吴，让他第一时间赶到事发地点。本来我还想把上善老和尚也拉过去的，但和孙胖子商量的时候，被他否决了。孙胖子认为上善老和尚不属于方士一门，如果真需要找他帮忙的话，归不归那样的老人精早就开口了——显然归不归并不愿意上善老和尚去到他们先任大方师的陵寝，进而窥探到他们方士一门的机密。既然正主都没开口，我们也只能装聋作哑了。

虽然这次吴仁荻没有跟我们一起，但总归还有归不归和任叁这样的厉害人物在，加上广仁已经在事发地点等着了，广仁在的话火山肯定也会跟着——这样的阵容也算少见的。

第二天早上，我和孙胖子上了归不归的私人飞机，两三个小时之后，飞机在山东威海机场降落。我们这边刚下飞机，那边广仁的电话就到了。他的电话是打给孙胖子的，只说了一个地点就挂了电话，都没给孙胖子说两句客气话的机会。

好在归不归的人已经提前准备好了汽车，我们几个登上了最前面的一辆大型商务车，归不归的外国徒弟们大多坐在后面的一排奥迪车里面。车队准备出发时，孙胖子才将地点告诉归不归："广仁让我们一直往西走，他在一个叫李庄的地方等着我们……"

孙胖子说话的时候，归不归的一个棕色皮肤、看不出来国籍的徒弟已经在平板电脑上调出了GPS地图。归不归眯着眼睛看了一眼地图，自言自语地说道："我就说嘛，大方师就那么几个，怎么就找不到丘大方师的陵寝了。他是齐国人，我一直以为陵寝会在临淄，没想到却是在威海……"

归不归看着地图的时候，他这个棕色皮肤的徒弟又取出一个平板电脑，稍微摆弄了一会儿，便将以李庄为中心，方圆三十公里的平面地图调了出来，随后又将平板电脑递送到归不归的面前。这哥们儿用一口标准的普通话向归不归汇报道："这是以李庄为中心，方圆三十公里的地图。如果有需要的话，我马上放大到五十公里。"

"不用。"归不归将手里的平板电脑还给了他，继续说道，"让最后面两辆车先赶去白石山下做准备，广仁的目的地就是那儿。他可能在那边安排了人，你们不要和他们发生冲突。"等归不归交代完，这个棕色皮肤的哥们儿马上掏出手机，将归不归的安排重复给最后面两辆车里的人。

经过一条岔道的时候，最后面两辆奥迪车从车队里分离出去，拐进了旁边的分岔路。我们的车队继续前行，差不多一个半小时之后，车队在一个村庄的入口处停下。没等我们下车去找广仁，广仁已经带着火红头发的火山从村口的一处民居中走了出来。

他们师徒直奔我们这辆商务车，火山将车门打开之后，他们俩也不客气，直接上了车。我们这辆商务车虽然不小，但加上他们师徒之后，就显得拥挤了一点。最后还是归不归棕色皮肤的徒弟很有眼力见儿地改坐了后面的奥迪车，商务车里的空间才舒服了一点。

"你们俩的出场方式真是越来越不客气了。"车子开动之后，坐在最后一排看风景的小任叁转过身子，斜着眼睛看着广仁和火山，本来他还想继续说几句的，却被归不归给打断了。归不归笑眯眯地看着广仁，说道："这么不小心啊，大方师的陵寝所在只有继任的大方师才知道，向北的师父不可能说。如此说来，陵寝的位置就是你们爷俩中的一个不小心漏出去的，是吧？"

这句话说完，广仁还好，火山的脸色稍微有点变化，他有些不自然地扭头看了一眼窗外的风景。这辆车里面坐的都是人精，见火山如此动作，立刻就都明白了。

坐在后面的孙胖子嘿嘿地笑了一声，这笑声在火山听来格外地刺耳。归不归嘲笑的话火山就当作没听见，但被他最瞧不上的孙胖子笑话，这口气火山就不能忍了。

火山猛地一回头，恶狠狠地瞪了孙胖子一眼，就要发作的时候，广仁突然开口说道："说起来也不关火山的事，他过来替我拜祭先代大方师的时候，被向北跟踪了。要不是他进去之后触动了里面的阵法，我也不知道他竟然发现了这里。不过这样也好，这次算是一举两得了，我既可以将这个不速之客从陵寝里面拖出来，你们和向北之间的恩怨，这次也可以做个了断。不对，这次应该是一举三得，屠黯也会跟着过来，如此一来，前代大方师的法旨总算能有个交代了。"

听了广仁的话，归不归回头冲后面的孙胖子笑了一下，跟着又扭回脸看着广仁说道："没提辛无病，那就说明你们已经将他抓住了？"

"他算是自投罗网的。"广仁回看归不归一眼，随后说道，"虽然辛无病的术法和我差得远，但他油滑得很，打不过跑起来还是蛮快的。早上知道你们往这边赶的时候，他也跑到李庄想先躲起来，没想到他和我看中了同一间屋子，一开门就和我碰了个面对面，既然都送到面前了，我自然也不客气了。本来想着在里面设个局再抓他的，现在倒少了那个麻烦。"

## 第三十九章　白石山

几句闲话说完，广仁终于说出了此行的目的地——距离李庄不到十五公里的白石山。这三个字出口之后，除了广仁师徒和司机之外，我们这几个人的目光都看向了归不归。刚才他已提前安排徒弟去白石山做准备，没想到只粗略地看几眼地图，归不归就能推断出此行的目的地。这一手，恐怕连广仁都做不到。

到了白石山，除了归不归之前派过来的徒弟之外，现场还有几个对广仁和火山特别尊敬的人——现场有广仁的人看护，这又被归不归猜中了。本来以为先任大方师丘武真的陵寝应该在山上的某处，出乎意料的是，等我们到了之后，就被广仁的人带到了山脚下的一个小木屋前面。

打开小木屋的门，才发现小木屋里面的地面是空的，原来建这个小木屋就是为掩护用的。小木屋里面除了一个大大的深坑之外，什么都没有。

见到这个深坑，广仁回头看了归不归一眼，顿了一下，说道："这个洞是向北弄出来的，我下去过，外围的一些阵法已经被破坏了。不过深入里面的阵法就不是向北一个人能破解得了的，不出意外的话，现在他应该是被困在里面的永无阵当中，这个阵法把他困在里面是没有问题的；但时间久了，难保向北不会铤而走险。如果任由他在里面发疯的话，虽然他的人还是出不来，但很难说会不会因为寸劲而毁了下面先代大方师的陵寝。”

广仁的话刚刚说完，深坑里面突然传出一阵隐隐的爆炸声音，随后一股淡淡的烟气从深坑里面飘了上来。见到这个景象，广仁回头对看守这个小木屋的手下说道：“这几天，这样的情况有几次了？”

“前两天好一点，一天只有一两次。”广仁的手下看着深不见底的坑洞，接着说道，“不过今天晚上，这种爆炸的声音就开始频繁起来，现在平均两个来小时就能有一次。”

广仁听了之后，回头看着归不归说道：“现在有两个办法。第一个麻烦一点，我们下去想办法加固陵寝，跟里面的向北拼精力，直到将他的精力耗光为止。我们人多，怎么拼他也拼不过我们。”

这句话说完，广仁顿了一下，随后扭头看着坑底说道：“第二个办法就简单了，我们这些人都下去，找到向北之后把他带上来，根本就不给他破坏里面陵寝的机会。把他带上来之后，你们怎么处置他我不参与。怎么样？归师兄，我以你马首是瞻，两个办法里你挑一个吧。”

归不归也不客气，摸着胡子沉吟了半刻，看着黑漆漆的坑口，说道：“要让我选，那我就选第一个。不管怎么样，先保住这个陵寝，别的以后再说。”

说到这里归不归顿了一下，扭头看着广仁说道：“当然了，如果吴勉能及时赶到的话就另说了。要是吴勉赶过来了，那我就选第二种，你和吴勉下去把向北抓上来，我们几个在上面替你们看住门户，绝对出不了岔子。对了，忘了问你了，你计划什么时候下去？”

“现在。”广仁这两个字顿时让归不归噎住了。本来归不归以为广仁还要准备一下，只要再等个一半天，运气好的话就能把吴仁荻盼过来，下去就不用他老人家亲自动手了。现在听广仁说马上就要下去，归不归忍不住问道："等一下，进先代大方师的陵寝，你什么都不准备吗？怎么也要意思意思，用活猪活羊祭拜一下吧？"

"这个你不用担心，我来的第一天已经祭拜过了。"广仁看了归不归一眼，随后继续说道，"该做的事情我都做了，现在随时都可以下去。如果没有问题的话，你们休息一个小时，一个小时之后我们就下面见了。"

归不归还想再说点什么的时候，深坑里面再次传来一阵爆炸声。之前那次爆炸到现在还没有十分钟，竟然又出现了第二次爆炸。这次归不归的脸色也变得有些难看起来，顿了一下，他回头对我们说道："休息一个小时，一个小时之后我们下去！"

就在这个时候，孙胖子突然开口说话："不是我说，你们看这样行不行，我和辣子就不参与你们去下面的活动了。如果你们在下面真遇到了关于种子的阵法，你们再派个人上来找辣子帮忙。还有，你们白头发的事情，我就不参与了吧？我就在上面等你们回来，其他有什么用得着我的地方你们千万别客气，尽管开口。"

"还是一起下去吧。"广仁连孙胖子也不打算放过，顿了一下，他看着孙胖子继续说道，"想要下去，我们还需要一点点运气。要拼运气的话，有你在就能保险一点。"

说完这几句话，广仁看着我们几个突然笑了一下，随后说道："下面有些阵法是每过一段时间就自己生成的，我先下去替你们探探路，一个小时之后，咱们下面见了。"

说完，广仁突然纵身朝深坑里面跳了下去，转眼就消失在一片黑暗之中。他跳下去应该是突然的决定，就连火山脸上都是一副愕然的表情，等他反应过来之后，立马一声不吭也跟着跳了下去。

见这一对师徒都跳进了深坑里面，孙胖子先是愣了一下，随后扭头对归不归说道：“叔，你说我们要是把这个坑口封上，这样是不是就连广仁和火山的问题都解决了……”

说到这里，没等归不归开口，孙胖子马上自问自答地说道：“可惜了，这样的事情也就自己偷摸想想。别逼急了广仁再和向北联手，那时候就真的天下大乱了。”

等孙胖子说完，归不归看了一眼手表，随后慢悠悠地说道：“还有五十五分钟……”

他的话没有说完，刚才那种爆炸的声音又响了起来。“这么快？”说话的同时，归不归的眉头已经皱了起来，他扭头看了一眼任叁，问道：“能知道下面出了什么事吗？”

小任叁摇了摇头，说道：“里面的阵法挡住了我的联系，除非现在就下去，要不然我和你们一样，什么都不知道。老不死的，给句话，要我下去的话说一声就行。”

“还有五十分钟，卡着点再下去。广仁和火山下去过不止一次的，他们在下面出不了事情。”说完，归不归先从小木屋里面退了出来，对等在外面的自己人说道：“把给养都准备好，一会儿你们选三个人跟我们一起下去。这次下面比较危险，我不强求，你们自愿就好。”

归不归这几句话说完，他的徒弟们齐刷刷地向前跨了一步，虽然没有人说话，但是什么意思谁都明白。能有这么一批忠心的徒弟，孙胖子看着都有些眼红。

磨磨蹭蹭等了一个小时，归不归这才对我和孙胖子说道：“好了，该下去了……”

# 第四十章　主动与被动

等了一个小时，吴仁荻还没有出现，也不能让广仁师徒俩傻等着了。第一个下去的是任叁，只不过他下去的方法跟别人不一样——只见他小小的身子突然跳了起来，下落的时候，脚下就像是没有障碍一样，身子直接进到了土地里面。

归不归就好像没有看见任叁已经下去了一样，他朝各种肤色的徒弟们点了点头，他的这些外国徒弟便开始忙活了起来。他们好像早就排练过无数次一样，从汽车的后备厢里面取出各种各样的工具，先在深坑的外围打上了几个粗大的铆钉，然后取出来一副软梯挂在了铆钉上。

本来以为这样弄好以后归不归就可以下去了，但首先沿着软梯下去的是归不归的徒弟。就见归不归的一名黑人徒弟背着另外一副软梯，沿着挂好的软梯爬了下去。这时我才反应过来他们应该也不知道这坑究竟有多深，这是现场接梯子的节奏啊！三五个来回之后，这名黑人徒弟从软梯爬了上来，冲归不归点了点头，用不太熟练的普通话说道："一白三十蜜到东底，我在美个节点都做了固定，应改没有问题（一百三十米到洞底，我在每个节点都做了固定，应该没有问题）。”归不归的外国徒弟们大多数能说一口流利的普通话，这个黑人徒弟算是个另类了。

归不归点了点头，在一个棕色皮肤徒弟的搀扶下，慢慢走到了软梯边。这时，他的徒弟们都凑了过来，要先下去探路。归不归摇了摇头，说道：“这次我在前面，下去之后如果有任何风吹草动，你们只管掉头跑回来，不用管我。”

说到这里，归不归顿了一下，再次看了一眼众徒弟，继续说道：“现在想退出还来得及，最后问一句，你们有谁想要留在上面的吗？”

归不归话音刚落，就听见这些人身后有人高喊了一声：“我！不是我说，这可是你自己说的，那我就不好意思和叔你客气了。我在上面等着你们……”

孙胖子说话的时候，归不归已经扭过头去，他也不说话，只瞪大了眼睛一眨不眨地盯着孙胖子，看得孙胖子从心底开始冒凉气。孙胖子咽了口口水，冲归不归苦笑了一声，接着赔着笑脸解释道：“叔，不是我说，您刚才那话说得自己都没底，您的这些徒弟个顶个都是高手，随便拉出来一个都比我本事大十几二十倍，谁下去都要比我强。您自己说，听了您刚才的话，我怎么还敢下去？”

“别人都可以在上面待着，就是你和沈辣不行。”归不归脸上终于出现了一点笑模样，不过说出来的话跟这笑容没有一点关系，他看了我一眼，又将目光落在孙胖子脸上，说道：“现在给你两个选择，第一个是你主动跟我下去，第二个是我让你被动地跟我下去，你自己选吧。”

这就等于问孙胖子是要吃敬酒还是吃罚酒了，孙胖子叹了口气，慢慢走到归不归身边，探头看了一眼黑洞洞的坑底，随后对归不归说道：“都这样了还能怎么选？既然都这样了，您老人家能不能透个实底，下面到底什么情况？你们到底有没有把握？”

归不归看了孙胖子一眼，没有正面回答，只是把这个皮球又踢了出去：“这个你去问广仁吧，他是大方师，方士一门没有他不知道的。”说到这里，深坑的底部突然闪过一道耀眼的亮光，这道亮光一闪而过，坑底立刻又恢复了平静。

见到这道亮光，归不归的眉头突然皱了起来。亮光消失之后，归不归扭头看了我和孙胖子一眼，说道：“我们下面见了，记住，不见不散……”说完最后一个字，归不归便纵身跳进了深坑之中。归不归下去之后，他的这些徒弟没有一个人犹豫，围拢在深坑的周围，一个接着一个，很有秩序地跟在归不归后面跳了下去。

这时候我才明白，敢情这副软梯是给我和孙胖子用的。不过见到连归不归的徒弟们都敢直接从坑口跳下去，我如果跟孙胖子一起沿着软梯爬下去的话，那这个脸丢得也太大了。

深坑下面黑漆漆一片，什么东西都看不到，好像有什么物质屏蔽了我的天眼。不过既然归不归的这些徒弟都没有问题，凭着我的白头发的体质，大概也不会有什么问题。我在跳下去之前看了孙胖子一眼，说道：“大圣，反正归不归也下去了，要不你就在上面待着？需要你下去的时候，我让人回来喊你一句。”

“你没听到刚才老家伙怎么说的吗？”孙胖子苦笑了一声，接着说道，“不是我说，知道我没下去的话，那老家伙保不齐就能亲自回到上面，再一脚把我踹下去，到时候就不好看了。算了，管这下面是什么龙潭虎穴，有他们老几位开路，我还怕什么？”

说完，孙胖子愁眉苦脸地沿着软梯慢慢地爬了下去，孙胖子虽然也有三百来斤，爬在软梯上的姿势却很灵巧，看不出来一点笨拙的痕迹。他的身子消失在黑暗中之前，对我说道：“辣子，着急的话你就先跳下去，不是我说，你在下面我还能有个照应。”我早就在等他的这句话了，见他彻底消失后，我将罪剑拔出来，握在手里护身，随后向前一跃，顺着坑底跳了下去。

坑口往下四五十米，一直笼罩在黑暗当中，但穿过了这片区域之后，我的眼前突然一亮，双目重新能够视物，只见四周都是黑漆漆的墙壁，脚下的方向传来窸窸窣窣的声音。这时候我将手中的罪剑插进了洞壁之中，靠着这把罪剑硬生生地将自己“挂”在了洞壁之上。

等看清了脚下只有十几米就要到地面，我靠在洞壁上，一手紧紧抓住洞壁上凸起的石块，另一只手慢慢地将罪剑拔了出来。随后我的身子轻轻一纵，稳稳地落在了地上。

落地之后我才看清，这里是一个分岔路的路口处，身前有两条路通往两个不同的方向，身后还有一条路。本以为这地方应该站满了归不归的人，没想到的是，就这么一会儿的工夫，非但归不归不知道跑哪里去了，就连他那么多的徒弟也一个都没有看见。不过身前两条分岔路中靠右边的这道墙壁上，留下刚被人刻画过的痕迹，应该是归不归他们留下来的。

就在我准备先进去探探路的时候，头顶上突然传来孙胖子的声音：“辣子，不是我说，你要是没事的话就言语一声。你这么不声不响的，我可猜不到下面到底什么情况！下面有人吗？谁都成，有人的话就给应一句话啊，说什么都行。”

当我抬头向上看去时，就见孙胖子的半个身子已经从黑暗的范围内走了出来。当他继续往下爬时，身子突然顿了一下，随后大叫了一声：“谁？谁趴在我背后……”他说话时候，我已经看到他背后隐约多了一个好像小孩子的身影……

之前归不归的黑人徒弟也像孙胖子这样爬下来过一趟，怎么他爬下来的时候没事，一到孙胖子身上就出了问题。正当我瞄准孙胖子背后的身影，要甩出短剑时，孙胖子身子猛地一晃，这个三百来斤的胖子直接从我的头顶掉了下来。

# 第四十一章　石门

我来不及多想，朝孙胖子掉下来的位置飞奔过去。等我张开双臂准备接住他的时候，脑子里突然闪过一个念头：我接得住这个三百来斤的胖子吗？就在这个时候，孙胖子已经坠落下来，不偏不倚，正好砸在我伸出去的胳膊上。

孙胖子胖大的身子接触到我胳膊的一瞬间，我身体里面那股种子的力量突然自动注入我的双臂。等我双手稳稳接住这个坠落下来重力加速度不知道有多少吨的孙胖子，再将他的身子放到了地上，一双胳膊里面种子的力量才慢慢消失。

这时候的孙胖子吓得脸色煞白，他看了看我，又抬头看了看头顶自己刚刚掉落下来的位置，当场一屁股坐到了地上。趁着他倒吸凉气的时候，我问道：“大圣，你也是吃过见过的主儿了，上面怎么了？能把你吓得掉下来。”

这时，孙胖子总算缓回来了一点。他抬头看了我一眼，说道：“本以为那个黑哥们儿走了一遍，应该没有什么问题。不知道是他故意想害我，还是墙上那东西欺软怕硬，就冲我一个人来了……”

说到这里的时候，孙胖子扶着洞壁慢慢地爬了起来，等他站直了，手指着刚才掉下来的位置，继续说道：“刚才我爬到那里的时候，突然身子一沉，像有什么人趴到了我背上，接着有人在我背上拍了一下。等我回头的时候，就看见一张风干了的老太太的脸。冷不丁见到这么一个东西，我吓得脚一软就从上面掉下来了。不是我说，当时我都以为这次死定了，没想到辣子你大发神威把我救了。”

孙胖子说话的时候，我发现他两个肩膀的位置有被人撕扯过的痕迹，肩头的衣服已经被抓烂，但并没有伤到孙胖子的皮肉。看起来应该是孙胖子掉下来的时候，有“人”想要在上面抓住他，只可惜晚了一步，只抓到了孙胖子肩头的布料。

我将孙胖子肩头的事情说给他听，刚才极度惊恐的状态下，孙胖子并没有发现自己衣服的异常。被我提醒之后，他才扭头看了看双肩被抓破的衣服，再抬头看向刚才自己掉下来的位置。看了一阵子，他心有余悸地回过头来，对我说道：“辣子，不管这些了，往前去追归不归他们。不管这里面有什么邪祟，只要到了归不归的身边，它们都不敢轻易现身。”

说话的时候，孙胖子已经回头看向前面的两条分岔路。见到右边分岔路上的划痕时，他的眉头立刻就皱了起来，嘴里喃喃地说道：“怎么会选这条路？”

听了孙胖子的话，我不禁开口向他问道：“这条路有什么不对吗？”

孙胖子回头看了我一眼，摇了摇头，说道：“这条路感觉不对，我看了第一眼右眼就一个劲地跳。不是我说，哥们儿我右眼跳的时候就没遇到过好事。”

“那现在怎么办？”预感危机能力超强的孙胖子都这么说了，这条路还能走吗？当下我继续问道，“要不我进去，把归不归他们叫回来？”

“就怕现在进去也来不及了。”孙胖子盯着右边做了记号的路口，恨声继续说道，“不是我说，现在归不归和广仁他们八成就走的这条道。就算现在我们选择走左边顺眼的路，保不齐也会遇到一个两个不开眼的。仔细想想还是跟在归不归和广仁身边更安全一点，只要早点找到他们，就算是安全了。”

说完，孙胖子将自己胖大的身子往旁边让了让，将路口让给了我。我明白这是孙胖子的老套路，让我在前面探路……

当下也用不着和孙胖子客气，我再次将罪剑握在手中，抬腿进了右边的分岔路。有了刚才的惊魂一幕，孙胖子也不敢在这个地方久留，我走进分岔路不久，他就跟了上来。

走进这条分岔路之后，我就闻到了一股淡淡的檀香味儿，奇怪的是在外面的时候怎么一点味道都闻不到？越往前走这种味道就越浓，走了没多久前方隐隐传来有人说话的声音。一直往前走了一百来米，拐过了一个弯之后，终于看到了归不归和他的外国徒弟们。他们围在两扇石门旁，正看着石门上面渗出来的好像血液一样的液体。也不知道这两扇大门原来是什么颜色的，现在看上去血红血红的，就像是被鲜血浸泡过一样。不过这里的血腥味不算太重，反倒是有一种檀香的味道，浓烈得让人有些透不过气来。

“叔，你们这是把谁干掉了，然后把血抹上面了？”孙胖子嬉皮笑脸地走了过去，然后开始对归不归等人胡说八道，“看你的徒弟人数也不少啊，不是打算把向北拖出来，撞死在这大门上吧？”

归不归这时才将注意力从石门转移到孙胖子身上，他回头看了孙胖子一眼，又扭回头继续盯着石门，嘴里说道：“一个向北没有这么多的血，我正愁血不够你就来了。好了，这半扇门就交给你了。”

这么多人围在两扇还在呼呼往外渗血的石门旁边，这个场景本身就有些诡异，再加上归不归说出的话，孙胖子的身子立刻停在了原地。他刚刚才经历过惊悚的一幕，虽然明知道归不归是在吓唬他，一时之间还是有些犹豫要不要过去。

见孙胖子站在原地，不敢往前走，归不归脸上的笑意更盛，随后他冲孙胖子招了招手，指着两扇血红色的石门，说道："过来吧，这两扇石门上设置了'血咒'的阵法，如果不小心沾染上会引发败血而死。只要将石门里面作为血引的鲜血释放干净，这个阵法也就破解了。等一会儿门内的血引流干，就没什么事了。"

归不归说话的时候，两扇石门上的血流已经小了很多，又过了五六分钟，石门里面终于不再有鲜血渗出来。这时，那股檀香的味道也几乎闻不到了。归不归带来的徒弟里面走出来几个人，因为并没有携带抹布之类的东西，无奈之下他们只有将自己的外套脱下来，用衣服将大门上的鲜血擦拭干净。擦拭干净以后，又有几个人走上前，他们分成两队，合力将几百斤的石门推开。

石门推开之后，归不归回头冲我和孙胖子微微一笑，说道："怎么样？这次还是我们的人先进去，然后你们再跟过来？"

听到归不归话里略带挑衅的含义，我忍不住在孙胖子说话之前，抢先开口说道："不用那么麻烦了，我们和你们的人一起进去。"

孙胖子本来是想跟着归不归走的，听到我的话，他苦笑了一声，也没有把我拉回来，算是默认了我的说法。

石门被打开之后，那几个开门的外国徒弟率先走了进去。我和孙胖子走到石门附近，站在门口向里面望去，就见门内是一个好似礼堂一样的所在。在"礼堂"的正中央，有一个男人背对我们坐着。这男人一身白衣——从头白到脚的风格，除了吴仁荻之外，就只有前任大方师广仁了。

"这么快就到一个小时了吗？"听到我们的声音，广仁将头扭了过来，对我们说道。

# 第四十二章　墙壁

广仁的情形并不算好，他全身上下的衣服已经被汗水湿透了，就连头上的白发也一绺一绺地贴在脑门上，看起来就像刚从水里捞出来一样。而他那引以为傲的大弟子，这时候也不知道哪里去了。我仔仔细细地看了一圈，也没有发现火山的踪迹。

归不归就好像忘了还有火山这个人似的，他呵呵笑了一声，对还在地上打坐的广仁说道：“本来以为你敢下来应该心里面有点谱，没承想就我们过来这几步，你就有三处阵法没有破解。只是人过来了，屁股还要我这个老家伙给你擦。”

归不归说完，广仁冲他笑了一下，说道：“归师兄你说笑了，那些阵法没有办法破解，只能暂时将它休眠。如果没有我给你的提示，你们也不可能这么快到这里吧？”

说到这里，广仁顿了一下，好像身子有些不适，调整了一下坐姿之后，他看着归不归继续说道：“这里面的阵胆已经被向北破坏了，不过他打错了算盘，这里的阵胆属于三环连套，只能在特定的条件下破坏才行。如今他只是破坏了其中的一环，反而将其他两环激活了。更要命的是里面有些阵法只要一被激活便会无休无止，而且是没法破解的，只能暂时休眠它——向北应该就是被某一种阵法囚在里面了。”

广仁说话的时候，我和孙胖子跟着归不归的外国徒弟们已经到了广仁的附近。还是归不归那位棕色皮肤的徒弟，从背包里面拿出来一个坐垫，放在离广仁身子三四米的地方。他摆放坐垫的时候，归不归正朝那个位置走去，等他将坐垫摆好，老家伙归不归已经稳稳地坐到了上面。这一摆一坐之间时间刚刚好，配合得行云流水，毫无违和感，看起来就像排练过很多次似的。

归不归在广仁的面前坐下，看着面前的大方师，慢悠悠地说道：“你说向北已经破坏了一套阵胆，那就说明他已经到了陵寝最核心的位置。交个底吧，向北是不是已经去过墓室了？”

“这个一会儿去问向北吧。”广仁叹了口气，说道，“我只知道向北破坏了其中一环的阵胆，具体他已经到哪里了，一会儿见到他的时候就知道了……”

说到这里的时候，广仁顿了一下，犹豫了片刻，继续对归不归说道：“我下来之后，发现前面最少还有三处阵法已经打开，其中几处阵法距离墓室不远。要猜测他已经进了墓室，再出来的时候出的事，也能说得过去。”

听广仁说完，本来老态龙钟的归不归眼睛里面突然闪过一道精光。沉默了片刻，归不归对广仁说道：“没有飞升或者长生不死的大方师不多，那件东西不会那么巧就藏在这里吧？”

“这个不好说。”广仁长长地吁了口气，继续对归不归说道，“当初也有传说前代大方师出海的时候，已经将那件东西带走了。关于那个物件的传说太多，除非亲眼见到，要不然哪一种传说都好像是真的。”

广仁的话音刚落，他背后几十米之外的墙壁突然扭曲了一下，紧接着火红头发的火山竟然从那面墙壁中穿了出来。

火山出现之后，看到我们这么多的人站在他师父身前，先是愣了一下，随后脸色一沉，走到了广仁的身边，弓着身子在他师父的耳边小声地说着什么。说了没有几句，广仁就摇了摇头说道："今天的事情还要仰仗归师兄诸位，再说归师兄也是方士一门的中流砥柱，这里的事情不用瞒他，有什么事你就大声说吧。"

火山虽然也是当过大方师的，理论上说和他师父平起平坐，但他从心里敬畏广仁，他师父说的话就像圣旨一般。当下火山点了点头，站在广仁身后，对我们这些人说道："刚才我找到了阵脉，发现墓室之前有两处阵法连动，有人在不断地使用术法想要从里面冲出来。不过困住他的阵法实在非同小可，而且是两套阵法循环，根本就不可能有人出得来。从使用术法的频率和力道上看，困在里面的人应该是向北。"

"知道他在哪里，我们就别在这里瞎耽误工夫了。"归不归被棕色皮肤的徒弟扶起来，随后对广仁和火山师徒继续说道，"向北被困在这里这么多天，术法应该也消耗得差不多了，我们现在过去，他根本没有余力反抗。我拖他出去，上去之后再说怎么处置他的事——至于修复阵胆的事情就交给你了……"

归不归一边说，一边回头朝身后看去。看到躲在他徒弟后面的孙胖子，他笑眯眯地朝孙胖子勾了勾手指头，随后说道："我的亲侄儿，出来吧，就你那一身的肉，躲在哪儿都能看见你的肚子。过来，一会儿有好事情便宜你。"

"别客气，我算是看出来了，这事可没你说的那么简单。"孙胖子从刚才给他安装软梯的黑人身后露出来脑袋，继续对归不归说道，"能将向北困住的阵法，你们八成也没有什么辙。把我拖进来就是等遇到什么选择题，让我给你们蒙答案。不是我说，最近我一直在走背字儿，上个月去了趟澳门，连续十三次跟庄都跟错了。这次不是开玩笑，谁的好运气也不能跟一辈子。我现在不在状态，让我赌大小就是把我们这几十号人都坑了。要不你们再想想办法，现在我自己都信不过自己，别说你是我亲叔了，就算是你是我亲爹，该没招我一样没招。”

“别想太多，就算出了什么事，我们这么多人陪你一起埋在这里，我们认了。”归不归继续对孙胖子说道，“里面除了向北之外，谁也没有进去过，也许没有你想的那么糟。见了里面的阵法之后，我和广仁大方师自然有我们的解决方法，带你一起进去只为图个好彩头。再说了，我的亲侄儿，已经走到这里了，你以为还会有回去的路吗？一会儿这里的阵法都会重新开启，就跟地雷似的，谁也不知道会不会倒霉踩上一脚。”

最后一句话算是吓住了孙胖子，他闭着眼叹了口气，对归不归说道：“那说好了，只要是有危险，你一定要保着我平安……”

孙胖子说话的时候，归不归已经走到了他的身边，搂着孙胖子的肩膀说道：“放心，完事之后，你一定会平平安安地回到上面。”

见孙胖子左推右阻始终不肯继续往前走，我心里面也开始打鼓，这胖子很少这样。能让孙胖子这么一步三停的，会是什么情况？

说动了孙胖子，归不归留下一名徒弟守在这里，其他人和他一起朝火山刚才走出来的墙壁走去。这时候，火山也将广仁扶了起来，就在火山扶起广仁的同时，火山又在广仁耳边低声说了几句。广仁默不作声地朝自己的弟子使了个眼色，看来他们师徒还是有什么事情瞒着我们。

走到墙壁近前，广仁和火山师徒先一步钻进了墙壁之中。这时我才发现，这所谓的墙壁并不是真正的墙壁，灰蒙蒙一片，跟其他几面真正的墙壁颜色很像，不仔细看还会以为是真的墙壁，实际上是幻象，空空的并没有实物。

跟在广仁和火山后面，归不归也钻进了“墙壁”里面。孙胖子本来还想再磨蹭一会儿，但被身后的归不归的外国徒弟们围着，无奈硬生生地被他们推进了墙壁里面。

# 第四十三章　人参娃娃

见孙胖子被挤了进去，我也没什么可犹豫的了，跟在归不归的外国徒弟们后面也钻进了“墙壁”里面。钻过“墙壁”的时候，我眼前只是黑了一下，立刻便进入了另外一个天地。回头再看我们刚钻过来的地方，是一面几乎一模一样的“墙壁”，要不仔细看，还真看不出这里面的破绽。

“墙壁”里面是一条长长的走廊，进来之后明显感觉到温度陡然上升。难耐的燥热从四面八方朝我们袭来，进来不到一分钟，除了少数几个白头发和火山之外，其他的人都已经是汗流浃背。最倒霉的就是孙胖子了，他是更容易出汗的胖人体质，这时汗水不停地沿着他的下巴滴落到地上，没过几分钟孙胖子就有些吃不消了。见孙胖子有点走不动了，归不归发了话，让他的徒弟们轮流背着孙胖子继续往前走。

归不归的这些徒弟还真厉害，他们背起肉山一样的孙胖子还能继续大踏步向前走。除了汗水噼里啪啦不停往下掉之外，看不出太吃力的样子。

我因为是白头发的体质，再加上身体里面种子的力量，虽然也觉得有些酷热难耐，不过还没等汗水流下来，身体竟然已经适应了这里的环境，慢慢地也不觉得这里有多热了。

走了几百米，已经看到尽头的时候，在最前面开路的火山突然停了下来。他在广仁的耳边轻轻说了几句，然后以一种奇怪的步伐朝前面走去。等他走出去几步，广仁才回过头来，对身后的归不归说道：“前面有阵法开启了，火山过去处理一下，可能多少需要一点时间。”

就在广仁说话的时候，火山的身上开始噼里啪啦地迸发出一串一串的火花。越往前走火花就越大，而他身上的火光也越来越耀眼，走到最后他全身上下就像电焊的光弧一样。遇到这样的情况一般人恐怕早就被烤糊了，但火山跟没事人一样，他一直走到长廊的尽头，将身子半跪在地上，双手贴在地面上。由于火山是背对着我们，看不见他接下来的动作。也就是抽一根烟的工夫，火山的身子猛地向下一沉，紧接着整个长廊都剧烈地抖动了一下。这阵地震一般的抖动过后，火山身上的火花瞬间消失。不知道是不是错觉，我感觉就连这长廊里面的酷热也降下来不少。

这时，广仁也不说话，只慢慢地朝火山的方向走去。归不归看着他的背影笑了一下，随后又看了趴在他徒弟背上的孙胖子一眼，这时候的孙胖子都快被这长廊里面的热气给热晕了，目光有些涣散的他和归不归对了一下眼神，有气无力地说道：“再不出去……你就等我变成鬼给你们猜大小吧……丑话说在前面……真到那时候……我不一定说实话。”

归不归呵呵一笑，回身几步走到了孙胖子的身前。走过去的时候，他已经在怀里掏出来一个淡黄色的小蜡丸，将蜡皮捏碎，露出里面一个蚕豆大小的黑色药丸，然后将药丸塞进了孙胖子的嘴巴。这药丸一入口，孙胖子浑身淋漓的大汗很快停了下来，虽然还是有些萎靡不振的，但看上去比刚才要好得多了。

“我的亲侄儿，有我在，做鬼的事就轮不到你。”归不归冲孙胖子笑了一下，转身就要继续往前走。就在他转身的一刹那，身边不远的地面上突然蹿出来一个瘦小的人影，这人影冒出来之后，直接就朝还趴在归不归徒弟背上的孙胖子扑了过去。

起初还以为是任叁突然从地下蹿了出来，但等它快蹿到孙胖子身上时，才发现这瘦小人影赤裸着上身，浑身上下布满褶子，一张脸上皱纹密布。乍一看它的脸还以为是个老太太，等仔细看时，才看清原来是个老头子。

我们里面本领最大的归不归事先都没有发现这个老头子，眼看它已经扑到孙胖子身边，归不归才反应过来，急忙伸手朝老头子的后心抓去。老头子这时已经扑到了孙胖子身上，就算归不归这一下抓实，老头子固然会被归不归干掉，但这老头子在被干掉之前，很大可能先将孙胖子也给干掉了。

就在这时，孙胖子的身下突然传来一声枪响，已经蹿到孙胖子身上的老头子猛地向后飞去。这时，我才看到孙胖子肚子下面露出来一个黑洞洞的枪口。敢情孙胖子趴在归不归徒弟身上的时候，已经将手枪藏在了肚子下面了，没想到还真用上了。

满脸皱纹的老头子中了这一枪，却并没有受到太大的伤害，它只是被子弹的冲击力打到了地上，就势身子一矮钻入了地下。等这老头子消失之后，孙胖子一个翻身双脚落地，对还在发愣的归不归说道：“我的亲叔，不是我说，你刚才说什么来着？有你在，做鬼的事就轮不到我？要不是刚才你亲侄儿我多少有点准备，想不做鬼都不行了。刚才冒出来的老头子是什么东西，你认识不认识……”

这时候，广仁火山师徒也走了过来，归不归也明白了过来。他盯着老头子消失的地面，看了半晌才说道：“是先任大方师制作的傀儡，它身上有大方师的残肢，加上一直守在这里，已经和陵寝同化了，所以我们才一直没有感知到它的存在。”

说到这里，归不归突然抬头，似笑非笑地看了一眼走过来的广仁，说道：“我们不知道有傀儡的存在也就罢了，二位大方师你们也不知道的话就有点说不过去了吧？历任大方师的陵寝都是继任大方师亲自督造的，就算没有图纸留下来，这样的讯息也一定会传下来的吧？”

孙胖子本来是在找归不归要说法，等听到归不归这么一说，马上站到了归不归身边，和归不归几乎一模一样的表情，都是一副古怪的笑容看着广仁师徒俩。

“傀儡的事情我的确知道。”广仁看着归不归和孙胖子，面无表情地继续说道，“只不过我没有想到会不止一只……”说话的时候，站在广仁身边的火山从随身的背包里面，掏出来一个干瘪的皮囊。他将这个皮囊摆好，正是刚才突然冒出来的老头子的模样，只是这个皮囊的身子瘪瘪的，就像被放了气的气球一样。

看着地上干瘪的皮囊，广仁继续说道：“前代大方师口传，这里面存有先代大方师制作的傀儡。归师兄说得没错，这傀儡里面的确有先代大方师的残肢。之前我们进来的时候，这傀儡就攻击过火山。被火山杀死之后，就变成了这个样子。本来我以为只有一只傀儡，没想到还有另外一只。这傀儡是先任大方师制作之物，伤害它已经算是不敬，所以我们才没有和归师兄说。”

地上的皮囊证明广仁没有撒谎。正当归不归和孙胖子自认倒霉的时候，地底下突然传来一声巨响，紧跟着我们脚下原本还算平整的地面突然好像波浪一样，开始“翻滚”起来。有了刚才的事故，所有人都把家伙亮了出来。每个人都紧盯着不停震动的地面，只要有什么不对，立刻出手招呼。

就在众人全神戒备时，地底下突然“轰隆”一声响，随后两个差不多大小的人影从地下蹿了上来。所有人都看得清楚，其中一个正是刚才偷袭孙胖子的傀儡。而趴在它身上，一口一口将它身上皮肉咬下来的，正是下来之后就一直不见踪影的小任叁……

他一边撕咬着傀儡，一边骂道：“瞎了你的狗眼，真以为人参好欺负吗？”

# 第四十四章　内斗

开始所有人都以为任叁是在和满身褶子的傀儡互相厮打，看了一会儿之后，才发现实际上是任叁单方面地撕咬傀儡。这时候别说反抗了，这傀儡连挣扎的力量都没有，就好像青蛙被蛇咬住了一样，两只眼睛空洞地望向洞顶，身子僵直，任由小任叁将它咬得满身都是窟窿。

广仁、火山和归不归相互看了一眼，三人都没有上去拉开小任叁的意思，大方师广仁对归不归说道："还以为你们俩游历欧美这么多年，这小家伙的火暴脾气能改改，没想到非但丝毫未变，现在看起来还越发厉害了。归师兄，这么多年你们是怎么熬过来的？"

"你说错了，你应该问我，这么多年我是怎么熬过来的？"归不归看了一眼已经将傀儡咬得丧失意识的小任叁，叹了口气，接着说道，"看这样子说他是人参变的，你们信吗？算了，不说了，说多了反显得我矫情。这么多年我是怎么熬过来的，你们自己想吧……"

归不归说话的时候，被任叁压在身下的傀儡变得干瘪起来，看起来就和之前火山拿出来的皮囊没有什么分别，见傀儡"撒了气"之后，任叁才从它身上跳了下来，蹦蹦跳跳地蹿到了归不归的身前。他看了一眼火山和广仁，说道："还以为你们爷俩把这一路的阵法都破解了，地上面的我就不说什么了，地下面你们竟然一个阵法都没有破解。知道我要来所以特意留给我解闷儿的吗？也就是我们人参的底子好，换作你们一般人的话，这个时候都过奈何桥了。"

这时，归不归笑嘻嘻地对小任叁说道："不是说破解阵法吗？怎么又惹上这个傀儡了？最近你发飙的频率高了点，以后不能这样了，你是什么？人参！怎么能跟这些乱七八糟的东西一般见识？跟你说了多少次了，别直接下嘴咬，别直接下嘴咬……你是有身份的人参，再这样的话，当年你、我加上吴勉的金字招牌就算是砸在你的手里了。"

归不归说到这里的时候，火山忍不住"扑哧"一声笑了出来，就算自己的师父就在身边，他也忍不了，直接说道："对，当年你们仨：归不归你负责吓唬人，吓不了的就放任叁出来咬人，如果碰到硬茬子的话，就找吴勉出来给你们擦屁股。如果没有吴勉的话，你归不归只能找个没人的地方藏起来，而任叁早就被人扔锅里煮了，毕竟是大补的东西，不吃几口就太浪费了……"

火山说话的时候，广仁就皱起了眉头。一旁的归不归正古怪地看着火山，不经意间，他将身子移开了几步，将任叁和火山直接面对面的空当让了出来。火山的话还没有说完，小任叁突然从地上跳了起来，我眼前一花，这小家伙竟然瞬间就将火山扑倒，这回他倒没有张嘴去咬，而是伸出他那一双肉嘟嘟的小巴掌火山劈头盖脸一顿嘴巴。一边打，嘴里一边骂道："人参汤你是没福气喝了，不过一会儿还有大补的东西，我把你熬成一锅王八汤，也是大补得很……"

火山没有防备任叁真敢说动手就动手，等他明白过来的时候嘴巴已经挨上了。这时火山的脸色瞬间变得涨红，也不知道他使了什么手段，就听见"呼"的一声，火山的周身上下开始着起了大火。火山身上着火之前，任叁已经察觉出来不对，立刻从火山身上跳了下来，一路退回到归不归的身边。正当火山准备反扑的时候，在他身后的广仁突然说了一句："好了，你们小孩子的把戏就到这里了，再闹下去就耽误正事了。"

这时候的火山已经怒不可遏，看他的架势非要去找小任叁拼命不可。但广仁慢悠悠的一句话说出来，火山的身子就一僵。随后他恶狠狠地盯着任叁，长长地出了口气。随着这口气吐出来，他浑身上下的大火慢慢减弱，几个呼吸之间，便彻底地熄灭了。他身上的衣服已经全烧干净了，这时就赤裸裸地站在众人身前。不过这样的情形早不是第一次了，火山早有准备，将之前扔在地上的背包捡了起来，很从容地从里面找出一身与之前一样的衣服，穿在了身上。

这时，归不归也挡在了任叁身前，笑嘻嘻地看着仍气鼓鼓的任叁，说道："算了，看在我的面子上，别跟某些大方师一般见识，还是那句话，你是有身份的人参……"

归不归胡说八道几句之后，小任叁的邪火终于消了大半。现在两人心里都憋着火，怕他们再打起来，广仁建议继续往前走，让火山走在最前面，自己跟在火山身后。归不归也附和了几句，拉上小任叁跟在广仁后面，剩下我们这些人就都跟在归不归和任叁后面。

走了没多久，归不归还是不放心，借口要提防还有傀儡突然杀出来，拉着小任叁走到了队伍的最后面。这种情况下，广仁也乐得让火山和任叁离得远一点，免得他们一言不合又打了起来。

有两位大方师在前面开路，归不归暂时不用担心他徒弟们的安全。当下把我和孙胖子也招到了他们俩身边，一边往前走着，归不归一边向任叁问道："最近你的脾气算控制得不错了，怎么就被一只傀儡又把你的邪火勾上来了？"

"刚才我在下面破阵法玩，正玩得开心的时候，那几个不长眼的丑八怪就来偷袭我。当时正是破解阵法的关键时候，那几个丑八怪一捣乱，差点害得我破解阵法失手，化为一把人参渣了。老不死的你说，这口气我还能咽下下去吗？可惜当场有两个丑八怪跑了，我只能死追这最后一个……”

就在任叁说话的时候，前面开路的广仁火山师徒俩突然停了下来。走在最前面的火山突然一伸手，手中凭空出现了一条好像长鞭一样的东西，这条长鞭出现的时候已经通体冒火。长鞭卷着火舌，朝他身前的半空中抽去。就听见一声惨叫，半空中凭空出现了一只怪鸟，还没等看清这只怪鸟的模样，它已经被卷进了冒火的长鞭之中，随后变成了一把灰烬，散落在地面上。

这一切发生在电光火石之间，等我们反应过来，怪鸟已经变成了一把灰烬。火山有些卖弄地将手中的长鞭抖了一下，鞭梢在半空中打了一个脆响。随着这一声响，那根冒着火的长鞭化作一缕青烟，消失在空气中。这时候火山有意无意地瞟了走在队伍最后的我们这几个人一眼，目光之中还是卖弄的眼神。

见火山卖弄的样子，归不归和任叁齐声“切”了一声，两个人都是一脸不屑的表情。看着他们俩的样子，孙胖子嘿嘿一笑，冲归不归和任叁说道：“两位亲叔叔，不是我说，刚才火山变的是什么魔术？”

“魔术？撞到他枪口上了，他在臭显摆……”任叁看着走在队伍最前面的火山，冷笑着说道，“弄死了一只相克的冥鸦，有什么好臭显摆的。”

# 第四十五章　出乎意料

任叁不是说故事的料，他说了“冥鸦”两个字便没有了下文。最后还是归不归替他解释道：“说得好听一点叫冥鸦，其实也就是变种的乌鸦而已。这种扁毛畜生主要以腐尸为食，饿极了的时候也会直接攻击活人。”

说到这里，归不归顿了一下，看了一眼走在最前面的火山，说道：“一般人遇到冥鸦，确实会有点麻烦。五行里面冥鸦独怕火，这才让火山捡了一个便宜。不过话说回来，能拘来冥鸦看守陵寝，这个手笔也算不小了。”广仁说话的时候，我已经注意到，除了刚才那只冥鸦被火山烧毁后的灰烬之外，地面最少还有三四处同样的灰烬。我说火山怎么会反应得如此迅速，原来之前已经遭遇过了。

这时，前面的广仁和火山已经走到了长廊的尽头，他们的面前是一个巨大的石头雕刻成的怪兽，说是怪兽，其实它只露出了一个脑袋在地面上。这个完全辨认不出来是什么动物的怪兽张开了大嘴，嘴里面黑洞洞的，里面有一股淡淡的青烟冒出来。这股青烟在怪兽嘴巴里面时倒看不出什么，但冒出来以后和外面的空气一接触，竟然噼里啪啦地冒出了火星。一时之间，怪兽的大嘴巴周围火星四射好不热闹。

这时火山和广仁已经停住了脚步，两个人低声耳语了几句。广仁回过头来，对归不归说道：“归师兄，里面的五行更替过了，阵门和刚才不一样。我们之前进来的经验已经用不上了，你不过来看看吗？顺便给点意见，下面的路我们应该怎么走。”

“这个事，大方师你做主就好。”归不归嘿嘿一笑，继续说道，“你的命好，我们就跟你走生门；运气不好的话，我们就一起去下面的世界，也没有什么大不了的。我在下面的朋友多，大不了换个地方继续混呗。”

广仁听了微微一笑，这位前大方师不再跟归不归废话，他回过身冲火山点了点头。见自己的师父授意，火山向前一步，站到了怪兽的大嘴巴前，他伸出右手按在石头雕刻的怪物嘴唇上，虽然身前身后都是噼里啪啦的火星，但火山就像没看到一样。就见他右手火光一闪，从他右手指尖上蹿出来的火焰瞬间将怪兽的大嘴巴烧得通红。尽管整个怪兽是由石头雕刻而成，但在灼烧怪兽大嘴巴的过程中，火山的头顶不断有类似灰烬的物质掉下来。没过多长时间，这个石头怪兽的整个脑袋都被烧得通红。

这时候火山才回头，恭恭敬敬地看了广仁一眼。广仁看了看被彻底烧成火红色的石头怪兽脑袋，又回头对归不归说道：“归师兄，生门已成，就不跟你们客气了。我们师徒先走一步，有什么话我们进去再说……”

广仁的话还没有说完，本来还是火红色的怪兽大嘴巴突然快速地降温。也就是喘几口气的工夫，整个怪兽脑袋上面都挂上了白霜。转瞬之间，这块巨石就经历了从极热变成极冷。伴随着“嘎巴嘎巴”的声响，怪兽脑袋开始产生龟裂的痕迹，最后整个怪兽脑袋都布满了蜘蛛网一般的龟裂痕迹。

开始我以为这又是火山在臭显摆，但这时他们师徒的脸色同时大变，看他们脸上的表情似乎也完全琢磨不透，这个石头怪兽脑袋为什么会在极短的时间内遭遇冰火两重天。

就在这两位大方师愣神的工夫，他们面前那个满是龟裂纹的石头怪兽脑袋突然“轰”的一声坍塌，露出里面一个很大的黑窟窿（怪兽的咽喉），之前这个黑窟窿冒出来的是闪着火星的青烟，这时再冒出来的已经变成挂着白霜的寒气。见到这股寒气之后，归不归的眼睛马上瞪了起来，对自己身后的一众外国徒弟喊道：“你们都退回来！退到我身后来，快！”

归不归的“快”字刚出口，“嗡”的一声，从黑窟窿里面涌出来成百上千只刚才被火山烧成灰烬的那种怪鸟——冥鸦。这些冥鸦不断地从黑窟窿里面飞出来，转眼之间已经是铺天盖地。

这时的火山也顾不上显摆了，双手一甩，两根着火的长鞭出现在他的手里。可能是因为飞出来的冥鸦实在太多，火山的心里也没底，与此同时他浑身上下也着起了大火。就见一个火人手里握着两把火鞭朝冥鸦最密集的地方扑了过去。双鞭连舞之下，加上火山浑身冒火的身子，半空中的冥鸦不断被火山烧成了灰烬。

即便如此，冥鸦非但没有减少，反而更多了——黑窟窿里面不断有更多的冥鸦飞涌出来。一时间，能见到的地方到处都是密密麻麻的冥鸦。就在冥鸦出现的时候，我已经将罪罚两把短剑都拔了出来。将这两把短剑甩出去之后，罪罚双剑就一直围绕着我盘旋，将想飞过来啄食我的冥鸦斩杀干净。

这个时候，我回头想将孙胖子也拉进罪罚双剑的保护圈内，才发现孙胖子竟然已经跑出去了几百米。敢情刚才广仁火山那边出现异常的时候，孙胖子就已经做好了逃走的准备。见势不好拔腿就跑——他的这种风格我早已经习惯了，不过逃跑的时候好歹你也知会我一声吧？

这时候我没有心思再去抱怨孙胖子的不讲究，我的四周到处都是跃跃欲试想要飞进两把短剑形成的保护圈的冥鸦。外面还有越来越多的冥鸦从黑窟窿里面飞涌出来，这么下去，时间一长只怕还是会有一两只冥鸦冲进保护圈……

不管怎么说我这边好歹还有双剑护体，那边归不归徒弟们的情况就惨多了。他们已经有几个人倒在地上，身上密密麻麻地站满了冥鸦。冥鸦在倒地之人身上疯狂啄食着，这些人开始还能挣扎着发出几声惨叫，但很快便没了动静，声息皆无，眼见是活不成了。

这时归不归和广仁他们也出手了，第一个出手的是归不归。他突然大喝了一声，随后他每一个徒弟身旁都出现了一个归不归，开始还以为这些归不归只是吓唬冥鸦的虚幻体，没想到这几十个“归不归”立即施展出手段，他们都像火山一样，手中凭空出现了一些着火的家什，将每个徒弟身旁的冥鸦烧成灰烬。

这时候的广仁手中出现了一个火球，这个火球遇风变大，等到变成跟黑窟窿洞口一般大小的时候，他手臂一甩将火球扔到了黑窟窿里面，正好将黑窟窿堵住。黑窟窿里面源源不断往外飞涌的冥鸦直接撞到这火球上面，还没等飞出来，就被这巨大的火球烧成了灰烬。

相比归不归、广仁和火山，任叁一见到这些飞出来的冥鸦，脸上的表情就变得不大自然。就在归不归、广仁和火山各出手段的时候，任叁的身子一低，已经钻进了地下，完全看不出来刚才那种跟火山拼命的劲头。

广仁用大火球堵住了黑窟窿之后，我们这些人的压力顿时小了不少。虽然当下我们这个空间内的冥鸦仍是黑压压的一片，数目多得都数不清。只要没有新的冥鸦再飞进来，将这里面的冥鸦都解决掉虽然有点麻烦，但也只是时间问题而已。

广仁用大火球堵住了黑窟窿之后，马上转身冲半空中冥鸦最密集的地方扔过去几个火球。这些火球打中了冥鸦之后，并不像火山和归不归那样瞬间将冥鸦烧成灰烬。被火球打中的冥鸦身上的火烧得虽然挺猛烈，但并没有立刻被烧死，这些冥鸦挣扎着一顿乱飞，不断撞到其他同伴的身上。片刻之间，一大片的冥鸦全部被大火引燃，不停地从半空中掉下来。

# 第四十六章　藏阵

在广仁师徒以及归不归的努力下，本来还黑压压一片的冥鸦没多久就被彻底消灭干净了。被火山打中的冥鸦基本上都变成了飞灰，而死在广仁和归不归手里的冥鸦则是烧成了焦骨之后散落了一地。之前广仁丢在黑窟窿里面的大火球，这么长时间竟然还没有熄灭。火球下面不断传出冥鸦扑腾翅膀和惨叫的声音，这下面竟然像是连通了另外一个满是冥鸦的世界。

这个时候，任叁再次从地下钻了出来。他先是将小脑袋露出来了一点点，确定安全之后，才慢慢地从地下爬了上来。就这样他还一直保持随时再钻回地下的姿势，看他的样子，我心里面有点纳闷，之前那个火爆脾气、谁惹上他就要跟谁拼命的小任叁怎么突然变得这么胆小了？

“这到底是什么情况？”见冥鸦都被消灭以后，孙胖子也跑了回来，他一边瞪大了眼睛看着满地的冥鸦尸骸，一边向广仁问道，“不是我说，大方师，你们爷俩刚才不是走过一遍了吗？那现在是怎么回事？这些乌鸦不会喜欢专门挑人多的时候出来闹事吧？”孙胖子问话的时候，正在查看徒弟伤势的归不归也停下了手里的活，回头看着广仁和火山师，等他们的回答。

“你问错人了……”没等广仁回答，火山先哼了一声，他白了盯着他看的归不归一眼，没好气地对孙胖子说道，“你应该去问这些冥鸦，它们为什么会这个时候出来。要不要我想想办法，给你弄几只冥鸦？”

“这倒不用那么麻烦。”听火山语气不善，孙胖子嘿嘿一笑，慢慢地走到了归不归的身后，多少有了点底气之后，他才继续对火山说道，“这里面的事情我不懂，不过论起身份来你们师徒俩最高，而且刚才还进来过一次。你说不问你们俩，我还能问谁？”

火山脸上又隐隐地出现了火色，就在他发作的前一刻，广仁伸手一把将他拽到了自己的身后，随后微笑着看着孙胖子，指着已经倒塌的石头怪兽的脑袋，耐着性子解释道：“这个叫作藏阵，这里面的阵法开启之后，每隔一段时间，阵里面就会发生变化。遇到生阵就会到达阵法的另外一端，如果倒霉撞上死阵的话，进去之后就只有死路一条。设计出这个阵法的人也是个天才，竟然在一生一死之间，又打通了一个畜阵，也不知道他从哪里得到这么多冥鸦，竟然藏在这里，这手笔的确不小。”

“设计出这个阵法的人是个天才……”孙胖子喃喃地重复了一遍广仁的话，扭头看了正盯着广仁师徒的归不归一眼，说道，“亲叔，我怎么记得谁说过一嘴，说前任大方师的陵寝是继任大方师修的，那是不是要查查继任的……”

“不用查，跟继任大方师没有关系，是吧，归师兄？”没等孙胖子说完，广仁马上冷冰冰地开口拦住了孙胖子，还将归不归也拉了进来。

归不归脸色古怪地看了广仁一眼，对孙胖子说道：“是不用查，后继的大方师绝对不会有问题……”见归不归也这么说，孙胖子像是明白了什么，立刻将继任大方师的问题咽了回去，随后就像没事人一样，看了看归不归和广仁师徒俩，接着问道：“那我们现在怎么办？不是我说，如果不想继续待在这里，我们现在只有两条路。一是退回去，等吴仁荻过来擦屁股；二是找条路继续往前走，不过再往下走真要多加小心了。冥鸦是没有了，谁知道还会不会再有什么冥鸡、冥鹌鹑冒出来。”

见孙胖子不再提继任大方师的事情，广仁和火山脸上的表情才算缓和了一点。这师徒俩对视了一眼，广仁不再说话，由他的徒弟火山做发言人，火山瞪了一眼孙胖子，说道：“这个阵法有它自己的时间限制，我们在这里等一下，只要阵法由死阵变成生阵，我们就可以继续往前走了……”

本来以为火山说的一下也就“一下”而已，没想到的是，这“一下”过了差不多三个小时，黑窟窿里面才有了变化。这段时间里，广仁扔进去的火球一直在燃烧，中间有几次火光慢慢变得暗淡起来。只要火光一开始变得暗淡，火山就会立刻冲到窟窿边上，也不知道他冲过去做了什么，没几秒钟，窟窿里面的火光便暴涨，再次变得耀眼起来。不过不管火球是否暗淡，下面冥鸦扑打翅膀和惨叫的声音就没有消失过。

在这段时间里，我一直在向归不归打听藏阵的事情。孙胖子就更无聊了，他学着小任叁，嬉皮笑脸地四处窜来窜去。他在我和归不归身边听了一会儿，对我们讨论的事情完全没有兴趣，就转去对任叁说道：“三叔，不是我说，刚才我回来得晚，没看到这些冥鸦是怎么被收拾掉的，刚才您老一定大发神威了。怎么样？这地上那一堆鸦骨头是您老吐出来的？”

就算孙胖子没有看到任叁钻地逃走，不过凭他的脑袋瓜儿，怎么可能猜不出来刚才任叁逃得也不比他慢多少。好在任叁还是小孩子的心性，虽然多少有点尴尬，但仍无所谓地对孙胖子说道：“胖子，你是特意想笑话你叔叔我吧，那我就说两句让你笑笑。冥鸦身上有点东西克我，要是这畜生只有百八十只的，叔叔我也不在乎。不过刚才什么情况你也看到了，当时除了先走一步，叔叔我也没有别的法子。”

孙胖子听了之后嘿嘿一笑，正打算说几句缓和气氛的话，从窟窿里面传出来的扑打翅膀和惨叫的声音突然消失，随后挡在窟窿里的大火球的火光猛地一闪，紧接着突然熄灭了。火球熄灭以后，也不见有冥鸦从里面飞出来。

“差不多了。”广仁自言自语地说了一句，随后带着火山走到了窟窿口，两位大方师同时探头朝窟窿里面看去。看了半晌，火山扭头看了自己的师父一眼，见广仁微微点了点头，火山的手指便打了个圈，一个小小的火苗就从火山的手指尖中蹿了出来。火山朝面前的黑窟窿甩了一下，小火苗便从他手指尖甩进了窟窿里面。

小火苗甩进黑窟窿里面之后，一直坠落到洞底都没有遇到任何阻拦。两位大方师见此都非常满意，广仁转身对我们几个说道：“好了，生路已成，这次不会再出错了……”

他的话还没说完，火山已经翻身从窟窿里面跳了下去。广仁像是早就预料到一样，看也不看跳下去的火山，继续对我们说道：“咱们别浪费时间了，先下去再说话吧。”

## 第四十七章　往生路

说完，广仁微微笑了一下，也不理会我们的反应，转身顺着黑窟窿跳了下去。等他消失在黑窟窿里面，我们这些人才围了过去。

看着黑漆漆的洞口，孙胖子对下面大声喊道：“大方师，下面什么状况？你和火山没事吧……”任凭孙胖子怎么喊，下面就像没有人一样，除了孙胖子这几句话的回声之外，再没有任何回应。

“就不能说两句意思意思吗？”见自己的话没有回应，孙胖子嘟囔了一句，转头看着同样探头往黑窟窿里看的归不归说道：“我的亲叔，不是我说，这下面有谱没谱？广仁爷俩不会倒霉地跳进冥鸦的老巢吧？”

归不归看了孙胖子一眼，说道：“他们是不是倒霉，一会儿下去就知道了。”说完，归不归回头对他的外国徒弟们吩咐了几句，让他们收敛好之前被冥鸦啄死的几个徒弟的尸骨。这个时候，任叁慢慢悠悠地凑了过来，伸着脖子朝黑窟窿里面看了一眼，也没有说话，身子一矮又钻进了地底下。这边的归不归就好像没看到一样，继续向留在这里的徒弟交代注意事项。

一切都安排好之后，归不归回到了黑窟窿边上，冲旁边的孙胖子笑了一下，说道：“我的亲侄儿，别说我不照应你。这次就算下面是死路，我也陪着你一起走……”

说话的同时，归不归冷不防突然搂住孙胖子的肩膀，带着他一起从黑窟窿口跳了下去。这时候，就听见孙胖子已经岔了音的喊声：“我没准备好……我要尿尿……”

归不归带着孙胖子跳下去的情景，就和之前广仁师徒跳下去时一样。除了刚跳下去的一瞬间，黑窟窿里面再没传出一点声响。我朝下面喊了几声，也没有一点回应。

后面归不归的徒弟们也准备跳下去，我因为担心孙胖子的安危，抢在他们前面跳进了黑窟窿。跳下去之后只觉得突然眼前一黑，还没等我做出反应，脚下已经着地，身子一个趔趄，双手扶住洞壁才没有摔倒。

这里面实在太黑，眼睛不能视物，我完全不知道这里到底是什么地方。虽然不知道这是哪里，但我知道上面还会有人跳下来。当下摸着黑向前走去，刚刚走了十五六步，突然眼前一亮，这种感觉就像待在一个漆黑的房间里面，突然间开了灯一样。归不归站在我身前，笑嘻嘻地看向离他十几米远的地方，一个三百多斤的胖子正抖着自己湿淋淋的裤腿，说道：“我都说了没有准备好……怎么说我也干过一届副局长的，你说这要是被熟人撞见了怎么办……”

我刚想询问这到底是怎么回事的时候，身后又有人从黑暗中走出来。我回头看时，身后十几米的空间都是一团漆黑，就像是蒙了一块巨大的黑布一样。不多时，归不归的徒弟们都从黑暗当中走了出来。虽然这些人也不大适应这下面从黑暗陡然变光亮的莫名切换，不过他们脸上倒没有过分吃惊的表情，起码比刚刚尿了裤子的孙胖子要好很多。

见我走了过来，孙胖子多少有些尴尬地看了我一眼，干笑了一声，说道：“辣子，我要是说刚才一脚踩进水里了，你会信吗？”

我看了一眼无比干燥的地面，对孙胖子说道：“就说是出汗吧，你胖，汗腺发达……”

孙胖子还打算跟我瞎掰扯的时候，广仁和火山慢悠悠地从远处走了过来。火山不知道在哪里弄到一根还带着鲜绿树叶的树枝，单看树枝没有什么古怪，只是树枝上面散发着淡淡的光晕，这个就连听都没有听说过了。

见他们二位过来，孙胖子立刻闭上了嘴巴，低调地拖着一条湿裤腿走到了一边。将注意力从孙胖子身上移开，我才发现如今身处一道长长的回廊入口处，回廊左侧的墙壁上刻着各式各样的飞鸟图案。这墙上绝大多数的飞鸟我都没有见过，不过刚才把我们吓了一跳的冥鸦也在上面，它跟在一只古怪的大鸟身后，展翅朝太阳的方向飞去。

回廊右侧墙壁则刻着千奇百怪的走兽，为首的是一条巨龙，紧紧挨着这条巨龙的是各式各样传说中的龙种，在这几只龙种里面，我一眼就看到了孙胖子的“亲儿子”——睚眦的图像也混在里面。这壁画栩栩如生，看起来就像是照片一样。

除了两侧的壁画，头顶的天棚则画着百十来个神态各异的人物。这些画中人的脚下都踏着祥云，再看他们一个个慈眉善目的模样，要说他们不是神仙，凡是看过画的人都不会相信。

我正四处观瞧时，广仁和火山已经到了归不归身边。火山将手中的树枝递给了归不归，广仁在一旁替火山解释道：“这是在前面发现的。我听前任大方师说起过，方士一门以前有一棵龙栖木的，我从来没有见过，没想到会在这里看到。”

说到这里，广仁盯着归不归手里的树枝，说道：“不过话说回来，龙栖木也算得上方士一门的重宝了，前任大方师怎么舍得将它留在这里了？归师兄，前任大方师跟你的关系近，你有没有听他说起过这件事？”

“关于龙栖木的事情，当年我好像还真听说过几耳朵。”归不归把玩着手里面的树枝，冲广仁师徒笑了一下，说道，“不过隔了这么久了，你们家大方师怎么说的，我还真想不起来了。这样，只要我一想起来，马上就把原话告诉你们，怎么样？”

听归不归这么说，本来跟在广仁身边、勉强还算低调的火山马上就变回了原形，瞪起眼睛就要对归不归发作。广仁算到了归不归不会说实话，也算到了自己的徒弟十有八九要跟归不归翻脸，在火山发飙的前一刻，他对归不归说道：“这又不是什么急事，归师兄你想起来再说吧。我只是有点好奇，前任大方师极少说起有关先任大方师的事情，真没想到会在先任大方师的陵寝里发现这棵龙栖木。”

说完这几句话，广仁转身面向回廊尽头出口的方向说道：“这里是一条往生路，往生路不设阵法是方士一门的惯例，刚才我和火山已经走了一趟。这里面确实没有设置阵法，不过出口外面有十三处阵法，火山已经处理掉了其中的十二个，剩下最后一个就要靠你的人帮忙了……”

说话的同时，广仁的眼睛开始向归不归的身后看。他的目光落到还在一直抖腿、想把半条裤子的水渍甩掉的孙胖子身上。见孙胖子如此模样，广仁笑了一下，随后看了火山一眼。

火山自然明白广仁的意思，他朝孙胖子的裤子打了一个响指。孙胖子那半条湿裤子突然冒出一股热气，上面的水渍瞬间被热气烘干。

孙胖子的半条湿裤子被烘干之后，副作用也立刻显现出来——一股淡淡的尿臊味从孙胖子裤子上传了出来。孙胖子的脸一红，朝正对着他笑的火山说道：“谁让你臭显摆了？”

# 第四十八章　殉葬与陪葬

再次见面，广仁看孙胖子的表情和之前明显不一样。一副笑眯眯的样子，看得孙胖子浑身不自在。当下他皱着眉头对广仁说道："我也猜到差不多该轮到我了，不过丑话说在前面，一会儿要是有什么问题，你们自己想补救的法子。别把希望都压在我身上，我身子骨弱，别再把我压塌了。"

广仁微微一笑，对臭不要脸的孙胖子说道："我和归师兄都是活了很长时间的人，这点打算还是有的。一会儿你只管按照自己的感觉来，出了事情自然有人解决，你保持平常心就好。"

到这个时候，孙胖子除了发几句牢骚之外，也只能硬着头皮往前走了。朝出口走去的时候，孙胖子凑到了我的身边，在我耳边小声嘀咕道："辣子，一会儿看我的眼色。要是我心里没底的话，就给你个暗号，你看见之后就往回跑。刚才广仁说了，长生路上不设阵法，你只要跑回来就没事了。出口就那么大，这么多人一起过去，真要有什么事的话，再想跑出来也难了。一会儿哥们儿要真有个三长两短的，这就算临走之前给你提个醒了。"

孙胖子这几句话说得我心里挺不是滋味，心里对他刚才偷摸跑路的那股怨气也消失得无影无踪，当下对孙胖子说道：“大圣，没事，这里大方师就有两个，加上归不归和任叁，谁都不会看着你出事的。古语有云，好人才不长命，就你，且活着呢。”

听完我这几句话，孙胖子转头看了我一眼，噎了一下，说道：“你这是在安慰我吗……”

说话间已经走出了回廊，我和孙胖子同时停住了脚步，看着眼前的景象倒吸了口凉气。就见面前的天棚顶上拴着几十根不知道什么材质的绳子，过了这么多年，这些绳子竟然都没有朽烂；再看绳子的另一端，每一根绳子上面都吊着一具干尸。这些干尸死了有些年头了，已经被彻底风干，它们轻飘飘地挂在绳子上，看不出来有一点分量。

缓了口气之后，我才开始仔细观察这些半空中的干尸。虽然已经死了很久，但还是能看出来，这几十具干尸竟然全是女人。从她们身上佩戴的首饰来看，几乎每具干尸都穿金带玉的，看起来像是陪葬的姬妾……

看到我和孙胖子发愣的眼神，广仁在一旁解释道：“先任大方师生前风流，一共娶了八十九名姬妾。他死前遗愿除正妻之外，其他的姬妾都要陪葬。这里只是一半，都是不受宠的。还有几个有名号的，应该都在主墓室。”

说完，广仁顿了一下，看着眼前这几十具干尸说道：“你们经过的时候要小心点，这些陪葬的干尸身上都被设计了阵法。触碰到的话，后果可能会很严重。”广仁说到这里的时候，这些被吊在半空中的干尸突然开始慢慢地摇摆起来。虽说这些干尸没有多少分量，但现在这里是半密封的空间里，连一丝风都没有，它们是怎么摇摆起来的？

孙胖子眼睛盯着头顶上几十具干尸，嘴里对正朝他走过来的广仁继续说道：“不是我说，你们这大方师的门槛也太低了吧？这死了让媳妇儿陪葬，还在媳妇儿尸体上下埋伏——这样的人也能做大方师？”

孙胖子这几句话多少把广仁和火山也卷了进来，不过他们师徒一点恼怒的意思都没有。广仁倒还罢了，这次连火山都这么好说话，这就让我有些意想不到了。

广仁抬头顺着孙胖子的目光，看了看吊在半空中的干尸，苦笑了一声，随后对孙胖子说道：“这和方士一门没有关系，当时盛行殉葬之风，再说死后让姬妾殉葬的，也不止先任大方师一人，在当时来说也不算太出格……”

“那在自己媳妇儿尸体上下埋伏的事情，算不算出格？”没等广仁回答，孙胖子看了看广仁，嘿嘿一笑，继续说道，“我刚才的话可不是说你们师徒俩，你们俩除了霸道一点，也没有什么太大的毛病。不是我说，也难为你们那位先任大方师下得了手。”

孙胖子说这几句话的时候，火山少有的竟然没有反驳。他和广仁以及归不归的脸上都流露出一丝尴尬的表情，看起来这位先任大方师的名声真不是太好。

广仁师徒带着我们继续往前走，穿过这一大片“干尸林”的时候，除了广仁师徒俩和归不归之外，其他人都是加倍小心，生怕一个不小心会触碰到这些被下了埋伏的干尸。

本来以为过了往生路就是主墓室了，没想到出了往生路离主墓室还有很长的一段距离。穿过“干尸林”，我才有心思仔细打量周围的环境，这里像是一条宽大的甬路。虽说是甬路，但比起之前走过的几条路，这条甬路明显要宽大许多。往前走了不久，就发现两侧的墙壁上，开始闪烁出不一样的光芒。

最先发现墙壁异样的是孙胖子，他走着走着突然停住了脚步，随后转身，看着身边的墙壁愣了一下，猛地朝身后归不归的徒弟喊道：

“你们把手电扔过来！快点！”

归不归的外国徒弟们不知道出了什么事情，当下有人快速地跑过去，将自己的手电给了孙胖子。孙胖子也不客气，一把抓过手电，对着身边的墙壁照了起来。

就在这时，我也看到了墙壁上面发出的金光闪闪的光芒。孙胖子确认墙壁上没有什么阵法之后，才小心翼翼地从墙壁上面抠下来一小块泥土。他将这块泥土捏碎，就见手心里面除了已经捏成粉末的泥土之外，还夹杂着碎沙一样的金沙。

看到金沙，孙胖子的眼睛立刻就直了，随后用手电朝远处的墙壁照过去，手电光所到之处，都闪烁着金色的光芒。这一条通路有几百米长，如果都有黄金的话，那么能提炼出来的黄金，只怕就要用吨来计算了。

就在孙胖子欣喜若狂的时候，广仁在一边解释道：“这并不是天然的金矿，而是先任大方师用金沙混在泥土里面制成的黄金路，你们把脚下的路掀开一层就能看到，脚下的黄金比墙壁里面的更多。只不过脚下的黄金路要用黄土铺在上面，如果都是金光闪闪的话，怕会引来仙忌。”

广仁说话的时候，孙胖子已经将自己的短剑拔了出来，在地上刮了几下，脚下便露出来闪着金色的光芒。孙胖子狂喜之余，就听见广仁给他泼了一盆凉水：“看两眼就可以了，这些都是先任大方师的陪葬，只能看，不能带走的……”

这一句话算是把孙胖子刚刚燃起的激情又给浇灭了。他跪在地上，看着掺杂着金沙的地面，满脸遗憾的表情。我站在孙胖子身边，清楚地听到他低声喃喃自语道：“差点把陪葬忘了——往前走就是主墓室了吧……”

# 第四十九章　四十九选一

孙胖子的话音虽小，还是被广仁听到了，他转身看着还跪在地上的孙胖子，轻笑了一声，说道：“前提是你能进入主墓室里面……”说完这句话，广仁不再看孙胖子，转身和火山一起继续往出口的方向走去。

孙胖子这才慢悠悠地从地上爬了起来，看着广仁的背影，对我说道：“辣子，大方师刚才那话的意思，是不是可以理解成只要我能进到主墓室，里面的宝贝就随我拿？”

“个人理解吧。”看着孙胖子怎么瞪也瞪不大的小眼睛，我继续说道，“你要是那么理解——也成。”

孙胖子接下来的态度和之前明显不同，他不再磨磨蹭蹭地耽误时间，而是主动地跟在广仁和火山身后，还开口让他们师徒加快脚步。看孙胖子急不可待的样子，我心里面嘀咕起来：已经这么有钱的人了，怎么还这么贪钱？

接下来的路上，我们又发现了二三十辆春秋时期的战车，这些战车整整齐齐地码放在甬路两边，几乎每一辆战车旁边都倒卧着两匹战马的尸骨。看到战车和战马，前面带路的广仁回头，冲我们这些人说道："现在开始，你们注意跟着我的脚步走，不管发现什么东西，都不要去触碰。如果不小心触碰了的话，马上脱离队伍，到路边等着我过去搭救。不过运气不好的话，就算我及时赶到，也只是快点了结你的痛苦而已。"

这几句话说完，归不归本来已经散开的众徒弟，马上又聚集了起来。归不归看了一眼甬道边的战车和战马尸骨，也没有多说话，被他的徒弟们簇拥着跟在最后面。

顺着这条甬路一直往前走，拐过了一个大弯之后，面前出现了一片巨大的环形开阔地。围着环形开阔地走一圈，竟然发现几十个可容纳一人进出的洞口。走到这里的时候，广仁和火山终于停下了脚步，广仁回头盯着已经看明白了的孙胖子，说道："刚才火山到了这里，就不能继续往前走了。这里一共有四十九个出口，只有一个生门，其他都是死门。即便像我和火山这样的人，贸然进去的话，走错了死门也是有去无回……"

这几十个洞口一模一样，里面都是黑漆漆的，似乎有某种阵法屏蔽了大眼的能力，不止我有这种感觉，就连归不归和他的众徒弟往洞里面看时，都是一脸迷惘的表情。听广仁说完，孙胖子叹了口气，先围着这四十九个洞口都转了一圈，又回到了广仁和火山身边，看着他们师徒说道："我还以为是要我二选一，没想到是四十九选一。不是我说，多少给点提示吧？起码先去掉一些错误答案嘛。"

"有提示的话，还要你来干什么？"广仁身后的火山终于说话了，他有些轻蔑地看了孙胖子一眼，继续说道，"要你下来就是为了这个，要不然你以为就凭你，也有下来的资格吗？"

广仁本来是想拦住火山的，但火山忍孙胖子不是一时半会儿了，就算师父看着自己，也要把这口气出了再说。不过说完之后，他还是低着头站到了广仁身后。事已至此，广仁也不好在我们面前申饬火山，再怎么也要给自己的徒弟留点颜面。

不过孙胖子可没打算忍了这口气，动手他不行，但是论起嘴巴上的功夫，在骂人不吐脏字的领域里面，就算比不上吴仁荻，也是归不归这个级别的了。当下，孙胖子嘿嘿一笑，转头对我说道："辣子，怎么样？刚才我说什么来着？大方师的门槛太低了，什么人都能做大方师。我就说怎么秦末汉初的时候，方士一门还响当当的，西汉还没结束就没人听说了。上个礼拜，我问老黄家隔壁邻居，问他知不知道什么是方士？你猜他怎么说？他问我怎么吃，是蘸醋还是酱油？"

我不知道哪根弦没有搭对，头脑一热竟然接了孙胖子的话茬，说道："那你是怎么回答的？"

孙胖子也没想到我会接话，愣了一下，"扑哧"一笑，对我说道："切成片蘸芥末生吃……"听到孙胖子竟然敢还嘴，火山的脸色顿时变得涨红，没等他发作，广仁轻描淡写地看了他一眼，顿时火山的身子颤抖了一下，随后立马就蔫了，重新低头站在广仁身后，任凭孙胖子再怎么冷嘲热讽，他就像没有听到一样，一动不动在原地站着。

广仁也没有制止孙胖子的意思，他满脸微笑，任由孙胖子继续往下瞎说，一点动怒的意思都没有。而一旁的归不归也笑眯眯地看着孙胖子，仿佛他们俩都不是方士，孙胖子骂的是别人一样。等孙胖子说得累了，正换气的时候，广仁才开口说道："就算你不着急去主墓室，时间一长，里面的向北可能就跑出去了。一旦被他冲进主墓室里面，万一被他毁了里面的宝贝可就划不来了……"

最后一句话算是点中了孙胖子的死穴。他看了一眼火山，终于闭上了嘴巴，随后围着这四十九个洞口，开始一遍又一遍地转圈。类似的情形，我刚进民调局时在沙漠地下的古稚国遗址见过一次，只不过那一次是九选一。现在多了几倍的选择，孙胖子到底能不能将生路选出来？刚才孙胖子说过要给我暗号的，现在还没见他有什么特别的举动。

正在我胡思乱想的时候，就见孙胖子的脚步越来越慢，眉头紧锁看着身边的洞口。又走了几步，孙胖子犹豫了半天，终于指着身边的一个洞口，说道："我看这个洞口最顺眼，不过可真不敢保证这就是生门啊。我就是看这个洞口顺眼，如果生路在别的洞，你们就算自己倒霉，可千万别算在我的头上。"

"这个也简单，你自己选的路，你自己先走一趟。"见孙胖子做出了选择，火山突然一声冷笑，继续对孙胖子说道，"是不是生路，你自己进去看看就知道了。如果你运气不好，走了死路，路是自己选的，也由不得你再埋怨别人了。"

这次就连广仁也没有再阻拦火山，而且火山说话的时候，广仁还是微笑着看着孙胖子，算是默认了火山的话。就在我打算叫归不归说几句，给孙胖子一个台阶下的时候，一向都习惯躲在最后的孙胖子突然笑了一下，随后对广仁火山师徒说道："如果我运气不好，再怎么也得让我投胎到一户好人家。我也不挑，姓什么都无所谓，只要家里有钱就成……"

说话的时候，孙胖子一反常态，就要往那个洞口里面走。难得看到他这副样子，当下我忍不住向孙胖子喊道："大圣，你等我一下，这条路我陪你走。"

这时孙胖子已经走到了洞口，冲我龇牙一笑，说道："那我就不客气了，来，辣子，这第一步我让你先跨过去……"

"又不是剪彩，你嘚瑟什么？"我开始为自己的冲动感到有些后悔的时候，就见孙胖子哈哈一笑，头也不回，直接钻进了洞口。等我明白过来，急忙紧跟在孙胖子身后，也钻进了黑漆漆的洞口。

一步跨进去之后，眼前突然一亮，随后一个还算熟悉的声音说道："我就知道你会自己送上门的……"

# 第五十章　合久必分

听到这个声音，我和孙胖子都直挺挺地站在原地，一动不动，就像中了定身法一样。在我们面前十几米的半空中有一个模模糊糊的人影，应该就是被困在这里的向北了。孙胖子确实蒙对了生路，没想到的是，这条生路转眼间也变成了一条死路……

向北的目标是我身体里面的种子，他暂时还不会把我怎么样。既然是这样，我就拼命挡住他，让孙胖子快点跑出去，把广仁、归不归他们带进来……

就在我拔出短剑准备和向北拼命的时候，突然听到孙胖子一阵放肆地大笑："哈哈哈哈……"

孙胖子这是被吓傻了吗？当我顺着孙胖子的目光看过去时，就见在我们身前十五六米的半空中，结了一张大得让人瞠目结舌的蜘蛛网，蜘蛛网中心粘着一个看起来有些萎靡却还在冲我们冷笑的人——这人不是向北还能是谁？

向北的脚下，趴着两只巨大的黑色蜘蛛，其中一只的身子已经被剖开，里面黄黄白白的内脏流了一地；另外一只大蜘蛛的脑袋被砸出来一个大洞，这只蜘蛛的神经还没有死透，几只脚一颤一颤的，仿佛随时还能跳起来的样子。

见向北在蜘蛛网上动弹不得的样子，孙胖子先是放肆地一阵大笑，随后蹲在地上，看着向北说道：“不是我说，都这样了就别嘴硬了。老实点争取个好态度，也许我心一软，一会儿剐你的时候少来几刀，让你少遭点罪。就算你是白头发的体质，来个鱼鳞碎剐，我就不信你还能顶得住。”

孙胖子的话还没有说完，向北又冷笑了一声，盯着我和孙胖子，说了一句有些无厘头的话：“有本事你们俩把我放下来……”

孙胖子听了又是一阵大笑，不过这次他还没笑完，就听见“刺啦”一声响，本来还挂在蜘蛛网上的向北，突然从网上面掉了下来。就在向北落地的同时，孙胖子条件反射一样，第一时间转头就向身后跑去。我握着两把短剑将孙胖子挡在身后，全神戒备等向北冲上来。不过怪异的是，向北倒地之后，没有一点要起身的意思，他别别扭扭地躺在地上，这样看来，刚才将他困住的蜘蛛网也没有那么简单。

孙胖子跑到洞口，眼瞅着就要出去的时候，从外面走进来一人，正好和孙胖子撞了一个满怀。这人一头红发，如果在其他的场合碰上，吓人的程度比起向北来也差不了多少，但现在看到他，我和孙胖子狂跳着的心多少算是安稳了一点。来人正是在外面等得有些不耐烦的火山。

火山还没开口抱怨，就已经看到了摔在地上的向北。他愣了一下，突然对向北笑了一下，随后又看了一眼向北身边两只大蜘蛛的尸体，说道：“没想到你还真突破了里面的阵法，不过终究棋差一着啊，眼看就能出去了，却被幽冥蜘蛛咬了，怎么样，现在身上都已经麻痹了吧？别装哑巴，我知道现在你还能说话。”

“我认倒霉了……”向北慢慢地睁开了眼睛——他最大幅度的动作也就是这样了。看着正冲他冷笑的火山，向北重重地叹了口气，随后说道，“进来之后，我就知道这里不简单，不过还是没想到我会这么倒霉。不过你也别太得意，我是栽在幽冥蜘蛛手里，和你们没有什么关系。”

“别客气，栽在谁手里不是栽？”见向北连动动手指头的能力都没有，孙胖子又开始活跃了起来。他站在我和火山的身后，说完这句话之后，便不再理会向北，又向他身前的火山问道：“不是我说，你怎么知道我们这边出事了？”

“我是进来看看你们出什么事了。”火山眼睛仍盯着倒在地上一动不动的向北，嘴里对孙胖子说道，“本来以为你们走错了死路，大方师让我进来把你们的尸首带出去——没想到这一趟进来还真的捡到宝了。”

说话的时候，火山已经走到了向北的身边，伸手在他身上摸来摸去。看样子火山想找的东西并不在向北的身上，即便如此，火山也不算空手而归，当他的手从向北身上抽回来的时候，拿出来一长串不知道用什么木头雕刻而成的佛珠。

火山顺势用这串佛珠将向北绑了起来，火山绑得松松垮垮的，绑好之后也没见他有什么特殊的动作，但这一长串佛珠就好像有生命一般，一阵毒蛇游走，瞬间便将向北绑得结结实实。别说现在向北还在麻痹中，就算他现在生龙活虎的，也未必能挣脱这一串佛珠的束缚。

见向北被紧紧绑好了，火山也不理会我和孙胖子，直接回身走了出去。片刻之后，广仁和归不归他们从外面走了进来。见到这些人进来，向北彻底死了心，索性闭上了眼睛装死。不管谁和他说话，向北都一言不发。

看见了向北，广仁微微一笑，转身对归不归说道：“归师兄，现在正主已经找到了，我们是不是可以原路返回了？这样，你们带着向北先上去，我和火山将这里的阵法全部复位，稍后再回去上面。”

“别啊，大家一起来的，要走的话自然也一起走。”老狐狸一样的归不归冲广仁笑了一下，扫了一眼旁边的孙胖子，继续说道，“怎么说你们师徒也是两任大方师，我怎么能留你们师徒在这里孤身犯险？说起来我也是做过几天方士的人，别看我老朽了，但还有一点气力的，多少能替两位大方师分分忧。”

“归不归，你什么时候拿我们当过大方师？”听归不归这么说，火山的眼睛马上瞪了起来，他直呼归不归的名字，接着说道，“如果你自认还算在方士门墙内，现在大方师发话让你们上去，你是听还是不听？”

火山的话刚刚说完，他身边的孙胖子朝归不归的方向走了过去，一边走一边笑嘻嘻地对火山说道：“不是我说，我和辣子可不是你们方士一门的人，也不受大方师的管。我们准备进去看看里面到底被破坏成什么样子了，怎么说我以前也是民调局的局长，最见不得有破坏文物的事情发生。”

“放屁！”火山盯着孙胖子说道，“别以为我不知道，你破坏的文物还少了？就凭你们俩也想继续往前走吗？好啊，你们俩要不嫌命长的话可以继续往前走，别说我没有提醒你，走错一步可就真回不了头了。”

“所以我才要找我叔来帮忙啊。”孙胖子笑嘻嘻地回头冲归不归说道，“亲叔，方士不方士的咱一会儿再说，你总不能看着你大侄子我进去就出不来吧？”

归不归点了点头，对孙胖子回答道：“怎么说咱们也算亲戚，我自然不能看着你倒霉的。反正两位大方师加上广仁他师父都已经将我踹出了方士的门墙，我还是先保着你们，算不算方士的事以后再说吧。”

广仁在旁边冷眼旁观，一直都没有说话，这时候终于忍不住，对孙胖子和归不归说道："就你们几个人吗？如果我说不让你们去打扰先任大方师，你们……"

他的话还没有说完，归不归的脚下突然冒出来一个小孩子的脑袋。任叁终于从地下钻了出来，对广仁说道："再加上我，广仁，你让你徒弟掰着手指头算算。真要动手的话，咱们两边谁的胜算大一点？"

# 第五十一章　先任大方师的八卦

任叁出现之后，形势完全倒向了我们这边。归不归和广仁的本事在伯仲之间；而任叁经过这几次和火山的较量，任谁都能看出来，任叁能稳稳压住火山一头；再加上我和归不归一众徒弟，孙胖子再出点什么坏主意，广仁和火山一点胜算都没有。

广仁毕竟是广仁，不管他以前做大方师的时候脾气怎么样，但他最近被吴仁荻关了一百多年，早就知道什么叫能屈能伸。火山那边虽然涨红了脸，但广仁瞬间就冷静下来，很淡定地看了归不归一眼，说道：“这里面有误会，越说好像这误会就越严重了。”

说到这里，广仁顿了一下，看了一眼仍气冲冲的火山。火山感觉出他师父的意思，深深地吸了口气，低着头站回广仁身边，心里面的火气发不出来，他那一头火红的头发好像颜色又加重了几分。

压制好自己的徒弟，广仁继续很有涵养地对我们说道：“既然你们都担心先任大方师，那我们就一起过去看看。正好我也担心，里面别有什么陪葬的物品被向北拿走，或者毁掉了。”

广仁说了软话，归不归和任叁也没有再难为他。于是继续由两位大方师带路，我们这些人继续朝主墓室的方向走去。正准备出发的时候，归不归突然向广仁问道："大方师，有关先任大方师的事情，你不会还有什么瞒着我的吧？"

广仁好像没有听懂归不归的意思，他回头看了归不归一眼，说道："先任大方师入土的时候，我连方士都不是，能有什么瞒你的？每位大方师的后事，都是由继任的大方师一手操办的。说起来，归师兄你和前任大方师是一代人，要瞒也是你瞒我吧？"说完，广仁也不管众人的反应，带着火山开始向前走去。

归不归在他身后笑了一下，看着广仁的背影，说道："那就跟你说点我听到的传闻。当年先任大方师遭雷击之后，肉身只是伤了却没有被毁。听说是你那位师父，也就是前任大方师把他幽禁在这座陵寝里面的，这之后你师父才上位做了大方师的。这件事情前任大方师渡海之前，没有和你说过吗？"

广仁本来已经走出去几步，听到归不归的话，突然停住了脚步，回头看了归不归一眼，似笑非笑地说道："归师兄，过了这么多年，你这喜好还是一点没变。当初你就是因为造前任大方师的谣，才被逐出方士门墙的，没想到现在还将先任大方师一起连带上了。前任大方师曾经说起过你，说你如果能把这个心思用在正道上，那么后来大方师的位子也轮不到我了。归师兄，怎么说那两位也是大方师，还望你多留点口德。"说完，他不再理会归不归，带着火山，头也不回地继续往前走去。

刚才广仁说话的时候，归不归一直都在观察广仁脸上的表情，但直到广仁说完，归不归也没有发现他脸上的表情有什么异常。

见广仁师徒已经走出了一段距离，归不归才让之前替孙胖子挂软梯的黑人徒弟将向北扛到肩上，随后我们跟在广仁师徒后面，朝前面出口的方向走去。经过破碎的蜘蛛网时，归不归让我们小心，说蜘蛛网上有古怪，不可以触碰。

等我们小心翼翼绕过了蜘蛛网，广仁和火山已经到了出口的位置。两个人站在这里，眼睛一眨不眨地盯着外面一处大得有些离谱的空间。

这处空间足有一个足球场大小，和之前路过的地方都不一样，这处空间里面空荡荡的什么东西都没有。从广仁师徒脸上的表情来看，虽然这里面什么都没有，但他们宁可去对付千军万马，也不想去这里面走一圈。

按照广仁和火山的说法，之前向北一直被困在这里的，后来不知道他用了什么办法，才从这里面逃了出来。只不过他刚出虎口又进狼窝，刚刚死里逃生，在生路的通道里面被两只幽冥蜘蛛弄到了蜘蛛网上，差一点成了蜘蛛的晚餐。

广仁和火山在出口站了半晌，师徒俩对了一下眼神，又回头看了一眼，见我们越走越近，这一对师徒很有默契地双双一侧身，将身前的位置让了出来。

归不归和任叁站在刚才广仁师徒所站的位置上，往里面看了一阵子，这一老一小的表情都有些怪异。归不归回过头来，看着广仁说道："还说先任大方师不是被幽禁起来的吗？"

广仁咬紧了牙关说道："阵法而已，在没见到先任大方师的主墓室前，说什么都是虚的。我更倾向这是为了防备盗贼，前任大方师才费尽了心思，摆了这样的阵法。归师兄，进了主墓室才能知道，到底是谁说得对。"

见广仁和归不归两拨人都没有进去的意思，跟在后面的孙胖子说道："不是我说，你们都是老神仙一样的人物。老神仙归老神仙，咱们能不能说点我们一般老百姓能听明白的话？前面到底怎么了？我知道这里面有厉害的阵法，但向北都能进去再出来，你们这些老神仙都不敢进去吗？"

“不懂就别瞎说，里面是连环阵，一个阵法套着一个阵法。”归不归回头看了孙胖子一眼，继续说道，“如果被里面的阵法缠住，一环套一环周而复始，就别想出来了。想过去进到主墓室的话，有两个办法。一是仗着闯阵人高超的本领，进去之后将里面的阵法一一破解。但这样高超的本领只有广仁的师父，前任大方师那样的人物才有。”

说到这里，归不归缓了口气，顿了一下，又看了一眼正在盯着他瞧的广仁，说道：“还有一个法子，找到控制这里面空间的阵胆。就算关闭不了，将阵法的威力减弱一些也好。如果这两个法子都做不到的话，那就只有打道回府了。不过这第二个法子说了等于没说，一般这样的阵胆都藏在主墓室里，能进到主墓室的话，还理会外面这些连环阵干吗？”

归不归说到最后一句话时，广仁的脸上突然出现了一丝笑容。这位大方师的城府极深，这丝笑容转瞬之间立刻消失得无影无踪。我也是碰巧往他那个方向看，这才将他脸上闪过的笑容看得清清楚楚。

“看来是先任大方师泉下有知，不想让归师兄你们涉险。”广仁看着归不归继续说道，“既然是这样，我们就不应该再叨扰先任大方师。依我看，在里面的阵法启动以前，咱们还是原路返回吧。”

广仁说完以后，没等归不归说话，孙胖子先插嘴说道：“不如让我任三叔先从地下过去，进了主墓室之后，再将阵胆关了或者毁了，我们再过去也不迟啊。”

“哪有你想的那么简单。”广仁看着孙胖子说道，“这地下也是摆了阵法的，就是为防备任叁这样的人……”

孙胖子眨了眨眼，看了广仁和任叁一眼，好像突然想到了什么，对广仁说道：“大方师，我突然想起来一件事。我们刚刚下来的时候，走的是你们留有记号的右边分岔路，左边那条分岔路，是通往什么地方的？”

“左边的分岔路？”广仁眨了眨眼睛，看着孙胖子，想了半天，说道，“那是条死路。”

孙胖子嘿嘿一笑，看着广仁说道：“未必啊……”

# 第五十二章　世界很大，可以看看

孙胖子这三个字说出来之后，归不归正眨巴眼睛看着他，看了半晌，老家伙说道：“他们方士一门就是规矩多、名堂多。要是怕有盗贼进来，直接一条死路就得了，可他们非要做成一生一死两条路。我们刚走的这条生路都走得这样艰难，那条死路会是什么情况，你自己想吧。”

归不归没有理由骗我们，不过孙胖子还是否定一切的态度。被孙胖子这么一质疑，我心里也隐隐觉得有什么事情不对劲，但具体哪里不对，我也说不上来。看着眼前的连环阵，里面一个接一个的，都是些连归不归都不敢轻易触动的阵法，也难为向北是怎么从里面逃出来的。

归不归看了半晌，转头向广仁问道：“大方师，这怎么破解，你不会不知道吧？”

“知道。”广仁笑盈盈地看了归不归一眼，接着说道，“阵胆在主墓室里，想要破解的话，先要通过这里，然后去到主墓室破了阵胆就成。不过前提是，要先通过这里……”

“你这话就等于没说。”小任叁陪着归不归看了一会儿，觉得无聊，爬到了归不归一个徒弟身上，骑着他的脖子，冲广仁继续说道，“能过去的话还要破吗？有本事你们过去破一个给我看看？”

广仁冲小任叁淡淡笑了一下，随后慢悠悠地说道：“我可没有那个本事，就算我是大方师，进去也不可能出得来。”

广仁的话让我听出来一点问题，当下对孙胖子说道：“大圣，这个弯儿我怎么转不过来了？这里面连大方师都只能出不能进的，那么向北是怎么出来的？他的本事我们都见过，不见得比大方师还要高……”

我说话的时候，孙胖子本来和归不归一起坐在出口，听到我的话，孙胖子好像突然明白了什么，飞快从地面上站了起来。也是他实在是胖，两条腿支撑不起他胖大的身体，刚刚起来一半，又坐回到地上。

但这时候他也顾不上这些了，看着我一阵大笑：“哈哈哈哈……”开始我还以为他犯了什么毛病，正要开口问的时候，就见他在归不归几个徒弟的搀扶下重新站了起来。

站起来之后，孙胖子原地转了一圈，看了看周围这些人，最后还是把目光对准了我，说道：“辣子，有件事情麻烦你——出去走一圈怎么样？我是让你出去走一圈，好好的你往后退什么……”

见我仍不停地往后退，孙胖子嘿嘿笑了一声，继续说道：“不是我说，辣子，我什么时候让你做过不靠谱的事了？”

“现在……”

“外面没事，刚才你自己说的，大方师进去了都出不来，那向北怎么出来的？”孙胖子说这话的时候，周围的人都闭上了嘴巴。广仁和归不归两拨人都竖起了耳朵，等孙胖子后面的话。

见我不再后退，孙胖子继续笑着说道：“之前屠黯和广仁都说向北被困在这里面。如果他这么容易就能出来的话，屠黯也不用犯险去求我们，广仁大方师也不会拉下脸找我们一起到这里来。辣子，你想想看，向北是怎么突然从里面跑出来的？”

这时候，我也明白了过来，看着孙胖子说道：“有人已经去了主墓室，这个人破了阵胆之后，向北才有机会跑出来的——大圣，你是这个意思吧？”

“差不多，差不多了。”说差不多就是还差了一点，孙胖子笑嘻嘻地看着大家，这时候所有人的目光都盯着孙胖子，就等他说出来我没想到的地方。

孙胖子的关子卖得差不多了，才嘿嘿笑了一声，随后转头看了一眼还在归不归徒弟身上一动不动、好像死人一样的向北，冲他说道：“向北，不是我说，刚才里面的阵法突然间失效了，你才出来的吧？而你是因为气力被里面的阵法消耗光了，才倒霉地栽在两只蜘蛛手里吧？”

孙胖子说话的时候，向北依然紧闭着双眼，根本就没搭理孙胖子这茬。虽然向北闭着眼睛没有说话，但还是能看到他眼皮动了一下，看来孙胖子这几句话还真说到了他心里。

现在已经不用向北再说话了，从他的反应中孙胖子已经得到了答案，他笑嘻嘻地转过头来看着我说道：“辣子，都说到这里了，你还犹豫什么？如果我有你的白头发体质，身体里面也有种子护着的话，现在我早就进去跑一圈了。不是我说，世界很大，你可以去走走……”

孙胖子说话的时候，我也在心里盘算着还有谁比我更适合进去试探一下。归不归和任叁两个需要留下来牵制广仁师徒。如果从归不归的徒弟里面挑人进去的话，倘若里面真要出什么状况的话，他们也顶不住。孙胖子——好吧，现场除了我之外，确实没有更合适的人选了。

最后，我还是被孙胖子说服了。不过在走进去之前，我还是将种子大半的力量灌入我的双脚之中。一旦里面有什么不对，我立即第一时间跑回来。就算是广仁，他也不能见死不救，怎么说这位大方师仍惦记着我身体里面的种子，就更别说一直和我关系都不错的归不归了。

在所有人的注视下，我小心翼翼地迈腿走了进去。走了两三步，也没发现有什么阵法发动的迹象；又走了几步，我的胆子大了起来，加快了脚步，一直走到中央的位置，才回头看了孙胖子他们一眼，说道：“这样可以了吧？还要围着这里走一圈吗？”

“不用那么麻烦，你再走回来就好。”孙胖子笑得小眼睛眯成了一条线，随后看了一眼脸色已经沉下来的广仁。看样子孙胖子是想说点什么，话到嘴边的时候，被孙胖子改成了实际行动——他在归不归和任叁的耳边低声说了几句，也不知道他具体说了什么，归不归听了，皱着眉头点了点头。

得到归不归的应允，孙胖子嘿嘿一笑，他不再说话，也进到空间里面，朝我的方向走了过来。

这时，归不归和任叁他们也带着人一起走了进来，他们紧紧跟在孙胖子身后。这么多人都进来以后，空间里面除了有一些回声之外，并没有别的异常的地方。广仁和火山对了一下眼神，稍微犹豫了一下，也都跟了进来。

等孙胖子走到我身边的时候，我才想起还有件事情忘了问他。趁广仁和火山还没有跟过来，我向孙胖子问道：“大圣，广仁之前说阵胆就在主墓室里，你说这里的阵胆已经被人破了，那破掉阵胆的人又是谁？还有，既然阵胆都被破了，向北为什么不直接往主墓室里面走，反而选择往外逃跑？还跑得那般慌不择路，弄得自己差点成了两只蜘蛛的盘中餐，难道是老吴来了……”

孙胖子并不着急回答我的话，等身后归不归和广仁的两拨人都到了，他才看着我说道：“知道阵胆在主墓室里面的人，除了老吴和有限的几个人之外，剩下的差不多都在这里了。不是我说，辣子，除了老吴以外，还有什么人能将阵胆给破了？”

见我冥思苦想的样子，孙胖子嘿嘿一笑，扭头冲面前空旷的地方说道：“都到这里了，大方师，你老人家还不出来吗？”

# 第五十三章 难局

听孙胖子喊“大方师”，我第一个反应就是扭头去看广仁和火山。但他们两个脸上的表情不像是在回应孙胖子，这时他们俩已经背靠背站着，两个人都面无表情，更像是在防备什么……

就在这个时候，这个空间对面出口的位置突然有人影晃动，随后一个小孩子一样的人影慢慢地从出口处走了进来。乍一看还真的以为是一个小孩子，仔细看时才发现，这人虽然长得瘦瘦小小的，却绝不会是什么小孩子——只见他长着拖地的长发，两条眉头一直垂到肩膀的位置，下颌的胡须更是长到了小腹以下。每根发须皆是洁白，整张脸上长满了褶子，褶子一层叠着一层。不算他超长的头发、眉头跟胡须，光看他这张满是褶子的脸，跟之前被任叁咬死的“傀儡”一模一样。

这人不急不缓慢慢走了过来，给人带来的压力与之前的“傀儡”天壤之别。我开始紧张起来，片刻的工夫手心里全都是汗。随着他越走越近，我竟然生出一种掉头跑回上面的冲动……

不止我有这种感觉，就连归不归这样的人物见到这人出现之后，原本挂在脸上的笑容也立刻僵住了，脚下还不自觉往后退了一步。之前抱着“傀儡”一阵狂咬，将“傀儡”压制得毫无还手之力的小任叁，这时也变得紧张起来。他从归不归徒弟身上滑了下来，站到了归不归身边，一双眼睛死死盯着来人，一眨也不眨。

这人走到距离我们十几米的地方，终于停下了脚步。他的目光在我们这些人身上扫了一圈，对头顶开始冒汗的归不归说道：“是归不归吧？你怎么老成这个样子了？当年徐福引你入门的时候，你还是个稚气未脱的小孩子，没想到现在竟然这样的老朽了。”

开口直呼“徐福”其名，还见过归不归稚气未脱、孩提时候的样子，再联系这座陵墓主人的身份以及孙胖子也称呼他“大方师”，眼前这人的身份呼之欲出——先任大方师丘武真。

被丘武真叫出名字，归不归干笑了一声，随后毕恭毕敬地对丘武真说道：“大方师，当初都说您遭受天妒之后再入轮回了。如果早知道您在这里清修的话，我就跟前任大方师商量一下，请他准许我在这里陪着您了。怎么说您也是方士一门中不世出之人，随便教我一点，就够我琢磨几百年的了。”

说话的时候，归不归的眼珠子已经在眼眶里面乱转了。这几句话说完，他马上又把矛头引到了广仁和火山的身上：“我给您介绍一下，那边头发一白一红的两个人都是您后面继任的大方师，白头发的叫作广仁，是您继任大方师的大弟子。另外一个红头发的叫作火山，是广仁的徒弟。三位大方师能同聚一堂，也算是难得的奇事了。三位都是当过大方师的人，想来定会有关于方士一门的事情要说，这样，我们先出去回避一下，等你们说完我们再回来……”

“别走了……”丘武真看了看归不归，突然笑了一下，随后慢悠悠地说道，“解决掉他们师徒俩多少要花点时间，再去解决你们太麻烦。这样，你们就在这儿等着，等我送他们入轮回之后，再来帮你们解决苦难……”

丘武真说话的时候，归不归、任叁以及广仁师徒就像事先商量好了一样，各自向对方的位置靠近。丘武真的话还没说完，这两拨人已经凑到了一起，孙胖子则拉着我偷偷地站到队伍的最后面。

依孙胖子的意思，只要他们和丘武真一打起来，我们俩就先找个地方藏起来。如果广仁和归不归稳占上风，我们俩就出去占点便宜；如果归不归和广仁的组合吃亏的话，我们就赶紧离开跑回上面。不管哪种，都是先保住命再说别的事。

见归不归和广仁会合到了一起，丘武真冷冷地一笑，看着他们说道："这样也好，省得我一个一个动手。既然你们都凑齐了，那我也就不客气了……"

就在丘武真说话的时候，小任叁的身子一沉，无声无息地钻进了地下。但任叁刚钻入地下，立刻又将小脑袋从地下钻了出来，大声喊道："下面也有'傀儡'，好多……"他的话还没有说完，身体又快速地沉入地下。看他这样子，应该是地下有什么东西，硬生生地将他拉了下去。

这边归不归也顾不得去救任叁了。因为这时候，从丘武真脚下钻出来十几个和他一模一样的"傀儡"。这些"傀儡"现身之后，第一时间便向归不归他们扑了过去。

虽说归不归和广仁都做好了准备，但也没想到丘武真竟制作出这么多的"傀儡"，一时间将他们的计划全部打乱了。就在场面乱作一团的时候，有个"傀儡"发现了我和孙胖子，它放过了归不归和广仁，朝我和孙胖子这边冲了过来。

见这只"傀儡"杀过来，我第一时间将罪剑对着这只"傀儡"甩了过去，同时将孙胖子向身后一推，让他趁我和"傀儡"拼命的时候先走。就在这个时候，归不归那边突然传来了广仁的声音："沈辣！罪剑借我一用……"

那柄本来已经被“傀儡”躲开、正要绕回去再扎进“傀儡”后心的罪剑，突然一个变向飞到了广仁的手上。罪剑到他手上之后，剑峰上面闪过一道异样的光芒。随后这把短剑就像成了广仁身体的一部分似的，人剑合一，几道剑光闪过，一只已经窜到他身前的“傀儡”就掉了脑袋。随后广仁连连出手，在火山的协助下，将身前身后的“傀儡”都消灭干净。将身边的“傀儡”都解决后，广仁握着短剑的手朝我这边一甩，一道电光闪过，已经冲到我近前的“傀儡”脖子上中了一剑，它脑袋一偏，从身体上面掉了下来。

再看归不归这边，现在就他麻烦了一点。朝他们冲过去的“傀儡”有一小半是朝他的外国徒弟们冲过去的，眨眼间，便有几个归不归的徒弟倒在了血泊中。归不归被其他的“傀儡”缠住，实在腾不出手去救他们。

就在这时，我将罚剑拔了出来，朝归不归徒弟那边冲了过去。我刚跑出去几步，就听归不归大喝了一声，随后他的身子一闪，十几个归不归凭空出现在他的徒弟们身边。我眼前一花，除了刚才说话的丘武真之外，已经没有还能站着的“傀儡”了。

丘武真好像早就知道这些“傀儡”对付不了我们，他一直都在旁边冷笑着静看事态的发展，等所有“傀儡”都被灭掉的时候，他突然呵呵一笑，身子一晃就移动到了归不归身边。都没见到他如何出手，就听见“嘭”的一声，归不归就好像断了线的风筝一样，身子倒仰着飞了出去。

瞬间解决了归不归之后，丘武真的身子一晃，又出现在广仁和火山身边。还是没有见到他出手，甚至连说话的声音都没有听到，两声闷响之后，这一对师徒也倒栽着飞了出去。

连丘武真怎么做的我都没有看到，现场除了我之外，就剩下归不归的那些徒弟了。他们见到归不归飞出去之后，呼啦一声都围到了归不归身边，这些人将归不归紧紧地围了起来，看样子正在想办法救治他们的师父。

这时候，丘武真扭头看了我一眼，随后说道：“没想到徐福会把种子给你……”

# 第五十四章　没有知识的亏

又是种子！丘武真看我时的神情，很像不久之前向北想把种子从我身上掏出来时的表情。他不是先任大方师吗？怎么连他这样的人物都打种子的主意？到现在我都弄不懂为什么他要攻击我们，要说报仇的话他也找错了对象，向北才是来打他陵寝主意的，我们这些人是来阻拦向北的好不好？

“你好像是找错了报复对象……”看着已经转身向我走过来的丘武真，我深深地吸了口气，指着倒在地上被捆得结结实实的向北，继续说道，“他才是要将你的陵墓毁掉的人，我们是被你的徒子徒孙请过来的帮手……”

“我没有请你们来，不过既然你们来了，就不要走了，谁让你们看见了不应该看见的东西呢……”没等我说完，丘武真就冷笑了一声。不算归不归的一众外国徒弟，现在我们这边除了躲在后面、八成已经跑路的孙胖子以外，就我一个能站着的了。

见我没有逃走的意思，满脸褶子的丘武真冷冷一笑，对我继续说道：“要怪就怪那两个大方师吧，这里是方士一门的禁地，他们俩明明知道还敢带你们进来。就算被人进到我洞府里面又怎么样？一切都在我的掌握之中，用他们两个小辈操什么心。”

“我说广仁怎么一直拦着不让我们进来呢，敢情原因是在这儿。”这时候，我以为已经跑出去的孙胖子在我身后说道，“不是我说，怎么说你们都是方士，看在祖师爷的分儿上，能放一马就放一马吧。我们嘴上都是贴了封条的，你在这里的事情，我们出去之后绝对不会说的。对了，所有事情都是捆在地上那个家伙惹出来的，要不您就把他留下来，要杀要剐随您的便。”

等孙胖子说完，我回头看着他有些发愣，能坚持到现在还不逃，这不是他的风格啊！孙胖子也猜到了我是怎么想的，他苦笑了一声，冲我说道：“出不去了。洞口被封住了，外面的人能不能进来不知道，不过咱们这些人肯定出不去了……”

孙胖子说话的时候，我已经朝入口的方向看去。虽然一眼就看到了外面的景象，不像是有什么异常的地方，不过这几年这样的事情见得多了，现在往外冲的话，就算丘武真不在后面追，八成也会被什么透明的墙壁挡住，最后还是会落在丘武真手里。

本事大的几个人都趴在了地上，就连归不归和广仁这样的人物都没有还手的能力——这个先任大方师强大得也有些离谱了，现在就算吴仁荻亲自赶过来，也未必是这个丘武真的对手。

就在我瞎琢磨的时候，丘武真看了一眼还在麻痹状态中一动不动的向北，对孙胖子说道：“放心，不只是他，你们所有人都不能活着出去。你们既然撞破了这里的秘密，那就好好地替我保守好这个秘密吧……”

说话的同时，丘武真又慢慢地朝我们这边走过来。没等他走几步，孙胖子突然大声喊道：“等一下，撞破你什么秘密了？就算你要我们死也要让我们死得明明白白吧？哪儿跟哪儿呀我们就撞破你的秘密了？今天要死我也就认了，但就这么不明不白地死，我终究不甘心！”

广仁师徒和归不归现在都躺在地上动弹不得，我和孙胖子又实在算不上是他的威胁，看孙胖子一副死不瞑目的样子，丘武真淡淡一笑，随后对孙胖子说道：“你是想拖延时间吧？不过，还有能将你们救出去的人吗？”

说到这里，丘武真顿了一下，看了眼躺在地上的广仁师徒以及归不归他们，继续对孙胖子说道：“好，我在这里一个人也烦了，就看你还有什么后手没有。时间我有得是，不过你能撑到什么时候就不好说了。”说着，丘武真膝盖一弯，屁股凭空“坐”在了空气中。

等丘武真“坐”好，孙胖子抓了抓头发，对他说道：“不是我说，闲着也是闲着，反正你有时间，我们也有时间，你就说说这里面到底有什么天大的秘密。反正你已经决定将我们都杀掉了，即便告诉我们也不用担心我们再说出去。”

丘武真也真是在这陵寝（用他自己的话叫洞府）里面待的时间太久了，难得遇到孙胖子这么一个不要脸愿意逗他说话的。但即便如此，丘武真也没有要回答孙胖子问题的意思，反而似笑非笑地看着孙胖子，仿佛听孙胖子说几句话，心里面的郁闷也能减少一点。

丘武真不说话，孙胖子可没打算闭嘴。他话痨一样地说个不停，从这陵寝里面到底有什么秘密，一直说到了陵寝外面那些陪葬的丘武真的姬妾。平时虽然觉得这胖子的嘴有点碎，但还没有话痨到这种程度。看他一本正经地胡说八道问东问西，连一次眼神暗示都没有给过我，但我心里还是隐隐地感觉，孙胖子这样做不是为了套丘武真的话那么简单。

孙胖子说了半天，丘武真突然说道：“好了！后面的人可以动手了。”

就在丘武真说这话的时候，归不归的一个白人徒弟已经从自己的背包里面拿出来一个黑乎乎的东西，看他的架势是想将手里的东西扔到丘武真身上，他举起手正要扔的时候，被丘武真突然说出这句话吓得一哆嗦。就在他还在犹豫要不要继续往丘武真身上扔的时候，本来还躺在地上不知生死的归不归突然弹了起来，他一把抓过白人徒弟手上的东西朝丘武真扔了过去，嘴里同时大声喊道："有本事你别躲！"

"躲……"丘武真冷笑了一声，随手抓住了归不归扔过来的东西。这时我才看清，丘武真手上抓着的是由好几块塑性炸药绑在一起做成的炸药包。

丘武真看着手上的炸药，眉头就皱了起来。他是藏在这地下面几千年的人，哪里认识炸药是什么东西。就在这个时候，归不归身边一个棕色皮肤的徒弟按下了手里控制器的按钮。

"嘭"的一声巨响，刚才将归不归和广仁打得毫无还手之力的丘武真被炸飞了。他被炸飞的同时，归不归冲我和孙胖子大声喊道："你们俩快过来！他寄生的这副皮囊很厉害，能免疫我们方士所有的术法攻击！要是炸药都炸不碎他这副皮囊的话，我们什么都不用想了，直接自杀就好了……"

归不归的话还没有说完，就见烟雾当中，被炸飞出去的丘武真晃晃悠悠地站了起来。就在我们的心沉入谷底时，就见重新站起来的丘武真身上那满是褶子的皮肤已经开始裂开，有的地方已经能看到皮肤里面白森森的骨头，同时还有血红色的脓水顺着伤口慢慢流了出来。

"干得不错……"丘武真低头看着自己的狼狈样，顿了一下，继续看着归不归说道，"你真的一点都没改，当初就喜欢装死。现在这一把年纪了，装死这一招你还用不烦……"

说话的时候，丘武真摇摇晃晃地朝归不归走去，一边走一边继续向归不归问道："说吧，刚才那个是什么术法？是我进来之后你们新创的吗？"

# 第五十五章　肉身

见丘武真还能站起来，归不归的眼睛都直了。等看清了丘武真浑身上下的模样，他脸上的表情才好了一点。归不归长长地出了口气，对晃晃悠悠的丘武真说道："算是吧——可惜了，早知道这东西有用的话，我就让你见识一下什么叫作威慑性武器了。"

说到这里，归不归有些懊恼地一跺脚，扫了孙胖子一眼，自言自语地说道："我在捷克是有武器公司的……"

"威慑性武器是吗？我记住了……"丘武真冷冷一笑，便不再说话。开始我们还以为丘武真又要准备动手了，不过后来的事实证明，我们都把他想得太简单了。

丘武真的皮囊没有白头发的自愈能力，身上的皮肤被炸烂之后，没有一丝一毫重新生长出来的意思。他身上被炸坏的皮肤开始泛起黄色的水泡，没有多久这些水泡就连成了一片，随后丘武真的身体就开始大面积地溃烂。

丘武真身上的皮肤正在快速地溃烂，现在这种情况，他这副皮囊已经经受不起再被炸一次。所以，他一边说着话，一边慢慢地向后退去。不过他也不知道这次我们来的时候，归不归的徒弟就带了这么点炸药下来，现在归不归的肠子都悔青了，早知道就直接带火箭炮下来了。

就在这时，突然有人大吼了一声：“他要放弃这副皮囊！别放他走了！丘武真在这里还有另外一副皮囊，如果被他进到那副皮囊就更麻烦了！”

说话的是广仁，这个时候他和火山已经站了起来，喊出来这一嗓子的同时，就见广仁瞬间从原地消失，与此同时又在丘武真面前出现，手里握着罪剑朝丘武真的脑袋劈了过去。

眼看这一短剑就要劈上去的时候，广仁脚下的地面突然伸出来一双满是皱纹的手，这两只手抓住广仁的左脚猛地向后一拉。虽然广仁的身体失去了平衡，但在身子后仰的同时，他还是将手里的罪剑朝丘武真甩了过去。

这么短的距离，加上丘武真现在行动不便，看上去他根本没有办法躲开广仁的这一剑。但就在广仁将罪剑出手的同时，丘武真脚下的地面突然蹿出来一个和他有八九分相像的“傀儡”，这个“傀儡”出现之后，就像事前算好的一样，身子蹦起来，替丘武真挡住了这致命一剑。

也是广仁这一下子使了全力，罪剑直接射穿了这个“傀儡”，随后力道不改继续朝丘武真的身子射了过去。虽然短剑的力道没有减掉多少，但射穿了那个“傀儡”之后，罪剑飞行的方向产生了一些偏差，罪剑的剑锋将丘武真的头皮划出了一道口子，然后飞了出去。

逃过一劫的丘武真转身加快速度向后跑去。就在他转身的同时，从地下和周围的墙壁里，不停地有“傀儡”从里面窜出来，将我们这些准备去拦截丘武真的人挡住。趁这个机会，丘武真跌跌撞撞，终于从这处空间内跑了出去。

经过一番厮杀之后，丘武真放出来的这些“傀儡”终于被消灭干净。这些掩护丘武真的“傀儡”好像低级一点，起码和之前出现的那些“傀儡”不是一个档次。不过由于数量太多，还是费了一些工夫，才将它们全部收拾了。

我们往前再去追击丘武真的时候，途中依然陆续有“傀儡”出现阻挡我们，因此我们追击的速度并不快。归不归一边砍杀“傀儡”，一边向广仁问道：“你到底藏了多少事情没说？当年丘武真是肉身被毁之后被关在这里的，是吧？”

听了归不归的问话，广仁长出了口气，回答道：“是，当初丘武真是遭了‘天谴’。他取活人的身体试炼‘长生不老肉身’，残害了太多无辜之人的性命，所以才被天雷劈碎了肉身。因为肉身被毁，他不能继续做大方师，最后在前任大方师的帮助下，将他安置到这里。”

说到这里的时候，广仁顿了一下，将罪剑朝已经冲到了面前的“傀儡”甩了过去。“嘭”的一声，罪剑直接将“傀儡”的脑袋打爆。解决了这只“傀儡”，他接着说道：“看在他曾经是大方师的分儿上，后来又把他喜欢的东西，包括他的妻妾都送了下来，这些‘傀儡’就是当时送下来的。现在看来，他一直没有放弃研制符合他需求的皮囊，而从刚才的情景看，还真被他研制成功了。”

“这么多年，他一直都守在自己的陵寝里面？不是我说，就丘武真这本事，还不是说出去就出去？”这时候，挡路的“傀儡”已经被消除得差不多了，孙胖子凑过来，眼睛盯着广仁问道，“大方师，这事说不通啊，这里也不是监狱，而且老丘要什么就给什么，他那样本事的人，还不早就上去了？”

没等广仁说话，归不归替广仁解释道：“他是遭了‘天谴’的，一般人早就死了，虽然他的术法高深，但元神也遭受到了巨大的伤害，所以必须找到适合他元神寄居的皮囊……”

归不归还没有说完，眼睛突然瞪了起来，好像猛地想起了什么重要的事情，他向广仁问道："要什么就给什么吗？那当年他试炼的那些肉身呢？不会也一起送下来了吧？"

广仁无力地叹了口气，随后说道："当时那些肉身还没有制成，前任大方师本来想一把火烧掉的。但在丘武真的一再恳求下，还是将那些肉身送下来了。现在看来，前任大方师是托大了……"

"什么托大了？托大什么了？"孙胖子也听出来问题，一溜小跑跟上快速往前走的广仁，继续问道，"那么多年前的肉身，现在早不能用了吧？"

这时候，广仁已经没有心情再搭理孙胖子，他和火山的身子同时一闪，几道残影闪过便消失在出口的方向。看着广仁师徒消失的方向，归不归替他向孙胖子解释道："肉身不朽的法子，丘武真知道的都能写一本书了。当初没有炼成的肉身，很可能现在已经被丘武真炼制出来了。刚才那副皮囊毁了，他可能索性就去和肉身合为一体了。"

说话的时候，归不归也加快了脚步，不过为了迁就我们，他的速度没有广仁师徒那么快，我和孙胖子加上他的外国徒弟们，拼命跑起来勉强能跟得上他的步伐。

一路跑出了空间的范围，面前出现了一个三岔路口。广仁和火山站在岔路的路口，见我们出来，火山朝孙胖子喊道："就等你了，说！走哪条路？"

这个时候广仁怎么可能让自己的徒弟得罪孙胖子，他看了火山一眼，对孙胖子说道："你感觉走哪条路能追上丘武真？快些说，要不就真的来不及了。"

孙胖子眯着眼睛看了一圈，指着最左边一条路说道："走这边我的右眼跳，走这里没错，除非这里面还有更难缠的人物。"

孙胖子的话音刚落，广仁和火山已经第一时间从最左边的那条路跑了进去。我正打算跟上去的时候，却被孙胖子一把拦住，他看着广仁师徒的背影，说道：“再看看，这里面好像还有别的东西……”

话音刚落，就见广仁和火山师徒突然停下脚步，而在他们的对面，一个身穿白色长袍的人影慢慢地走了出来。

# 第五十六章　屋中人

来人一张刀条脸，下巴上长有短须，身上的白色长袍看着不错。不过他每走一步，长袍的布料便簌簌地往下掉，没有几步，身上所剩的布料已经不够蔽体的了。但就是这样，这人也是一副高高在上的样子，身上的气质和广仁多少有些相像。

这人出现之后，广仁师徒和归不归不由自主地同时向后退了一步。来人冲他们笑了一下，看着归不归说道："比起我之前的那副皮囊，现在这个怎么样？一万九千七百个里面就只有这副皮囊最适合我。我第一次和这副皮囊融为一体，就被你们看见，你们还真是有福气……"

我站在归不归的身后，看见归不归的后背衣服已经湿透。不只是他，就连广仁和火山这两位大方师都开始微微颤抖起来。现在还能像没事人一样站着的，也就我们几个不知道深浅的人了。

归不归深深地吸了口气，干笑了一声，对面前的这人说道："论起相貌，还是以前的大方师更好一点。可能是刚刚接触，还不是很适应，或许再看个三五年，就能看出来这身皮囊的味道了……"

没等归不归说完，面前这人突然呵呵轻笑了起来，只不过在笑的时候他左边半张脸没有任何表情，看起来就好像是中风的后遗症一样。这人轻笑着朝归不归摇了摇头，说道：“三五年？你等不到那么久了，还是下辈子再看好了。”

说完，换了皮囊的丘武真突然凭空一抓，从空气里面抓出来一柄满是铜锈的长剑。见到这柄长剑之后，丘武真皱了皱眉，自言自语地对手中的长剑说道：“还真是岁月无情，你也变成这副样子了。不过既然我已经重生了，也不能让你再继续这么老朽下去了……”

说话的时候，丘武真将长剑横在了胸口，伸出另外一只手在剑身弹了一下。“当——”的一声脆响，剑身上的铜锈好像烟雾一样被弹了下来，一柄造型古朴的铜剑出现在他的手中，剑身上隐隐地发出一种龙吟虎啸般的声音。

这时候，广仁手中的罪剑剑身上也出现了一层深红色的光亮，而火山的手中也出现了一柄类似丘武真那样的铜剑。只不过他的铜剑上的光亮与罪剑相比就暗淡了许多，而在丘武真长剑的压制下，火山手中的长剑竟然发出了类似悲鸣的声音。虽然还没有交手，胜负就已经有了分晓。

趁两边对峙还没有打起来的时候，我向后一推，想让躲在我身后的孙胖子先跑。这一推却推了个空，不用想，孙胖子早已经逃得无影无踪了，这次还是自己跑的，没有知会我一声……

这时，丘武真慢慢地朝我们走了过来，就在我以为大家要联合起来和他拼命的时候，就听见广仁说道：“这里由我们师徒替你们挡一下，你们能跑多快就跑多快。至于能不能跑出去，就看你们的造化了……”

说到这里的时候，火山的身子突然凭空一扭曲，随后就在原地消失。而在火山消失的同时，广仁也迈腿迎着丘武真走了过去。眼看三个人就要打起来的时候，归不归抓住了我的胳膊，带着他的徒弟们掉头就往身后跑去。

我向后才跑了三四步，身后突然传来一声巨响。我回头看去，就这一瞬间的工夫，火山已经倒在了地上，广仁浑身是血，一身白衣已经染成了血红色，他手里握着的罪剑剑身上的红色光晕消失得无影无踪，而丘武真就站在他的身前。

丘武真除了身上本来就不多的长袍布料彻底消失，手中长剑的剑身有些颤抖之外，浑身上下连一点伤痕都没有。但这时他脸上的笑容也消失得无影无踪，眼睛盯着广仁说道："到底也当过一任大方师，我还真有点小看你了。不过我倒要看看，你还能再挡住几下……"

"别看了，要不然谁都跑不了！"这时，归不归抓住我继续向后面跑去，依然没跑多远，刚到岔路口时，就看见孙胖子站在其中一条岔路里面，朝我们招手喊道："这儿呢！往这里跑！不是我说，出去也没有用，外面的路被封住了，过来，这里八成能出去！"

外面的出口被丘武真封住了，就算归不归能打通，多少也要费点时间。这时候除了听孙胖子的，也没有别的办法了。当下我们这些人跟着孙胖子一路向前跑去，进了岔路之后，身后再次传来一声巨响，我回过头看去，就见浑身是血的广仁已经栽倒，丘武真向后倒退了几步，喘了几口粗气，朝我们这些人冷笑了一声，说道："还真以为有能出去的路吗……"

听丘武真话里的意思，这条路似乎也出不去，不过现在走了一半也不可能退回去。当下我和归不归他们继续跟在孙胖子后面，一路朝岔路深处跑去。跑了一阵子，并没有见到丘武真追上来。趁这个当口儿，我一边跑一边对归不归说道："广仁爷俩没事吧？想不到他们会豁出命来帮我们。"

"谈不上豁出命。"归不归回头看了一眼，确定丘武真暂时没有追上来，才继续说道，"广仁和火山是用了护身法之后才上去拼命的，只要不是将他们的脑袋砍下来，他们就能缓过来。他们二人怎么说也是当过大方师的，不到万不得已，丘武真也不会贸然下杀手。”

听到广仁师徒暂时不会有事，我才稍微松了口气，想起来另外一件事，继续向归不归问道：“怎么看丘武真好像弱了不少，刚才那副皮囊的时候，广仁师徒连还手的机会都没有，现在换了这副更好的皮囊了，怎么还不如之前那会儿了？”

“你以为之前那副皮囊是白给的吗？”这时前方还是没有看到出路，而后面的丘武真也迟迟没有追上来，归不归才有闲工夫向我解释道，“刚才的皮囊算是顶尖的了，而且丘武真磨合的时间长了，使用术法时更加得心应手……”

说到这里的时候，归不归突然愣了一下，脚下的步伐也变得缓慢起来。不光是归不归，我们所有人的步伐都慢了下来。已经气喘吁吁的孙胖子干脆停住了脚步，愣愣地看着面前出现的一间小小的土石屋。

小屋里面有灯光闪烁，里面应该有人点了油灯之类。这到底是什么地方？除了丘武真之外，还有什么人？

就在这时，我们身后传来有人说话的声音：“站在这里看什么？你们被吓傻了吗？”不用回头也知道这是丘武真的声音，当下我们这些人也顾不得疑惑了，硬着头皮继续向前面跑去。

“亲叔，你不表示表示，去拦拦追上来的丘武真吗？”孙胖子一边跑一边对归不归继续说道，“不是我说，我就不信了，广仁师徒俩能做到，我亲叔就不敢做。放心，你们俩是老相识了，老丘就是吓唬吓唬你，舍不得真把你怎么样的。”

归不归没搭理孙胖子，不过他脚下的步伐慢慢地停了下来，似乎等丘武真真追上来，他就准备像广仁师徒一样，舍身替我们挡一阵了。就在这时，我们这些人跑到了小屋的门前，跑在最前面的孙胖子不知道哪根筋搭错了，没有选择继续往前跑，而是一脚踹开了小屋的屋门。就见里面一个从头白到脚的男人坐在椅子上，借着一盏忽明忽亮的小油灯，正在看手里捧着的一本叫作《冥人志》的书籍……

# 第五十七章　后悔

门被踹开之后，这人抬头用眼白看了我们这些人一眼，用他那特有的尖刻语调说道：“在外面把门关上，敲了门再进来……”除了传说中的吴仁荻之外，还有谁能在这样的场合，说出来这样的话？

孙胖子眨巴眨巴眼睛，回头看了一眼正不断逼近的丘武真。深吸了一口气，马上将房屋门关好，然后轻轻地叩了三下，跟着轻声说道：“吴主任，您老在吗？有点小事要麻烦您。不是我说，方便的话就让我们进去，不方便的话就一会儿出来替我们收尸吧……”

“收尸的时候叫我。”小屋里面传出吴仁荻特有的声音，就在孙胖子咧着嘴不知道该哭还是该笑的时候，归不归已经从后面赶了上来。他看了看正向他使眼色的孙胖子，直接推开了屋门，看着里面连眼皮都没有抬起来的吴仁荻，说道：“你这种不等我们都死光了绝不出现的臭毛病还是没改，等一下，这次你又是早就到了，藏在什么地方偷着乐了吧？”

吴仁荻将手里面的《冥人志》收了起来，随后才对归不归说道：“到了也没有多久，比你们早下来一点点。看你们玩得这么开心，我就没打扰你们。”

“你看见我们了？”归不归愣了一下，看着吴仁荻接着问道，“等一下，你藏在哪里了？为什么我没有看见你？”

没等吴仁荻说话，归不归身后的孙胖子凑过来，替老吴回答道：“这个还用猜吗？不是我说，外面一死一生两条路，我们是走‘生路’进来的，吴主任为避开我们，自然是走‘死路’进来的了。我就说刚才怎么看‘死路’特别顺眼，要是当时就跟在后面进来的话，哪里还有后来这么多的事情？”

孙胖子的话刚刚说完，吴仁荻回头面无表情地看了他一眼，随后慢悠悠地说道：“要是你跟着下来，八成这个时候也投胎了……”

说话的时候，吴仁荻从椅子上站了起来，看着我们这些堵在门口的人说道：“如果不着急投胎的话，就找个地方躲起来，不在乎死活的话自便。”

这句话一说出来，孙胖子第一个就朝小屋外面跑了出去，一直跑了一百多米才停住了脚步。归不归的外国徒弟们眼睛都看向了他们的师父，见归不归点了头，他们才跟着退了出去，最后出去的人恭恭敬敬地将小屋的屋门重新关好。不过他们只走了二十来米远就停住了脚步，一个个站在原地，眼睛都盯着小屋的方向，从他们脸上的表情能看出来，一旦小屋里面的归不归有什么危险的话，他们立刻就会不顾性命地冲上去。

这时候，我的处境多少有点尴尬。按以往的经验来说，现在我应该跟着孙胖子他们跑出去老远了，不过我这头白头发实在太碍眼。现在就吴仁荻、归不归和我是白头发，跟着孙胖子躲出去多少有点不好意思，但要我留在这里近距离观摩吴仁荻和丘武真火拼，心里又实在没底。就这样，我有些尴尬地站在原地，耳朵里听着小屋外面孙胖子呼唤我出去的声音。但吴仁荻没有发话，我也不好意思走，心里想着不行就等老吴和丘武真动手的时候，我再趁乱跑出去好了。

这时候，丘武真已经走到了小屋的门口。不知道他是不是听到了吴仁荻和孙胖子之前的对话，走到木屋门口，丘武真犹豫了一下，还是伸手敲了敲屋门，说道：“想不到有人进来，我这个主人竟然都不知道。不过既然都进来了，是不是出来见见面？”

现在丘武真堵在了门口，我想出去都不成了。当下只有站到吴仁荻和归不归身后，静看事态发展再考虑后面该怎么办吧。

吴仁荻无所谓地看了一眼屋门，说道：“想见面还不容易？你开门就看见了。不过我提醒你一下，这扇门开了之后，八成你会后悔。”

屋门外的丘武真冷笑了一声，说道：“后悔我也要见识一下，看看谁有这个本事，连我都能瞒住……”说话的时候，丘武真已经推开了屋门，见到里面的吴仁荻之后，先是愣了一下，随后又看了一眼站在吴仁荻身后的我，这才明白过来，他看着吴仁荻说道，“原来徐福的种子是便宜了你，然后你又把种子给了后面的小家伙。种子在外面折腾了这么久，现在也应该物归原主了……”

“物归原主？”吴仁荻没有听懂这句话的意思，身后的归不归在他耳边低声地解释道：“当年徐福的种子就是得自丘武真，丘武真还没有来得及让种子成长，身体就遭了天谴，种子才便宜了徐福。不过丘武真没有白发长生不老的体质，就那么几年的阳寿，根本不可能让种子成长。理论上，不管丘武真怎么做，最后种子早晚还是要便宜徐福的。”

吴仁荻这才点了点头，他指着自己的心口，冲丘武真说道：“种子就在这里，而且已经长成了，想拿回去的话，就自己来拿。机会给了，能不能拿得到就看你的了。”

刚开始发现自己的洞府（陵寝）里面忽然多了个人，而且自己还不知道他是怎么进来的，丘武真心里对吴仁荻多少有点忌惮。但等他知道吴仁荻的种子得自他下一代的大方师徐福之后，这份忌惮之心一下便减掉了大半。充其量吴仁荻不过是徐福的徒弟，而他丘武真比起吴仁荻的师父徐福还要高一辈，对上这个徒孙一样的白发男子，丘武真能正眼看看吴仁荻就算不错了。

当下丘武真冷笑了一声，手中的铜剑微微一抖，无数的火星从剑身上飞溅出来，就在他举剑朝吴仁荻劈过去的时候，吴仁荻突然动了。一道白光闪过，他已经到了丘武真身前，手中凭空出现了一柄短剑，在丘武真劈下来的前一刻，先向丘武真劈了过去。

丘武真虽然已经有了新的身体，无奈他这身体还没有变成白头发体质。他不敢和吴仁荻以命相搏，只能撤剑挡在自己身前，两柄宝剑相击之后，爆发出一阵巨响，震得我脑袋一个劲地发昏。这间小屋经受不住这样的冲击，“轰隆”一声瞬间坍塌。我仗着白头发的体质，虽然被屋顶的土石砸得不轻，却并没有什么大碍。

丘吴二人都一动不动地站在瓦砾当中，不过吴仁荻脸上还是他那副招牌一样目空一切的笑容。但丘武真就不同了，他右边半个身子不停地抖动，左边半个身子上的耳朵、眼睛和鼻孔里面都有淡红色的液体流出来，脸上的五官朝不同的方向扭曲着。

站在后面的归不归终于看出来破绽，他朝吴仁荻大声喊道：“他这副皮囊还没有养好！”

这边吴仁荻没有搭理归不归，他看着浑身肌肉还在不停抽搐的丘武真，说道：“我说了你会后悔吧？别急，这还是刚刚开始。”

他的话音刚落，丘武真脚下突然冒出了一个小小的脑袋，正是刚才钻到地下之后就一直没有再露面的小任叁。任叁出现之后，猛地向上一蹿，小脑袋正顶中了丘武真的裆部。如果放到之前，丘武真无论如何也不能吃这个亏，但他现在正全神防备吴仁荻，实在没想到会有人从底下偷袭他。

丘武真大叫一声，挥剑要去剁任叁的时候，吴仁荻第二下已经到了。他将手中短剑拦住了丘武真的剑锋，另外一只手抓住了丘武真的脖子，将他提了起来，随后将他的头朝下，狠狠地摔到了地上。

本来吴仁荻的这一摔丘武真是能躲过去的，但就在吴仁荻抓住丘武真脖子的时候，那个相貌老得不能再老的归不归，突然出现在丘武真的身后，一把将他牢牢抱住……

# 第五十八章　瞎了眼，和他讲理

被归不归抱住的时候，丘武真身上已经噼里啪啦地冒出来了火星。归不归也是拼了，仍死死地抱住丘武真不松手。怎么说他也是和徐福同一时代的人物，丘武真反应过来再想挣脱的时候，身体已经被吴仁荻提起，再反过来脑袋冲下狠狠地摔到地上。

归不归跟丘武真一起脑袋冲下砸向地面，眼看他的脑袋就要接触到地面的时候，从地下突然伸出来一双小手，稳稳地接住了归不归的脑袋，随后将他整个身体都拉进了地下，只剩下丘武真一个人的脑袋结结实实地砸在地面上，“嘭”的一声巨响，整个地面都跟着颤了起来。

开始还以为吴仁荻出现之后，会和丘武真单打独斗。没想到的是，转眼就是一场围殴的局面。吴仁荻、归不归以及任叁他们三个配合起来如水银泻地一般，每人都有不同的分工，三个人的配合毫无违和感。

丘武真的皮囊到底还是差了一点火候，倒地以后半天都没有爬起来。趁这个时候，任叁将归不归送回到地上，他们三个围成一个圈，看着地上有些萎靡的丘武真。归不归笑了一下，看了吴仁荻和小任叁一眼，率先说道：“一转眼好像又回到了当年一起打群架的时候了，当时广仁和火山看着眼红也想学我们，但他们都是大方师的身份拉不下来脸，两个人联手还不如各打各的效果好。也是，这世上再想找出来像咱们三个这样合拍的也不会有了……”

归不归说话的时候，丘武真摇摇晃晃地站了起来。站稳了身形之后，他深深地吸了口气。遭受重创之后，他感觉到身上的这副皮囊已经开始排斥他的元神了，虽然他一直都在压制，但这副皮囊毕竟没有到时间就被他强行融合了，现在必须在皮囊彻底排斥之前，解决掉吴仁荻他们三个。

缓过来这口气，丘武真盯着吴仁荻说道：“徐福的徒弟——我的徒孙辈，方士一门什么时候出了你这样的人了？难怪徐福会把种子给你，看来识人之术我不如他。”

说到这里，丘武真又喘了几口粗气。等这几口气喘匀，他依然没有理归不归和任叁，只盯着吴仁荻说道：“你就不想和我单打独斗一场吗？当年我也算是方士门中的第一人，不想知道你我两人谁强谁弱吗？”

“单打独斗……”吴仁荻看着丘武真，重复了一遍他的话，脸上出现一丝带着嘲弄的笑容，顿了一下，说道，“好啊，我也想看看你到底还有什么本事……”

听到吴仁荻的话，丘武真心里一阵狂喜。对上吴仁荻三个人的组合他没有把握，但和吴仁荻这个白头发的后辈单打独斗，丘武真还是有把握的，只要解决了这个白头发的“年轻人”，后面那一老一少就不在话下了。解决掉我们这些人之后，他有的是时间继续养养身上的这副皮囊，等这副皮囊真正养好了，再加上吴仁荻和我身体里面的种子，就算方士一门中真正的第一人从海外回来，对他也没有什么威胁了。

虽然在这洞府（陵寝）里面待了几千年，但丘武真的心计还是一点都没有减少。他脸上没有一点欣喜的表情，慢悠悠地朝吴仁荻走了过去，一边走，一边装模作样地说道：“看在同属方士一门的分儿上，如果一会儿我死在你的手里，主墓室里面有一座衣冠冢，你可以将我的元神安置到里面……”他的话还没有说话，双脚突然一沉，随后半个身子都陷到了地下，两只脚踝在地下被一双小手死死地拽住。再看刚才任叁站着的地方，这个小家伙果然已经消失得无影无踪。

不是说要单打独斗吗！这时丘武真也顾不上呵斥吴仁荻，正想运用术法制住脚下的任叁时，身边突然又多了一个人影，丘武真来不及多想，挥舞铜剑准备先劈过去再说，这个人影由一变二，两个又瞬间变成了四个……

只是眨一眨眼睛的工夫，他前后左右到处都是老态龙钟的归不归的身影，放眼望去竟然不下几百个。丘武真在这陵寝里面待得久了，多少有些密集恐惧症，见到这几百个归不归之后差一点吐了出来。归不归这样的术法也算是登峰造极了，虽然丘武真明知道这些都是幻术，但到底哪个是真哪个是假他也分不出来。

不过归不归还是忌惮丘武真手中的铜剑，他只是围在丘武真身周围干扰他，并不敢靠得太近。就在丘武真上下忙活的时候，他手中的铜剑好像是击中了什么硬物，“当”的一声，铜剑被荡起来老高，随后就见吴仁荻出现在刚才铜剑击中物体的位置上。

吴仁荻的手中握着把短剑，剑身被削掉了一半。吴仁荻将这柄短剑丢掉，随后手中就像是变戏法一样，又出现了一把短剑。短剑在手，吴仁荻二话不说，再次举剑朝丘武真手中还没有拿稳的铜剑劈去。

又是一阵清脆的金属相击声音，丘武真的手一滑，手中的铜剑被击飞出去。当他闭眼静等着吴仁荻再一剑劈下来了结他性命的时候，头顶上的这一剑却迟迟没有落下来。等丘武真睁开眼睛，就见吴仁荻并没有继续下杀手，而是退到了几十米之外的空地上。

还没等丘武真这口气松下来，身前身后几百个归不归已经同时朝他扑了过来，几百个归不归拳拳到肉，竟然好像没有一个是幻体。眼看着丘武真就要被这无数的归不归撕巴了的时候，丘武真突然一声暴喝，他所处的位置上爆发出一阵巨响，随后几百个归不归就像是断了线的风筝，朝四周围飞了出去。飞到半空中的时候，这几百个归不归突然消失得无影无踪，只剩一个归不归摔倒在吴仁荻身边，老家伙坐在地上冲吴仁荻笑了一下，说道："让你看笑话了……"最后一个字出口，归不归一口鲜血喷了出来，不过他还是像没事人一样，擦干了嘴角的鲜血，慢慢地站了起来，转身朝丘武真的位置看去。

解决了归不归的干扰，丘武真身子一顿，整个身体都陷入了地下。从丘武真脚下传出任叁的一声尖叫，随后就见他入地的位置附近泥土翻滚。一根烟的工夫过去，满身鲜血的小任叁从吴仁荻的身边钻了出来，看了老吴一眼，他的小嘴巴一瘪，"哇"的一声哭了出来，抓着吴仁荻的大腿哭喊道："那个老王八蛋欺负我……"

就在任叁跟吴仁荻哭诉的时候，丘武真也从地里面钻了出来，他也是一身的鲜血，心口处巴掌大的一块肉不停地起伏，看起来好像里面的心脏随时就要跳出来一样。咬着牙好不容易才压制住身上皮囊的排斥，丘武真再也忍不住，刚想开口质问吴仁荻的时候，却被老吴抢先说道："好了，现在我们就开始单打独斗吧……"

"什么单打独斗！那刚才又算什么！"丘武真担任大方师多年，任谁都对他恭恭敬敬的，从来没有人敢这么戏耍他，冷不防被吴仁荻三人坑了一次，他显得恼怒无比。这边吴仁荻无所谓地看了他一眼，慢悠悠地说道："我说什么时候开始了吗？"

# 第五十九章　动手与动口

丘武真怒极反笑，一阵狂笑之后，看着吴仁荻说道：“那么现在算是开始了吗？”说话的时候，他的手朝铜剑落地的方向虚抓了一把，就见铜剑“嗖”的一声，朝丘武真飞了过去。

铜剑到手，丘武真冷冷地看着吴仁荻，说道：“好，我就等你说什么时候开——咦？”话说了一半，丘武真突然觉得手中的铜剑有些异常，正要低头查看的时候，铜剑的剑柄突然爆炸，将丘武真炸得斜着飞了出去。丘武真落地之前，伸手在嘴巴上抹了一把，像是把什么东西塞进了嘴巴里面。

见丘武真被炸得飞起来，归不归和任叁嘴里同时“呸”了一声，随后又异口同声地说道：“该……”

刚才铜剑落地之后，就已经被归不归做了手脚——将剩下的最后一点可塑性炸药粘在了剑柄上。我在旁边看得清楚，心里面开始嘀咕，这些年来他们一直都是这么不要脸过来的吗？

本来以为这次丘武真就算不被当场炸死，也会被炸掉半个身子，没想到半晌之后，丘武真哆哆嗦嗦地又站了起来，只是握剑的右手被炸飞了几根手指，半个身子血肉横飞。不过这时候我却感觉丘武真身上似乎有些怪异，隐约有种伤势正在逐渐好转的感觉。

丘武真起身之后，也不说话，摇摇晃晃地站在原地，眼睛直勾勾地盯着吴仁荻他们三个。这时候，归不归的脸色突然变了，他看了一眼身边的吴仁荻，又扭回头看着丘武真说道：“大方师，要是我没看错的话，刚才你是把不老丹药放进嘴巴里了吧？怎么样，味道还可以吗？不过你是不是有点托大了？就算你能转变成长生不老的体质，在身体转化的时候，多少要遭点罪。说句不要脸的话，自打有这丹药以来，身体转化的时候，平平安安过来的也就只有我一个。现在你要是出点差错的话，不用吴勉，后面人堆里随便拉出来一个，就够你轮回转世的了……”

没等归不归说完，吴仁荻扭头白了他一眼，说道：“又用你自己打比方自吹自擂。”

归不归哈哈一笑，暂时放过了丘武真，对吴仁荻说道：“说你的话不是太招摇了吗？”说完，归不归重新扭头看向丘武真。刚想再说话的时候，突然愣了一下，随后又看了吴仁荻一眼，用不可思议的语气说道，“他这就算是成了？”

就在刚才归不归和吴勉说几句的时间，再回过头看丘武真的时候，就见丘武真身上几处浅一点的伤口已经愈合，剩下的伤口也在以肉眼能见的速度恢复着。这样的愈合速度就算是在我们这些白头发体质的人当中，也算是快的了。

“你以为我费尽心思弄这副皮囊是为什么？”丘武真的伤势恢复得差不多的时候，终于抬头看向吴仁荻三人，一字一句地说道，“以前的身体排斥不老丹药，我当然要做出来一个能融合不老丹药的皮囊，既然是我自己用，当然是怎么完美怎么来了。”

说到这里，丘武真顿了一下，深深地吸了口气，看向也正在盯着他看的吴仁荻，说道：“现在准备好了吗？可以开始了吗？如果你不怕吃亏，就等我完全恢复了再动手，就怕你没有这个胆子。”

见丘武真恢复得如此之快，归不归和小任叁对视了一眼，随后两个人慢悠悠地分开两个方向，分别朝丘武真走过去。但这一老一少走了没有几步，就被吴仁荻喊住了：“等一会儿吧，等他完全恢复吧，我也想见识见识徐福的师长究竟能有怎么样的实力。”

“这不是你的风格啊。”归不归回头看了一眼吴仁荻，继续说道，“虽然都叫大方师，你可别拿他和广仁、火山他们比，根本就没有可比性……”

吴仁荻看了归不归一眼，说道：“不用说了，你们看着就好……”吴仁荻的话虽然是平平淡淡地说出来的，但语气里面却透出一股不容置疑的力量。归不归和任叁叹了口气，分别蹲在了当场，看向吴仁荻的眼神里面，分明是在说：不管你了，爱咋咋地吧……

几句话便对吴仁荻激将成功，丘武真也为自己的口才感到有些得意。他微笑着看着吴仁荻他们三个，眼看着自己身上的伤势一点点地恢复。当最后一道伤口愈合之后，丘武真自认只要一老一少的归不归和任叁不帮忙，他解决掉眼前这个有些狂妄的年轻人是丝毫没有问题。看着还是没有一点动作的吴仁荻，丘武真发自内心地哈哈大笑起来，不过才笑了几下，他的眼前一黑，身子仰面栽倒，随后就什么都不知道了。

见丘武真仰面摔倒之后，还蹲在地上“生闷气”的归不归和任叁两个人突然都跳了起来，看着倒在地上一动不动的丘武真，归不归笑嘻嘻地说道：“藏在这地下面几千年了，还是有东西不知道吧？忘了告诉你了，不老丹药里面有三味辅药只要超过六百二十年就会转了药性。现在你还是长生不老的体质，不过可惜了，你剩下的长生不老的日子都要在睡梦中度过了，在梦里继续做你的大方师吧……”

我就说刚才眼看着丘武真的身子一点一点地愈合，除了动动嘴巴之外，他们哥俩谁都没有动手的意思，背后的原因在这儿。原来还以为这次能见识一下吴仁荻和丘武真火星撞地球一般的打斗场面，没想到最后还是一根手指头都没动，就把丘武真给料理了。想到这里，心里多少还是感觉有些可惜，当下我不甘心地对距离我最近的归不归说道：“还以为能见识一下吴主任单挑丘武真的场面，可惜了。我都把手机调到了录像模式，想着在里面学点什么的，现在连根手指头都没有动。我准备了这么半天，你们就让我看这个吗？”

“能看看这个就不错了。”归不归看着我，继续说道，“记住了，什么是干架的最高境界——能动嘴的时候绝对不动手……”

现在的丘武真就像是一头死猪一样倒在地上，归不归和任叁连试了几种方法都没能把丘武真叫醒。确定这位先任大方师彻底醒不过来之后，归不归才将自己的外国徒弟们叫了过来，在他们里面挑选了两个人，由他们抬着丘武真的身子，将他重新地安置到主墓室里面。别说，里面还真的有个衣冠冢。

归不归和孙胖子先瓜分了衣冠冢里面的物品，随后才将仍在昏睡状态的丘武真安置到衣冠冢里面。这个丘武真口里的洞府，我们口中的陵寝，才真正有了一点陵寝的意思。

不管怎么说，丘武真也曾做过一任大方师，归不归带着他的徒弟们，将之前破坏掉的阵法都修复了过来。就算真有盗贼误打误撞了进来，也绝对没有办法进来破坏这里。

我们准备往回走的时候，才想起来之前被丘武真追着往外面跑的时候，落下了被绑着扔在地上的向北。等我们再回去找向北的时候，才发现被佛珠紧紧捆着的向北，已经不知道哪里去了……